研究方法叢書

論文寫作方法與格式

3rd Edition

文科適用

Writing the Research Paper: A Complete Guide

孟樊◎著

三版序

本書自二〇〇九年出版以來，經不少系所相關課程所採用，很快再刷；不到三年時間即增訂再版，迄今一眨眼又過了十年，不免有日月如梭之感。這些年來有關人文社會領域的論文寫作及研究方法專書不斷出現，如本書第一章〈緒論〉所言，顯見學科專業化程度逐日提升。然而，就目前台灣已出版之著作而言，坊間上可爲文學領域適用之參考著作卻不多見，除開《MLA論文寫作手冊》（適合英語系所、外文系所或比較文學系所之研究生與學者使用）一書不談外，可得見的適用於文學領域之研究方法與論文寫作專書，仍寥若晨星；有鑑於此，本書之出版與修訂，當能塡補此類著作之缺口，適時作爲文科研究生論文寫作之指引。

如前所述，本書曾在二〇一二年修訂再版，第二版除了修訂事實變動的資料與手民舛誤之處外，主要在相關章節增加了若干專欄以做爲內容的補述，內文本身並無增刪，譬如後三章有關寫作規格、註釋與書目格式，基本上都無沒做調整，誠如周春塘在《撰寫論文的第一本書》中所說：「在國內論文的格式相當保守，許多年來都沒有多少改變。」事實的確如此，絕大多數的寫作格式都相沿成習，這從歷年各學報有關論文寫作體例的要求即可一目瞭然，以致本書在這部分亦未予改動。

相較於第二版，本次第三版的修訂可說是大幅度的調整，除了舛誤資訊的修改，事實訊息的訂正，並同樣增加了專欄外，第一章則全部重寫，以更適於所有文科的研究生（而對

象不只限於當代文學領域）；而原來第四章〈資料的蒐集〉則增加了一節，提供《芝加哥大學論文寫作指南》如何評析資料的手段。最為重要的是後三章，包括寫作的規格與腳註、夾註與引用書目格式，都做了相當程度的改動，這是因應這些年來MLA與芝加哥大學論文格式（Turabian版）所做的調整，兩本論文格式手冊現都已出版到第九版，它們每隔幾年在格式上便做若干修訂，與時俱進，本書參酌並幾經考慮之下，趁此一改版機會也相應做了訂正。

學術論文寫作特別講究規範，與其他寫作不可同日而語，確實需要學習與練習，也因此碩博班才會開設類如這種論文寫作與研究方法的課程，同樣像本書這類寫作專書或教科書才有必要出版，讓研究生派得上用場，以完成其學位論文或學術小論文的寫作。於此，相信第三版的本書會更合乎研究生（甚或學者們）所用。

再版序

如果拿武俠的練功來比喻，撰寫論文的方法如同技擊的招術，師父可以將其要訣傳授給徒弟，而徒弟也能根據師父所傳依樣畫葫蘆勤加練習，假以時日必有所成。但是一個人的武功當然不只是招術而已——否則即便練成也只是花拳繡腿，不堪高手一擊；他還要有深厚的內功，這就是指為學者須有紮實的學問。

於是要撰寫一篇成功的論文，除了要懂得論文寫作方法、依循學術規範與寫作格式的要求外，更要有個人相當的識見與論辯能力，具備專業的豐厚素養。前者，老師可以教授（雖然不一定有機會），本書也可以傳授——只要你花點錢買回本書並且真正細讀一番；至於後者，雖然師父可以傳授內功心法，但是要靠自己下苦功，日積月累，才能成為一名高手——這一點不僅老師，包括本書也都無法越俎代庖傳授。

縱然如此，招術的練習仍是異常重要，蓋無招術，即便有深厚內功，也難以有高強的武功，所以明瞭論文如何撰寫的方法與寫作規格的要求，可以說是撰寫成功的論文必備的要領。但是台灣的人文學界——尤其是文學界，迄今仍罕見有將論文寫作方法的「秘笈」公開者，雖有系所開設相關的課程，卻找不到這類專書可資參考。本書自二〇〇九年二月出版以來，旋於該年九月即再刷，讀者反應熱烈，可以想見類此專書需求之殷切。環顧書市，過去這兩三年期間台灣文學界仍未見這類論文撰寫方法新書的面世，甚感遺憾。相形之下，也凸顯本書的重要性與日俱增。

雖然本書從初版至今不到三年時間，卻也因反應熱烈而屢獲寶貴的意見；加諸書中所提及與參酌的相關文獻資訊，亦因時間關係有些許變動，遂有再度增修的必要，本書之再版才在民國一百年的暑假修訂完成。本人更利用再版的機會，校正先前第一版的錯漏字，俾得以更為完善的面目再度面世，以饗讀者。

學術界對於如何撰寫論文，以及學術論文應具備哪些格式要件，當有一些基本的共識，所以寫作這樣一本專書，嚴格說來，不會是個人的什麼「獨門秘笈」；雖然如此，這裏頭仍有本人長年累積下來的心得，這些心得也是個人在現代文學這一專業潛心研究的收穫，在此不揣淺陋，願以此就教於方家。是為序。

序

近十年來台灣博碩士生招生人數年年攀升，到本書出版之際（二〇〇九年）已高達五萬五千人（碩士四萬九千、博士六千三百）。每個博碩士生畢業前基本上都要通過論文口試，不管任何科系，寫作論文已是他們必須面對且無法逃避之事。而論文寫作對於文科研究生而言，較之其他學科尤其是理工科更為重要，蓋其寫作過程也即研究過程，換言之，其論文寫作也就是研究本身。我任教的國北教大語文與創作系大學本科與碩士班，便將論文寫作列為必修科目。然而，坊間可見之有關文科論文寫作與格式的專書，可謂寥若晨星，特別是關於現代文學論文寫作的書籍，迄今仍無由見之，對現代文學研究而言，未免不是一項遺憾。

有鑑於此，遂令我興發動筆寫作本書的構想，本書的寫作乃主要針對從事現代文學研究的學者與博碩士研究生而發，書中所舉例子亦多半限於現代文學的範圍（所以書名要加上副標題「文科適用」）。縱然如此，本書寫作之際亦顧及相關科系的需求，希望本書的適用範圍同時也可涵蓋其他廣義的文科，諸如歷史、哲學、藝術等學門；事實上，就（廣義的）文科研究生與學者來說，論文寫作與格式要求殊無二致，本書對渠等應可一體適用。

我雖然年近中年（四十一歲）始踏入學術界並在大學執起教鞭，但是在這之前已寫過不少學術論文，更出版過多本學術專著，早已累積不少論文寫作的經驗；加上學術生涯忽忽已過八年，這段期間所指導之研究生不下三十位，至於口考與審查之論文更是多不可勝數，對於如何寫作學術論文已頗有心得，而不少學生和同事乃至於出版社極早便催促我寫作這樣一本書。除此之外，我也在系所開設這門論文寫作的必修課多年，一直有感於坊間找不到適切的教科書可供學生參考與使用，終令自己下定決心執筆寫作本書，最後才有本書的面世。

在此須加以說明的是，本書面世後的寫作體例與初稿之作在若干地方有異，諸如各級標題字、長引文以及腳註所使用的字體等，關於這些差異，由於出版公司有他們固有的編輯體例，尤其是同一系列的叢書，所沿用的書籍體例應該一致。有鑑於此，編輯於成書之前始做了若干的調整，以維持叢書一貫的風格，在此，我也只能表示尊重，而非我違背自己的主張。

本書的寫作不同於我其他的著作，寫作過程應該說是暢快無比，流利順遂，但是前後也拖延一年，主要是學校的事情繁雜，常常因事耽擱歇筆。現今在大專院校教書很是辛苦，事情接二連三而來，從沒空閒的時候，想要撰寫這樣一本動輒十萬字以上的專書，眞的是要「排除萬難」方可剋期完成。幸甚，內子淑玲在生活上的百般照料，讓我無後顧之憂，始能於「萬難」中擠出時間來寫作本書，所以我將本書獻給她。是爲序。

目 錄

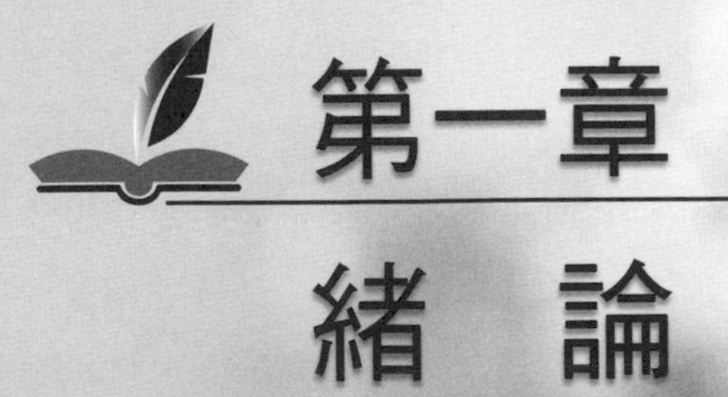

第一章 緒論

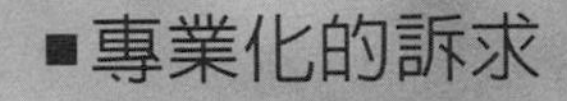

- 專業化的訴求
- 學術論文的特性
- 學術論文的類型
- 學術倫理的規範

如何從事學術研究？學術研究又如何以論文呈現其研究過程與成果？關於這樣的問題，不論哪一種學科或研究領域，都是想從事學術研究者——尤其是開始踏入此一學術殿堂，並擬於其中展開他個人研究生涯的初窺其堂奧者，迫切想要知道答案的。學術研究（包括擬獲取碩博士學位者）離不開論文撰寫，對於人文學科的研究者而言，這更是「必要之舉」，其研究成果必得自論文的撰寫來展現；而論文寫不好，輕則難以有亮眼的研究成果，無法累積學術聲譽，重則與學位失之交臂，甚至連研究評鑑與升等都難以過關，因此可謂茲事體大。

有鑑於此，英美很早就出現各種論文寫作與研究方法的專書，例如高爾德柏格的（Phyllis Goldenberg）的《研究論文寫作——按部就班的途徑》（*Writing a Research Paper: A Step-by-Step Approach*）（2010）、萊斯特父子（James D. Lester & James D. Lester Jr.）的《學術論文寫作完全指引》（第16版）（*Writing Research Papers: A Complete Guide*）（2017）、[1]涂瑞畢恩（Kate L. Turabian）的《芝加哥大學論文寫作指南》（第9版）（*A Manual for Writers of Term Papers, Theses, and Dissertations*）（2018）、[2]韋弗－海塔（Marcus B. Weaver-Hightower）的《如何撰寫量化研究論文》（*How to Write*

[1] 萊斯特的《學術論文寫作完全指引》長久以來在美國大學院校是頗受歡迎的一本教科書，經常改版（至2017年已出到第十六版了），新版在他過世後由小萊斯特（James D. Lester Jr.）執筆踵繼。由於改版關係，換了幾家不同出版社出版，包括：Longman, Pearson, Corinthian Colleges。

[2] 由涂瑞畢恩著作的《芝加哥大學論文寫作指南》，不像《MLA論文寫作手冊》（*MLA Handbook*）和《APA論文出版手冊》（*Publication Manual of the American Psychological Association*）是由MLA和APA機構掛名著作出版。本來《MLA論文寫作手冊》在第六版前均由紀博地（Joseph Gilbaldi）署名作者。

Qualitative Research）（2018）、喬貝（Varanya Chaubey）的《研究寫作小冊》（*The Little Book of Research Writing*）（2018）……除了這些通論性的論文寫作指導專書外，更多的是各科的專業論文寫作教科書，致使如何撰寫論文儼然成了一門獨立的學科，自身反成爲另一專門的研究領域。而文學及其研究作爲一門學科，自然也得擁有一套專業的論文寫作規範。

第一節　專業化的訴求

一門學科（discipline）之所以成立的要件之一，除了要有屬於自己獨特的系統化理論之外，更要有其一套研究方法；而在達到學術化進程之前，還要發展出自成體系的學科規範，這對人文社會科學而言尤爲重要，對文學來說更屬必要；而這除了劃定出屬於一己的學科範圍之外，亦須有一種表達研究過程以至於研究成果的程序，就文學研究而言，此即一套特有的論文寫作規範。

總的來說，文學論文寫作規範的建立，也就是文學獨立設科之後朝向專業化（specialization）的一種訴求，而這種專業化的訴求則愈晚近愈強烈；這不僅反過來令學界重新思考中文學門專業化的問題，譬如研究方法及文學理論諸問題，更爲重要的是，它還刺激了方興未艾的台灣／現代文學關於學科性質本身的探問，特別是在台文系所成立短短十年不到的時間，其博碩士論文即數以千計地「量產」出來——現今更難以計數，以致這當中文學論文寫作規範如何建立，已成爲新興的台灣文學及現代文學專業化刻不容緩應予正視的一個問題。

若從此一角度來看，目前台灣文學或現代文學的論文寫作，仍有待朝學科專業化邁進。事實上，不僅是台灣文學及現代文學的專業化論文寫作尚待加強，即連中文學門（古典文學）的研究論文，相沿成習的一些陋規亦有待改進。君不見一般文學系所的博碩士研究生，甚至連文學學者或教師本身，隨處均可發現諸如底下論文寫作的問題：

1.題目本身欠缺問題意識，抑或所要傳達的研究主題概念混淆不清，往往講究修辭，將題目塗脂抹粉，裝扮得花枝招展。
2.結構層次混亂，如章名可以等同於題名，節名和章名沒有兩樣，不知題、章、節、款等有高低層次及指涉範圍大小的不同。
3.註釋或參考（引用）書目沒有規範，並且所援用之格式標準前後不一，不知參考書目與引用書目之別。

論文寫作問題叢生，當不止上述三項；然而最令人痛心疾首的是第三項關於寫作（包括註釋及參考／引用書目）格式的紊亂問題，可以說，現今翻開任何一本博碩士文學論文乃至專書，其所援用的註解及書目格式，幾乎找不到一致者（即便是「大同小異」）。相較於其他人文社會學科，如社會學、心理學、管理學、傳播學、教育學等等—— 甚至是同屬文學領域的英語文學，其由此而顯現出的學科專業化之不足則已昭然若揭。

從筆者個人的研究及教學經驗來說，首先，由於缺少文學論文寫作的學科規範，更確切地說，我們目前缺乏諸如美國文學界所襲用的由現代語言學會（Modern Language Association）

規範的《MLA論文寫作手冊》，或者像社會科學所援用的由美國心理協會（American Psychological Association）出版的《APA論文出版手冊》，以至於芝加哥大學出版的《芝加哥大學論文寫作指南》，從而導致寫作格式莫衷一是、無所適從的情況，蓋每一份學術期刊均訂有自己的寫作規範，卻本本不盡相同。其次，筆者已指導完成論文寫作及正在指導的研究生已逾百位，他們絕大多數對論文寫作皆有不知從何下手之感，更不知應所遵循的或如何依從論文寫作規範及格式，每每皆需讓我一一從最基本的寫作要求講起，而俟其論文一章一章寫完交到我手中之時，更有改作不勝負荷之困擾。

近年來有關研究方法及論文寫作專書不斷出現，顯見學科專業化程度逐日提升，但就目前台灣已出版之著作而言，坊間上可為文學領域適用之參考著作卻不多見，除開《MLA論文寫作手冊》（適合英語系所、外文系所或比較文學系所之研究生與學者使用）一書不談外，可得見的（不分類）只寥寥數本：魯長弓編《文史研究方法論集》（1974）、羅敬之《文學論文寫作講義》、林慶彰《學術論文寫作指引》、[3]劉兆祐《治學方法》、張高評《論文寫作演繹》等，[4]即可由文學領域適用之研究方法與論文寫作專書寥若晨星，顯見目前文學學門有關研究方法與論文寫作專書極端之不足，與其他社會科學諸如社會學、心理學、管理學、傳播學、教育學等相較（這些學科之相關

[3] 林慶彰後來與劉春銀另合著《讀書報告寫作指引》一書，但此書與林氏那本《學術論文寫作指引》內容上雷同性極高，前一本可說是後一本的重編。

[4] 這幾本論文寫作及研究方法專書，基本上針對的都是中文學門（古典文學）或傳統史學的讀者對象。

著作均已出版，而且數量不少），更是相形見絀，不成比例。

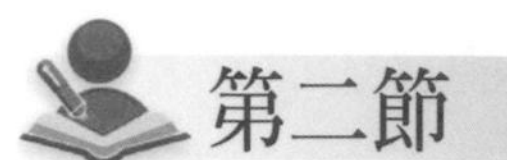

第二節　學術論文的特性

寫作學術論文讓你變得聰明，同時也會令別人（你的讀者）變得聰明或更有智慧，那是在論文寫作過程中，你由此一步一步累積知識和智慧，並以之傳遞給你的讀者；即使像文史哲論文欠缺實用性，它也能爲知識增添財富，甚至幫你解決棘手問題。寫作這種讓人變得聰明的文類，自是與衆不同，誠如周春塘所說：「它不是你期末報告的擴充版，不是你學業成就的興衰史，不是你個人生命體驗的紀錄，也不是你品評天下的工具」，[5]更不是你馳騁文采的詩文創作，「它是一部言之有物、主觀和客觀兼備的研究成果，有理論，有證據，能守成，也能創新」[6]的著作。那麼殊異性如此的學術論文本身究竟有什麼特性？

一、獨特性

在此所謂的「獨特性」，指的是文體的殊異性質，如上所述，亦即論文的寫作與其他寫作兩不相侔，有它與衆不同的獨特文體。譬如就篇幅而言，它不像一般作文的記敘文、說明文、議論文和應用文的寫作，或者是小品文、抒情散文等創作

[5] 周春塘，《撰寫論文的第一本書》（台北：書泉，2007），頁8。
[6] 同上註。

文類，這類文體篇幅通常不會太長——長到萬把字以上；然而學術論文少則萬字、長至二十萬字都所在多有。以人文學科的期刊（學報）論文（俗稱學術「小論文」）爲例，一般多在一萬字至二萬字之間；[7]學位論文的字數便要求更多，碩士論文多在七、八萬字之間（外文系所則多爲二、三萬字），博士論文則等倍長至十多萬字，拿中國文學或台灣文學／現代文學學門來說，寫至二十萬字者也不少見。[8]所以光就篇幅而言，學術論文的寫作就非其它文體可望其項背（當然中長篇小說創作與傳記例外）。

學術論文的寫作之特具獨特性，篇幅的要求只是其中一項，更爲特殊且重要的是它獨具的寫作體例與格式規範。上所說學術研究或論文寫作有專業化的訴求，從論文的體例與格式規範也可看得出來。雖然每個學科的研究論文會有各自不同的體例與格式要求，譬如引文的使用、註腳的標示、書目的編排等，但在相異中亦有其一致性，需要撰寫論文者加以辨識，並遵守其學科之要求規範，以文科而言，如果不按其寫作規範撰寫，則其下場可能將研究型論文變成一篇評論文章，而其「學術性」可能也因之不見；申言之，一篇論文是否具有學術性，往往得自其是否有依照寫作規範來評斷。

有鑑於此，論文體例與格式需要認識與學習，否則難以下筆寫作——這也是爲什麼國內外會有這麼多論文寫作指南或

---

[7] 國立台灣文學館主辦的《台灣文學研究學報》徵稿論文則長至三萬字上限；而中國大陸一般學報則少至五六千字即可刊登。

[8] 理工學門或應用性學科，則論文字數多寡不是撰述的重點所在，篇幅長短較不是問題，一般篇幅都不像人文社會學科那麼長——我自己的博論就寫了二十萬字（屬政治學學科）。中國大陸人文學科的博碩士論文字數也較台灣少，篇幅常腰斬一半。

手冊的原因；也因爲這種學術性論文寫作專業化的訴求，讓它本身的探討甚至可以獨立成科或者獨立成一門課程——而這也是爲何會有博碩士班將「研究方法與論文寫作」開設成必修課的緣由。雖然在英美有關寫作體例與格式的書籍時常修訂改版（譬如《MLA論文寫作手冊》到2021年已出到第九版了），[9]但在台灣以文科而言，有關論文寫作的格式，多年來很少改變，被批評爲相當保守，成爲現代大學的「新八股」，[10]雖然這種蕭規曹隨的寫作格式讓人較能適應，但你仍得先瞭解、學習以便遵守其規範，這些格式與體例規範與一般寫作有很大的差異，包括行文的要求都與衆不同，不僅是研究生，連學者也得熟識，才能寫出符合學術規範的論文。

二、研究性

在日常生活中，其實我們隨時隨地都在做「研究」（research）：爲親人準備生日趴；想換屋，另租一間單人套房；查詢報紙分類廣告或上求職網，在暑假找份零工；想買一輛汽車，國產或進口，從各式不同的車款中做選擇……以上任何舉措以及下決定以前，你可能得查找相關資料，勘察場地，比較優劣（包括產品、價格），拿捏自己的口袋，最後才能搞定。誠如萊斯特所說，我們對於研究並不陌生；而就學術性寫作而言，這裡的研究指的是，我們開始思考有關嚴謹與系統性的活動（a serious and systematic activity）——而這些活動涉及

[9] 隔一年（2022）授權台灣書林書店出版第九版《MLA論文寫作手冊》（英文版）。此書之各級標題均有中譯。

[10] 周春塘，頁9。

圖書館、網際網路，或田野研究等。[11]

然而什麼是研究呢？或者更確切地說，什麼是學術性研究（academic research）？研究指的是一個蒐集、分析與解釋資訊，以解答問題的活動或過程。在這個研究的過程中，研究者必須有系統地探詢（inquiry）或考察（investigation）一個主題（subject），以發現事實、理論或應用等，亦即從建立主題與找出問題開始，藉著周密的計畫，以有條理、有方法及細密的探查來發現事實，追尋答案。萊斯特便指出研究型的論文寫作涉及底下五個方面：[12]

1.發現的方法（methods of discovery）：在發現的過程中，通常包括閱讀，而它往往需要或推動你去實地訪查、觀察與實驗。也許最終你並沒有獲取解答，但由此你將瞭解對一個主題不同的觀點。在最後完成的論文，你可將他人的知識與意見綜合成你自己的想法與發現。

2.探查的技巧（investigative skills）：你必須針對複雜的題目運用重要的方法以蒐集資料，成功與否端賴你和各種不同資料來源的協商（negotiating），從圖書館的參考書籍到電子資料庫，以及從檔案文獻到最近的紙本期刊論文；而網路以其大量的資訊量，將挑戰你去發現可信賴的資料。若你從事的研究需依靠觀察、訪談、調查，乃至實驗室的實驗，你還得運用額外的考察方法才能進行資料蒐集。

---

[11] James D. Lester and James D. Lester Jr., *Writing Research Papers: A Complete Guide* (New YorK: Longman, 2002), 1.

[12] Ibid., 1-2.

3.批判的思維（critical thinking）：在你涉獵這些蒐集而來的證據時，你得知道如何分辨哪些是有用的資料以及未被發現或考慮不周的論述。尤其來自網路的資料來源雖可能提供即時可信的材料，但它們也可能只是誘惑你的不具價值與無證可查的意見。

4.邏輯（logic）：你必須像法庭裡的法官一樣，對於圍繞特定題目的問題做出判斷。你關於問題的決定，須植基於從研究題目中得到的智慧，而你的論文將仰賴你對於閱讀、觀察、訪談與試驗的邏輯反應。

5.論證的基本成分（the basic ingredients of argument）：研究型論文多半要求你有所主張（make a claim），而且要有合理的理由和證據來支持。

事實上，文科的論文寫作本身便和研究無法分開，換言之，論文寫作即是研究，而研究本身也要透過論文的寫作來完成。然而，誠如韋恩．布斯（Wayne C. Booth）等人所說：「研究是一條彎曲的路，會有一些無法預期的轉折，甚至兜圈子。」[13]因此學術論文寫起來格外辛苦，正因爲它必須從研究而來。

三、論證性

承上有關學術論文寫作所涵蓋的第五個研究的面向——論證（argument），這可說是學術論文「寫作」（writing）本身最

[13] Wayne C. Booth, Gregory G. Colomb, and Joseph M. Williams著，陳美霞、徐畢卿、許甘霖譯，《研究是一門藝術》（北京：新華，2009），頁5。

重要的要件，簡言之，論文寫作須得論證，或者說需要仰賴論證。然則什麼是論證呢？《教育部重編國語辭典（修訂本）》的解釋是：「在理則學（即邏輯學）上指前提推論出結論的過程。一個論證必含有前提與結論。」亦即論證係由前提與結論構成，而這構成論證的前提與結論兩者又是息息相關：後者由前者推導而來，而前者則可導致後者。不過，這是理則學上的說法；與我們這裡有關學術研究寫作更具相關性的《MBA智庫百科》的解釋是：「論證是指用某些理由去支持或反駁某個觀點的過程或語言形式，通常由論題、論點、論據和論證方式構成。」[14]

此一說法其實無異於上述萊斯特之說。萊斯特說，論證的基本成分是「主張」（make a claim）＋「支持的理由與證據」（support it with reasons and evidence）；前者就是研究者提出的「觀點」，而後者即是「去支持或反駁某個觀點的某些理由」。從理則學理解，則前者即結論，而後者爲前提。再以「論證」一詞觀之，顧名思義，「論」即結論、主張、觀點（或論點），而「證」即前提、證據和理由。

文科學術論文的寫作必須具有這種論證性，研究者在撰寫時，在分析研究對象（文本或人物或現象……）後，須得提出自己的看法、觀點或論點以形成主張，而這又得基於你可以拿來佐證的資料（第一手資料，有時也可能是第二手資料）——此則可以解釋爲何這種論證式文體會出現這麼多的長短引文，蓋此引文是論證過程中必不可少的佐證的根據。

---

[14] 《MBA智庫百科》，瀏覽日期2022年3月16日，https://wiki.mbalib.com/zh-tw/%E8%AE%BA%E8%AF%81。

第三節　學術論文的類型

什麼人需要寫學術論文？研究型的學者（通常是任職於研究機構和大學院校者）自不在話下，為了評鑑和升等，他們得拼命繳出論文。然而更多的是為了學位正在求學的博碩士研究生，其中碩士生對於撰寫學術論文是最為生疏也最頭痛的一群，於其而言，撰寫論文是他們開啓學術生涯的嚆矢，要拿到學位得先通過論文這一關卡。[15]

其實並非所有的碩士生均得撰寫學位論文。以美國而言，他們的碩士學位分為學術型碩士學位（Academic Masters）[16]和職業型（專業型）碩士學位（Professional Masters），[17]傾向於學術研究的前者又可分為寫論文（Thesis option）的與非寫論文（Non-Thesis option）的兩種，[18]寫論文型的研究生除了上課外，更需繳交論文接受口試。至於職業型碩士生的教育則主要涉及知識的直接運用，並不強調獨創性研究，而且多半需要實

---

[15] 國內有少數大學本科規定學生畢業前須寫出畢業論文（小論文），如台北教育大學語文與創作系（搭配「治學方法與論文寫作」課，由授課老師指導）、眞理大學台文系（由一位老師指導，但不需口試）。

[16] 學術型碩士學位一般頒發文學碩士（MA, Master of Arts）、理學碩士（MS, Master of Science）、哲學碩士（MPhil, Master of Philosophy）……。

[17] 職業型碩士學位一般頒發藝術碩士（MFA, Master of Fine Arts）、工商管理碩士（MBA, Master of Business Administration）、教育碩士（MED, Master of Education）、社會工作碩士（MSW, Master of Social Work）……。

[18] 不用寫論文的這類學術型碩士又稱為授課型碩士，有時被視為另一類。

習，不用撰寫學術論文。[19]除了美國，中國大陸的碩士學位也分成學術型和專業型兩種，對於學術的要求大體上和美國類似，[20]只是前者可拿學位證書與學歷證書，而後者多半只能拿學位證書。[21]但在我們台灣，除了少數系所的研究生，[22]基本上碩士論文是他們避免不了的一個畢業關卡，你得通過論文口試才能歡歡喜喜踏出校門。以上指的是碩士生是否須撰寫學位論文的情況，至於博士生，二話不說自然得繳出一篇紮紮實實的博士論文了。然而，博碩士論文之間有何差別？

一、碩士論文與博士論文

博士論文（dissertation）與碩士論文（thesis）是由於獲取學位高低的不同而形成的在論文寫作上的差別。[23]

首先，是「量」的不同。以文科而言，兩者要求的字數不同，如上所述，碩士論文少則五、六萬字，多則七、八萬字，

---

[19] 其實歐洲多半的碩士學位（職業型）也有類似情況，強調應用、操作與實習比寫論文重要。

[20] 我們鄰近的香港和新加坡的碩士學位則分爲授課型碩士（taught postgraduate）和研究型碩士（research postgraduate），其訴求亦類似美國與中國，授課型的修業年限通常爲一至一年半，而研究型至少要兩年；若是要再讀博士學位須先從研究型碩士讀起。

[21] 現在則分爲參加十月份單獨考試者頒發學位證書，而參加一月份考試者同時頒發學位和學歷證書。就碩士畢業後直接進入職場者來說，有無拿到學歷證書對找工作並無影響。

[22] 譬如我任教的北教大語文與創作系，研究生可選擇以文學創作代替撰寫論文畢業；而像音樂系，研究生也常以演出加上（樂曲）詮釋報告（非論文）代替論文，完成畢業要件。

[23] 底下説法參東鄉雄二等著，《文科研究指南》（天津：南開大學，2013），頁102。

甚至也有長逾十萬字；博士論文則等倍長至十五、六萬字，逾二十萬字者也大有人在。正因爲篇幅要求的差別，博士論文的研究範圍或者所處理的主題往往要比碩士論文大而且廣。不僅如此，系所通常也會責成博士生在校期間發表篇數不等的學術期刊論文，而對於碩士生（學術型或研究型）就沒有如此嚴格的要求。[24]

其次，是「質」的差異。撰寫碩士論文在研究生涯中可以說是初窺學術堂奧，如東鄉雄二等人所說，碩士生「只需要讀幾本理論著作，讀幾十篇論文，總結出其中的優缺點，並彌補先前研究理論中的不足，在論文中提出解決問題的方法，並加以論證即可」，一般不要求他們提出創見或建構嶄新的理論；[25]也因此他們可以選擇一個固定的進路，譬如一個個案（某一作家的作品），以貫徹全部的論文。相形之下，博士論文的寫作就沒這麼簡單，它需要在前人的理論基礎上構建屬於自己的理論框架，提出自己的創見；而且它所探究的一般不只一個個案，往往涉及衆多領域（跨界），所處理的訊息更加廣泛，除了詮釋、分析，還要比較，乃至得出通則。

簡言之，博士論文的寫作貴在創見，而碩士論文則重在知識的衍生。但這樣的分野卻也不見得可靠，原因是：這兩種論文之間相互交叉的地方不少；[26]如果碩士論文也能提出創見，誰曰不宜？

---

[24] 我執教的語創系便規定碩士研究生畢業前須至少發表一篇期刊論文或研討會論文。

[25] 東鄉雄二等著，頁102。

[26] 周春塘，頁12。

二、研究型論文與編纂型論文

由於學術要求程度的不同，博碩士論文的差別，在此進一步可以從「研究型論文」與「編纂型論文」[27]這個分類來看，當然，這裡指的是人文領域的論文。這是義大利小說家兼符號學家艾可（Umberto Eco）在《如何撰寫畢業論文》一書所提出的分類，不過，他在書中對這一分類卻沒做太多的說明。雖然如此，但這一分類對於我們如何要求與判斷學術屬性非常有用。大體上，研究型論文重在「發現」（discovery），而「發現」狹義的意思是「發明」（invention），但艾可說明：

> 所謂「發現」特別是人文領域的「發現」，不要以爲是核分裂、相對論，或是能治癒某種癌症的醫藥之類石破天驚的發明。人文領域的「發現」很可能微不足道，包括閱讀、解析古典作品的新方法、確認某本手稿的歸屬，因此讓某位作家的人生傳記重新受到矚目，或是重新整理、詮釋前人的研究，讓分散在不同文本中的理念得以成爲一個成熟的系統。總而言之，就理論上來說，人文領域的論文研究成果應該提出新的見解，讓同支的其他學者無法視而不見。[28]

換言之，不一定是發明（定理或理論）的「發現」，其意在對於所研究的主題提出「新的見解」（original opinion），

---

[27] Umberto Eco著，倪安宇譯，《如何撰寫畢業論文——給人文學科研究生的建議》（台北：時報，2019），頁27-29。

[28] 同上註，頁27-28。

即便它旨在提出「解析文本的新方法」，這也算是難得的「創見」了——這是「發現」的廣義的解釋。

相形之下，所謂的「編纂型論文」雖未提出什麼令人「無法視而不見」的新見解，研究生卻可以藉由寫作這類論文，「簡單展現他對大多數現今『論述』（即同一個議題的相關出版品）是具有批判觀點的，而且有能力予以清楚呈現，並嘗試連結不同觀點，勾勒出讓人一目瞭然的全貌，說不定能為研究相關課題的某位專家提供有用的資訊，因為他在那個特定問題上從未做過深入研究。」[29]所以編纂型論文也具有一定的學術貢獻，並非沒有創見就一無可取。

基本上，博士論文要求的一定是研究型論文，而碩士論文一般多為編纂型論文，但如上所說，若碩士論文有研究型論文的水準，肯定之餘即可逕自直攻博士學位了。

第四節　學術倫理的規範

如上所述，學術論文寫作既有嚴格的規範以及不同層次的要求，自不能馬虎，除了書寫文體以及格式體例須符合各該研究領域的規範外，更需恪守學術倫理。或許由於近些年來違反學術倫理的事件層出不窮，學術倫理因此特別受到重視。例如：有大學教授於學術研討會宣讀的論文抄襲自一篇頂大研究生的碩士論文（近八成文字）；有公立大學副教授升等論文係抄襲該系系主任論文；某國立大學助理教授獲公家機關補助做

---

[29] 同上註，頁28。

的研究，引用他人的圖表卻未註明出處，後被該機構認定抄襲（追回補助經費）；某位頂大博士生兼任一位副教授的研究助理，幫老師撰寫的六千字論述文字，未經同意出現在後來出版的專書中，而全書均未提到學生的名字或他的貢獻；頂大博士生花鉅款取得他人提供的研究數據，寫成論文取得博士學位，後被另一位博士生檢舉遭校方撤銷學位；一名國立大學碩士生的論文找另一所頂大博士生操刀代寫，結果被校方撤銷其碩士學位……諸如此類違反學術倫理的例子不勝枚舉（另詳本書第七章）。

學術倫理（academic ethics）又稱爲學術誠信（academic integrity）或研究倫理（research ethics），此一詞彙據稱是由「學術倫理之父」的美國學者麥凱布（Don McCabe）所提出。而什麼是學術倫理呢？澳洲高等教育質量與標準局（TEQSA）把它定義爲「對教師、學生、研究人員和學術界所有成員行爲的期望：誠實（honesty）、信任（trust）、公平（fairness）、尊重（respect）和責任（responsibility）」[30]。簡言之，係指學術界的道德守則，是研究者（包括大學生、研究生、博士後研究員、大學教授、公家和私人研究機構的學者）在進行研究工作時所必須遵循的行爲規範。我國科技部官網則稱學術倫理是學術研究的基本道德守則，也是「學術社群對學術研究行爲之自律規範，其基本原則爲誠信、負責、公正。只有在此基礎上，學術研究才能合宜有效進行，並獲得社會的信賴與支持」。[31]

---

[30] 參見TEQSA官網，‘What is academic integrity?’瀏覽日期2022年3月19日，https://www.teqsa.gov.au/what-academic-integrity。

[31] 參見科技部，〈科技部對學術倫理的聲明〉（2014年10月20日修

有鑑於學術倫理一直以來未受到重視，教育部特別爲此發布〈專科以上學校學術倫理案件處理原則〉，明確指出學生或教師之學術成果有下列情形之一者，違反學術倫理：[32]

1.造假：虛構不存在之申請資料、研究資料或研究成果。
2.變造：不實變更申請資料、研究資料或研究成果。
3.抄襲：援用他人之申請資料、研究資料或研究成果未註明出處。註明出處不當，情節重大者，以抄襲論。
4.由他人代寫。
5.未經註明而重複出版公開發行。
6.大幅引用自己已發表之著作，未適當引註。
7.以翻譯代替論著，並未適當註明。
8.教師資格審查履歷表、合著人證明登載不實，代表作未確實塡載爲合著及繳交合著人證明。
9.送審人本人或經由他人有請託、關說、利誘、威脅或其他干擾審查人或審查程序之情事，或送審人以違法或不當手段影響論文之審查。
10.其他違反學術倫理行爲。

教育部指出的上述這幾種違反學術倫理的情形，其實和TEQSA所主張的研究行爲須本著「誠實、信任、公平、尊重和責任」的守則若合符節。除了大學院校的主管機關教育部，接受研究計畫申請與補助的科技部亦指出，違反學術倫理的行爲

訂），瀏覽日期2022年3月20日，https://www.most.gov.tw/folksonomy/list/7e00ab5c-80ad-4115-b76f-6668b8ec5a7c?l=ch。

[32] 參閱教育部，〈專科以上學校學術倫理案件處理原則〉（2017年5月31日發布）。

涵蓋：造假、變造、抄襲、研究成果重複發表或未適當引註、以違法或不當手段影響論文審查、不當作者列名等，[33]在它所頒布的〈科技部對研究人員學術倫理規範〉對此違反行為有進一步的規範。

事實上，違反學術倫理的行為，往往也同時涉及著作權法的侵權，亦即有犯法之虞。有時研究者並非出於刻意偽造或抄襲，而是由於寫作疏忽的無心之過（如對於引用或註解格式的無知或陌生），在撰寫論文時不得不小心謹慎以致誤用或錯置。總之，學術論文的撰寫非一蹴可幾，除了於研究與撰寫過程得盡心盡力外，還須信守學術倫理，以免陷自己於不堪甚或違法的境地。

---

[33] 參閱〈科技部對研究人員學術倫理規範〉第二條。共十四條條文的〈規範〉於2013年2月25日訂頒，曾數度修正，最近的修正為2019年11月21日。

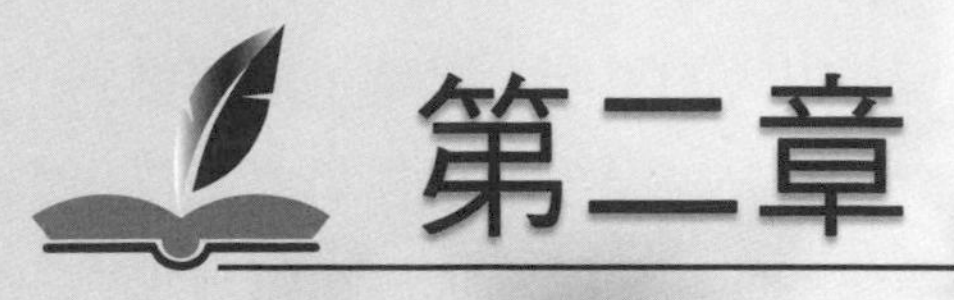

第二章 研究主題的選擇

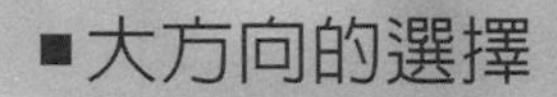

- 大方向的選擇
- 小方向的選擇
- 研究主題的形成

論文的寫作，首先是從選擇所要研究的主題（subject）入手。論文寫作與其他類型的寫作，譬如文學創作（詩、散文、小說、戲劇等等），有著很大的不同，賦詩可以憑靈感一氣呵成，小說創作雖然講究謀篇、布局，惟往往仍要憑恃作家本人的才氣，他們的寫作過程不像寫作論文那樣複雜（講白一點，也就是那麼難搞），論文的寫作，或者說從事某一特定主題／課題的研究之作，無法像文學創作那樣憑恃才氣，需要「一步一腳印」地下苦功，始能剋期完成。所謂「萬事起頭難」，論文寫作有一定的步驟，在寫作之前，必須先確定所欲研究的主題，但是如何選擇，以至於決定研究之主題，卻是一件吃力不討好的工作，不管是對初入研究之門的人，或是稍有經驗的人而言，都不是一件容易的事。

如何選擇所欲從事研究的主題？其實選擇研究主題就是在決定你的研究方向，誠如林慶彰所說：「有好的研究方向，雖不一定可以寫出出色的論文，但至少爲將來完成一本出色的論文奠下良好的基礎，也爲將來的學術生涯，踏出成功的第一步。所以選擇研究方向的事，非特別謹愼不可。」[1]關於研究方向的選擇，可以從底下大方向與小方向兩個方面來加以考慮。

第一節　大方向的選擇

從大方向來考慮研究主題的選擇時，需要對以下幾種情況做一番評估：

[1] 林慶彰，《學術論文寫作指引》（台北：萬卷樓，1996），頁121。

一、自我人格特質與興趣的評估

(一)自我人格特質

自我人格特質指的就是自我的個性，自我個性如何隱隱然關涉研究主題的選擇乃至於研究的成敗。畢恆達在《教授爲什麼沒告訴我？》一書中即曾指出：「研究題目的選擇要考慮自己的人格特質，如果你很害羞，可能就不適合需要與陌生人頻繁接觸的田野調查。……如果你對色情場所現象有興趣，但是你自己的個性又不適合進入這樣的場所，或者你可能進入卻壞了名聲，那你可能就不適合進行必須要透過參與觀察才能理解的色情場所現象。」[2]舉個例子，如果你個人是屬於「較放不開」的個性，同時又有「性別潔癖」傾向，那麼類似「台灣同性戀文學作品銷售狀況」這樣的研究主題，恐怕於你而言就會顯得格格不入，因爲很難想像屆時你如何能夠進入像晶晶書庫這類同志書店著手調查或觀察，而且可以「氣不喘」、「臉不紅」。

(二)自我興趣

從事研究學術工作，非得要盡情投入不可，這依靠的就是你對研究所展現的熱情，而這熱情又出自你對研究主題的興趣。在確定你的研究方向之前，一定要捫心自問：「我自己對這個研究方向（或研究主題）感不感興趣？」試想：連自己都對所選擇的主題毫無興趣（當然也就不會有熱情），這個研究

---

[2] 畢恆達，《教授爲什麼沒告訴我？》（台北：學富，2005），頁9。

如何進行下去？

關於研究的興趣還可以進一步再思考，例如你對中國古典文學興趣缺缺，索然無味，並對「台灣文學」這一學門／研究領域感到較有興趣，但就如林慶彰所說：「對某一學科有興趣，也不完全等於對某一研究方向有興趣。」[3]比方說，這時你尙須考量：到底是台灣的日據（日治）時期文學或者是台灣的當代文學，你個人比較感到興趣（台灣明清時代的古典文學不消說是不在你的考量範圍）？因爲即使是同屬於一個學門或學科，其所涉及的研究對象、研究問題，甚至於研究工具，亦不盡相同，有些課題的研究性質甚至有著很大的差異。

這裏要特別提醒的是，如果你是位研究生，不能完全讓指導教授幫你決定研究的主題或方向——除非他的提議符合你自己的興趣，否則那對於你論文的寫作將是個災難。有一種比較常見的狀況是，往往不少研究生缺乏研究的「方向感」，有待教授幫他「定向」，建議他進行研究的主題，而他也接受老師的意見，開始著手準備寫作論文；俟經過若干時日的探索後，才發覺對這個主題不感興趣，可是又不敢向他的指導教授表明，最後可能就變成「一錯就錯到底」的局面，或者面臨中途更換研究方向的窘境。筆者任教於佛光大學文學系（現改爲中國文學與應用學系）時，曾提議這個題目「台灣現代詩標點符號的運用」給一位自己指導的碩士生，讓他試試看這個題目，當時他沒有（可能是不敢）拒絕，自此之後「失聯」了一年時間，然後才回過頭來跟我說他沒有興趣，也自覺無法完成這個研究課題，匆促之間更換題目。所以面對指導教授丟給你的題

[3] 林慶彰，頁122。

目，如果完全沒有興趣，你一定要有勇氣向他說NO！

二、自我能力的評估

研究主題的選擇，除了考量研究者自我的個性與興趣之外，還涉及其本身所具備的學術能力條件。某些研究主題需要研究者本身具備某些特定的能力，例如「從比較文學的角度來檢視一九六〇年代台灣現代詩中『橫的移植』」這樣的研究主題，研究者本身當然要具備比較文學理論的專業能力，甚且對於西方象徵主義（symbolism）、超現實主義（surrealism）以及存在主義（existentialism）等西方文學思潮及其背景要有相當的認識，否則其將難以完成這一主題的研究工作，因而研究者在確定能從事研究的主題前，一定得先衡量自己本身關於進行該一研究所須具備的基本能力，絕對不能好高騖遠——那只會害苦自己。當然，如果你另有所圖，比如找一個自己能力尚未「完全」具足的主題以便向自己本身挑戰，當作鞭策自己的一個「試金石」，也未嘗不可；惟若是出於這樣的研究動機，則還要考慮另一個問題，即自己有多少時間可以完成這個「難」題（下詳）。

怎麼評估自我的研究能力以從事主題的選擇？底下提供三個藉以尋思的方向：

(一)語文的能力

以研究領域限定在「台灣現／當代文學」這個範疇內來說，除了極少數的情況，比如你以英文撰寫投稿到A&HCI的期刊上發表（或在以外文發表的國際學術研討會上宣讀論文），否則以中（漢）文撰寫你的論文乃是自然而然的推論，這根本扯不上如何選擇語言工具（以撰寫及發表你的論文）的問題。問題倒不在這裏，而在你的研究主題所針對的對象及其涉及的範圍（例如文獻資料的解讀與研判），可能要運用到中文之外的其他語文，包括英語、日語、台語、客語（乃至文言古文）等。關於此點，研究者可以有如下的「負向」思考：

1.英語能力不足——不宜選擇與外國文學（英語系國家的文學）或比較文學研究領域相關的主題。

2.日語能力不足——不宜選擇與日本（文學）有關的研究主題（關於台灣日據時代的文學或文化研究，也可從這一角度思考）。

3.台語／客語能力不足——最好就不要去碰觸「台語／客語文學或文化」之類的研究主題。

4.文言古文能力不足——最好也不要去碰觸中國（台灣）古典文學（哲學、歷史、文化……）的研究主題。

筆者在佛光大學文學系任教時曾指導一位碩士生，她原來擬定的研究題目是「村上春樹小說研究」，在論文計畫口試時曾被其他老師質疑：為何研究村上春樹的小說，引用書目不見其日文原著？原來她用的全是村上的中文譯本（幾乎全是賴明珠的譯本），因為她不懂日文，無法直接閱讀村上的日文原著；為此，她的論文題目在口試之後被建議修改為「村上春樹中譯小說研究」，為她的「日語能力不足」解套。可見在選擇研究題目之前，事前對於自我語文能力的評估絕對有必要。

(二)理論的能力

任何學科的研究，不論其對象爲何，幾乎無法不涉及理論的適用，對現代文學的研究更屬如是，有人即開玩笑說：「不用理論（或不主張運用理論）——這本身也是一種理論！」對於現代文學（或其他人文學科）的研究，已經難以拋開理論；而事實也似乎證明：不用理論從事研究——不管其研究的對象是文學文本、現象、活動，乃至某一文學社群——其研究結果只換來「淺薄」兩字。

理論既是非碰不可，那麼如何運用適切的理論於所從事的研究對象就非常重要；某種理論能否適用於所選定的文學文本（作品）或現象，在確定研究主題之前就必須事先考慮，同時更要衡量：自己是否具備該理論的完整能力？如果對該理論（比如結構主義或新歷史主義）素養不足，那麼勉強運用的結果，鐵定漏洞百出，不可不愼。

(三)方法的能力

不少學科（尤其是應用科學）所從事的研究工作，其方法（如實驗法）運用得當與否，幾乎是研究（也是論文撰寫）成敗的主要關鍵。就現代文學的研究而言，雖然在論文的撰寫上，多半主要進行質性的研究（qualitative inquiry），並且運用的主要也是與之相關的文獻分析法（document analysis），然而有些特定的研究主題有時也會運用到量化的技術，比如內容分析法（content analysis），那麼研究者在確定該研究主題前就必須考慮自己有無統計學方面的訓練。即便進行質性研究，亦可能涉及訪談法（interview）的運用，那麼研究者就不能不具備相關的訪談伎倆，以及設計問卷的能力。對於研究主題的選

擇，不能忽略與之相關的方法問題，而自己是否具備一定的方法條件，也就不能不加以評估。

三、研究工作可行性的評估

所謂研究工作的可行性，在這裏指的是研究工作能否進行，以及在研究過程中所可能遭遇的困難程度。這個「可行性」問題，主要指非自身的條件或能力，而是涉及與研究者及其研究主題相關的時間、經費及人力等問題。

(一)時間

關於時間的可行性評估，可分從底下兩點思索：

其一是指研究對象的時間，這是指所選擇的研究主題本身有其限定的研究範圍，比如你所選定的主題是「解嚴以後的台灣海洋文學」或是「一九八○年代以來的懷鄉詩（或鄉愁詩）」，那麼你的研究對象的時間即包括了「從解嚴以後迄今」或「一九八○年代以來迄今」約四十年左右的時長。研究者需要考慮的是，研究對象的時間跨度愈長，所需蒐集及處理的資料範圍，以及所需投入的研究時間將愈爲增加，也更爲困難。如果你要撰寫的只是小論文（約爲一、二萬字）而不是博碩士論文，則研究對象所涵蓋的時間跨度宜短不宜長。

其二是指研究者自己的時間，也就是說，研究者本人準備投入多少時間去研究這個他所欲選定的研究主題。如果你從事研究及撰寫論文的時間有限，那麼你就不能選擇須耗時甚久而且困難度太大的題目，否則將會淪爲「搬石頭砸自己的腳」的困局。假如你是位研究生，你就必須掂量自己在課餘（甚或

兼差之餘）尚有多少時間可以花在論文的撰寫上；同時更重要的還要考慮自己想讀幾年就畢業，試想念兩年就畢業與讀四年始卒業的研究生，撰寫論文的時間畢竟不同，關涉研究主題的選擇也會有所不同。如果你想早一點畢業，就不宜選擇「太難搞」的研究主題。

(二)經費

有些研究主題背後須有相當的經費予以支撐，否則難以進行，比如有關原住民口傳文學的採集，必須調查訪問，乃至於從事一段時日的田野調查，這除了需要投入相當的研究時間之外，還需要有若干的研究經費支持始得以進行，如果你不是申請到科技部的研究計畫而有一筆研究經費可資運用，那就要考慮自己可否承擔該筆研究的花費。研究者的預算不足，就不宜選擇需花費大筆金錢的研究主題，否則屆時有可能把自己弄到進退不得的境地。

(三)人力

現代文學的研究者多半是「單幹戶」，很少的研究主題要合眾人之力始得為之，所以比較不需要考慮研究人力的問題；然而仍有一些研究主題——特別是需要進行問卷調查（或電話訪問）以為統計分析的題目，如無足夠的人力予以配合，恐怕也不易完成，假如想從台北市圖書館（含學校圖書館）文學書籍的借閱率來探討文學閱讀人口或讀書文化發展（或演變）的趨勢，光依賴研究者一人之力是難以剋期完成的。又如想研究一九九〇年代台灣報紙副刊（《中國時報人間副刊》或《聯合報副刊》）專欄寫作的變化情況，若非合多人之力恐難以為功，光是統計這些相關的專欄資料，便是一項浩大的工程，非有足夠的人力不克完成。

(四)資料或研究對象的可接近性

在研究主題的選擇上，還要考量到資料蒐集以及研究對象的可接近性（accessibility）問題。有些研究對象或資料因爲難以接近，以致無法近距離觀察或獲得，比如一些特定的宗教場所（如伊斯蘭教或一貫道）或者單一性別的場所，不被允許或不能進入探查，相關的研究主題也就難以進行。試想如果不被允許進入監獄以訪問監獄作家，那麼想要以實證方式進行監獄文學創作的探析，恐怕就無法完成。

第二節　小方向的選擇

從小方向來考量研究主題的選擇問題時，除需要考慮研究主題與所處學科的關係外，亦須對研究的目的做一番評估：

一、研究主題與所處學科關係的評估

任何一個研究主題都有它所歸屬的學科或學門，而每一個學科或學門從其定義本身便爲自身劃下研究的界限，也就是該學科或學門所涵蓋的研究範圍，而不在其研究界限之內的題目，就會被判定不屬於該學科或學門的研究對象。雖然二十世紀下半葉以來，跨學科的研究在學界寖假形成一種風氣，科際整合的主張或論調也爲多數學科所接受，但仍有不少學科或學門依舊頗有「門戶之見」，將自己的研究界限劃得極爲清楚，致使其於研究主題的選擇不得越雷池一步，須謹守其學科規範

的研究範疇。

畢恆達在《教授為什麼沒告訴我？》一書中便舉了一個例子，譬如關於「墮胎」主題的研究，如果你選定的是「醫療技術、墮胎經驗對女性身體意象所造成的影響」這樣的題目，那麼這屬於醫學或心理學的研究範圍，並不適合他所在的城鄉所的研究，但是如果把這類主題改為諸如「墮胎診所的空間分布」或「醫院墮胎的空間設計」這樣的題目，那就可以符合城鄉所所劃定的學科界限。[4]

筆者在執教的佛光大學文學系與國立台北教育大學台灣文學所（現改為台灣文化所），即遇過類似畢恆達所舉的例子。佛光大學文學系有位筆者所指導的研究生原先擬定的研究題目為「李安電影的女性形象研究」，因為未及思考其與所處學科的隸屬關係，以致在研究計畫口試時遭到其他老師的質疑：李安的電影與文學有何關係？文學系的學生為何要拿這種屬於電影科系或大眾傳播科系的題目來做研究？有鑑於此，該研究在未更動題目的原則下，後來只得將李安的電影限定在（小說）改編電影的對象上。另外，有位國北教大台文所的研究生原想以「余華小說研究」為論文題目，余華的小說自然是文學作品，毫無疑義，但這回碰到的是：余華並不屬於台灣文學的範疇，因為該生念的是台灣文學所（不是中國文學系或文學系），考慮到其所隸屬的學科關係，筆者建議她打消念頭另選研究主題，或者將余華小說拿來與台灣本地另一位小說家的作品做比較，便能涵蓋在台灣文學的學科範圍內。由於比較研究難做，最後她只好「另起爐灶」。

---

[4] 畢恆達，頁8。

二、研究目的的評估

撰寫學術論文，當然要從學術的角度去考慮研究的目的，在選擇何種研究主題的同時，幾乎也就決定了該研究企圖所要達到的目的。出於學術研究的考量，有關研究目的的評估，諸如該研究可否塡補某個研究領域的空缺（這也就是指該研究主題是否具新穎性）；或該研究是否可能有理論或方法上的創新；該研究有無推翻（或修正）前人陳舊的論點……凡此種種皆屬研究目的的評估。一般學者的研究（升等）論文以及博碩士論文在研究主題的選擇上，必須從上述學術的目的予以評估。

從研究目的來考慮，最重要的是對研究主題的選擇要有新意；所謂「新意」並不只限於題目本身要有新鮮感（亦即前人未做過的題目），尙包括其所援用的理論或研究方法是否具有開創性。例如葉嘉瑩教授嘗試運用西方當代的文學理論（詮釋學、現象學、女性主義等）以研究宋詞（參見氏著《中國詞學的現代觀》），[5]就頗具「新意」，也就是其研究目的具有開創性（目的在將西方文論融入中國詞學研究中）。

從另一個較爲宏觀的角度來看，關於研究目的的評估，我們還要問一個基本的問題，那就是爲什麼要選擇這個研究主題，除了出於學術的考量外，也應考慮到個人「小我」與「大我」的目的：

---

[5] 葉嘉瑩，《中國詞學的現代觀》（長沙：岳麓書社，1992）。

(一)小我的目的

研究主題的選擇可以和個人的「學涯」或「職涯」計畫連結在一起，比方說如果是基於未來要繼續攻讀博士學位的「學涯規劃」設想，那麼就應該選擇較有挑戰性的碩士論文題目來撰寫（因爲博士班入學考試通常會審查之前的碩士論文）；如果只是出於將來就業需要的考慮，沒有學術研究的雄心壯志，那麼就可以選擇一個比較易於進行的研究主題，研究難度不必太高，不用跟自己過不去；乃至於你是位在職研究生，可結合現有工作環境易於掌握或獲得的資源，選擇適當的研究題目，以利於進行，早一點順利畢業拿到學位。

(二)大我的目的

以上小我的目的是出於個人一己的考量；然而，有時個人的研究有更高的、更宏大的目的，那就是畢恆達所說的係爲了「實踐目的或者社會、政治目的」。有些研究者源於淑世的觀念或理想，「例如爲了改善婦女的生活處境、解決失業問題、消除種族歧視、減少環境污染」，[6]試圖從其研究中提供一個合理的解答，甚至找出可能的解決辦法。拿文學研究的例子來說，一名主張同志平等權的研究者，考慮是否從台灣同志小說文本的深層解讀可以解除一般人對同志根深柢固的刻板印象，如果他是出於這樣的考量，即爲大我的研究目的的評估。

顯而易見，上述小我與大我目的並不全然互斥，乃至於與出於學術的研究目的可以同時並存不悖，例如對於某一女性文學作品的研究，從學術上考量以前人未曾注意的女性主義角度

---

[6] 畢恆達，頁9。

（或理論）著手進行研究，不僅可以有嶄新的研究成果，在學術上有一定的貢獻，也有可能爲研究者本身訴求的「尋找自覺的（女性主義的）女性讀者」此一實踐性標的，獲致滿意的答案。

第三節　研究主題的形成

如何形成我們的研究主題呢？上兩節所提研究主題的選擇，其實是在研究主題形成的過程中進行的；進一步言，選擇研究主題之前，先要找尋研究主題，而研究主題的形成也就在於尋找並選擇研究主題的過程，一俟研究主題確定，其形成過程也就完成。

主題形成的過程，可以從方向的不同分成兩個類型：一是所謂的「逐漸聚焦型」。這是指研究者一開始只有一個大概的、粗略的研究方向（例如想研究日據時期的台灣詩人），焦點並不明確，後來經過大量的蒐集文獻資料，加以詳閱，慢慢整理出心得，其原先模糊的焦點終於「定焦」（例如研究楊華的小詩體），而要探討的輪廓才清晰起來（師承淵源及其比較、體式及語言表現等等）。二是所謂的「焦點集中型」。這是指研究者一開始即有一關注的研究範圍與具體的研究對象（例如想研究「當代台灣眷村小說」），研究焦點集中且明確。但是這樣的研究主題是否值得研究？比如說，之前是否已經有人寫過同樣或類似的題目，還是要回過頭來透過資料的蒐集與閱讀，才能確認原先敲定的研究對象可否進行研究，此時研究者免不了要重新「對焦」，對研究範圍和對象加以調整

（如縮小範圍研究「朱天心的眷村小說」）。[7]總之，不管是哪一種「聚焦」類型，其研究主題的形成均有相似的步驟。

一、研究主題形成的過程

尋找並選擇研究主題需要一段時間，底下是在形成的過程中可以採取的幾種步驟，這些步驟沒有必然的前後關係，是否先要進行哪一種步驟因人而異，你可以說這些可能採取的步驟，在研究主題的形成過程中是同時進行的：

(一)研究者個人對主題的猜想與思考

首先，研究者個人得隨時準備一本可以記錄想法與發問的筆記，寫下自己的心得與猜想（speculation），並找時間放到電腦的「檔案夾」內；如果有必要，某些資料可以直接掃描或從網路上下載到「檔案夾」裏。研究者如何對主題進行猜想與思考？凱許（Phyllis Cash）即建議可考慮使用「自由聯想法」（或稱為「自由式寫作法」），針對一個較大的或是寬鬆的主題，自由興發聯想，不管想到什麼（不必考慮它合不合適，有無相關），直接隨手寫下來就是。[8]

其次，另一個較為制約（可能也較為有效）的猜想方法是，記下與這個大主題（有時只是一個名詞，如「李昂」）相關的術語、概念與片語，李斯特二氏（James D. Lester & James

---

[7] 同上註，頁5。

[8] Phyllis Cash, *How to Develop and Write a Research Paper* (New York: ARCO, 1988), 3-5.

D. Lester, Jr.）將此稱之爲「列出關鍵字」（listing keywords），[9]譬如以「李昂」爲例，與之相關的「關鍵字」可以想到：女作家、女性小說家、《殺夫》、情色文學、女性主義、女性與性、女性意識、女性書寫……。「關鍵字」的猜想可以不必限定數目。然後再將先前所想到的「關鍵字」，以由大而小（範圍）的方式粗略的排列（如：李昂→女小說家→女性主義→情色文學→《殺夫》→女性與性→女性意識→女性書寫），初步地加以組織。

再次，組織（或排列）上述「關鍵字」的方式，李斯特二氏還提出一所謂的「叢集法」（clustering），也就是將聯想到的「關鍵字」同時連結到居中心位置的大主題[10]（如果是從無到有的聯想方向或角度來說，此「叢集法」其實就是俗稱的「樹枝狀發想法」）。仍以「李昂」爲例，「叢集法」如下圖所示（這個發想法還可以從第二個層次推想到第三、第四……層次）：

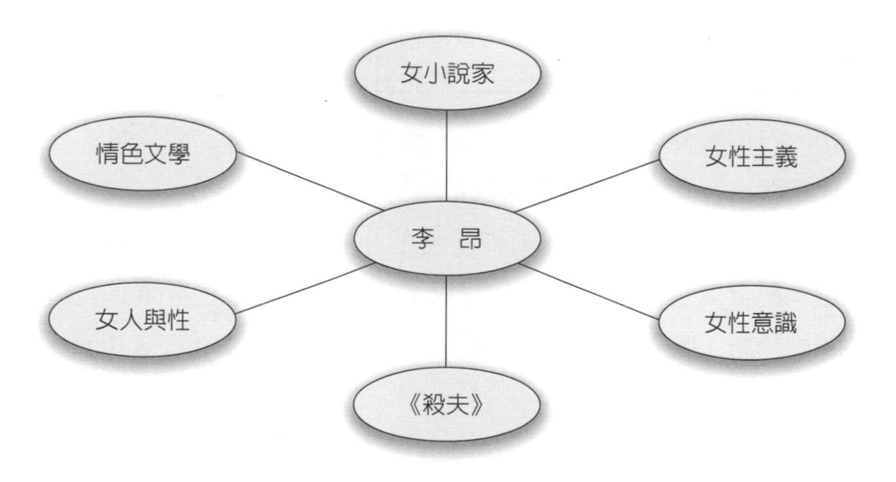

[9] James D. Lester and James D. Lester, Jr., *Writing Research Papers: A Complete Guide* (New York: Longman, 2002), 13.
[10] Ibid., 14.

在上述的猜（發）想中，李斯特二氏提出還可進一步從底下諸方面予以思考：[11]

1.比較（comparison）——如李昂與其他同輩女作家有何差異？
2.定義（definition）——如什麼是「情色文學」？「女性意識」必須具備什麼？
3.因／果（cause / effect）——如李昂寫作《殺夫》的動因爲何？《殺夫》有何重要的影響或啓示？
4.過程（process）——如李昂如何寫作她的《殺夫》？（或更大的思考：情色文學的發展過程爲何？乃至於女性主義的演變情形爲何？）
5.分類（classification）——如情色文學可分成哪幾種類型？
6.評價（evaluation）——如《殺夫》對於情色文學以至於女性主義作品有何貢獻？它在李昂個人的創作生涯中居有何種地位？

(二)閱讀書、報、刊及博碩士論文

研究主題如何而來？具體地說，尋找題目的靈感從何而來？最簡便也是最有效的方式是從廣泛地閱讀各種相關（包括直接與間接）的文獻資料著手，這些資料包含：專書（各種理論、評論及文學文本）、報紙（不只是文化和副刊版面而已，也包括其他要聞版）、雜誌（一般文化／文學雜誌，如《文訊》、《聯合文學》、《印刻》、《台灣文藝》等，以及學術

[11] Ibid., 15.

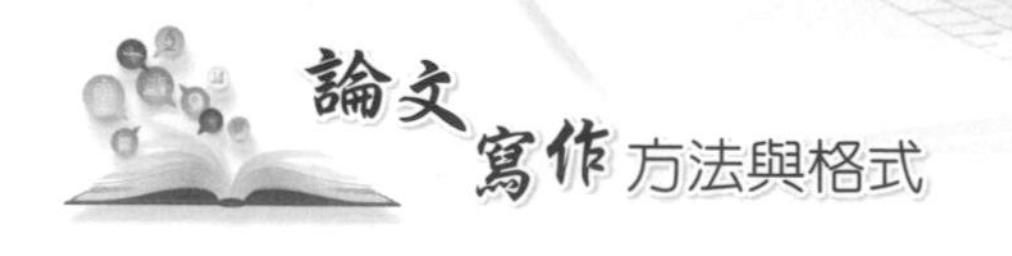

性期刊，如《中外文學》、《台灣詩學》等），以至於最近幾年內的博碩士論文。找尋這些資料的途徑，可以利用電腦連上全球資訊網（W.W.W.）透過主要的「搜尋引擎」如Google（輸入相關的關鍵字）等查詢，或者藉由相關圖書館的線上公用目錄查詢（下詳第四章）；其他像亞馬遜及博客來網路書店，也可以透過電腦連線查詢到所要的相關基本資料。

但是查詢資料只是接觸文獻的第一步，更重要的是，你必須將這些文獻資料找到，並親自翻閱，甚至還要做筆記，記下重點、寫下心得。有鑑於此，跑圖書館與逛書店是尋找並取得所欲文獻資料的不二法門，因爲從網路上所得到的書刊文的內容摘要或簡介是不夠的，充其量那只能做爲你初步篩選資料的依據，但對於形成你研究主題的「靈感」來說，助益不大。

在閱讀上述這些文獻資料時，特別要注意的是專書、期刊論文與博碩士論文文末所附加的參考書目或引用書目（文獻），這是提供相關研究（主題）的最佳「索引」，可以按圖索驥進一步去追蹤更多的訊息。如果參閱的是學位論文，一般在論文後面（最後一章）都會有相關的「勸告」（advice），對你在尋思及選擇研究主題方面，或多或少會有所啓示，所以是閱讀上不可忽略之處。此外，閱讀報紙（或其他相關新聞媒體）上的文章或新聞報導，也會刺激你對研究主題的思考，有些反映時下文學思潮或特殊文藝現象（例如手機文學）的論文題目，就是從這裏找到靈感的。

(三)聆聽相關課程或演講

不要忽略了從你選修的課程中找尋研究題目，教師上課所講授的內容以及相關的提示，都是刺激靈感的主要來源之一，

你想到的題目往往是從教師上課的內容中所引發出來的。由於課業上經由教師的講解、同學的參與討論，以及上課之前的預習與研讀，對於所修習的該門科目（學科）必然較爲熟稔，容易從中興發研究主題或至少與研究主題有關的構想。

關於聆聽演講的部分，目前國內已有不少相關的文學系所已將聽演講（包括參加學術研討會）活動列爲研究生提出論文口試之前必須具備的修業要件，儘管各系所所規定的場次不盡相同，仍可見其受重視之程度。專家演講的內容以及研討會上發表的論文與相關討論，在在都是尋求研究主題的來源，往往當中的一個論點，最後竟演變成你百思不得其解的題目因此迎刃而解，所以花在聽演講（與參加學術研討會）的時間絕對不會白白浪費的。

(四)請教他人或與師長、同學討論

有時研究主題的形成，是從與他人的談話中受到啓示而生發的；如果你完全沒有有關論文題目的構想，或者有若干想法但不是很成熟，此時從請教他人的意見中也會有意想不到的收穫。所謂的「他人」，包括師長與同學（或同事），你可以向他們提問並與之討論，往往別人給的意見一經點醒，馬上令你茅塞頓開，特別是與自己的老師討論，由於後者的指導，很能讓你「柳暗花明」，使原先尚未能完全聚焦的主題，水到渠成，手到擒來。

在此，李斯特二氏在《學術論文寫作完全指引》（*Writing Research Papers: A Complete Guide*）一書中特別提醒研究者，所謂的請教他人，還可以利用電腦上網進入相關的同好性網站「拋磚引玉」，或者借用E-mail與自己的師長、好友、同學——尤其

是指導教授溝通；指導教授還可能建議你去檢視某一網站，瀏覽並查閱相關文獻（以形成你的問題意識）。[12]

二、尋找指導教授

研究主題的形成與你所找的指導教授密切相關，尤其學位論文題目最終的確定，得經過你的指導教授的點頭；而上面所說的在向「他人請教」的過程中，其中最重要的「他人」就是自己所找的指導教授，指導教授往往決定了你一半的主題選擇，可以說，大部分研究生最初所提出的論文題目（或題目構想），經與指導教授商量後，幾乎都要遭到修改或調整的「下場」。筆者所指導的研究生，情形皆屬如此。

一般而言，如果你缺乏研究方向，指導教授可以替你勾勒一個大方向；如果你心中只有一個模糊的大方向，指導教授可以幫你限縮爲更爲具體的小方向；他可以爲你調整或修改研究範圍或對象；他也可以建議你援用哪種文學理論做爲研究的依據；乃至於他還可以找出適宜的、妥切的研究方法供你參酌——指導教授指導之爲「用」，大矣（參考第一節所述，筆者自己替佛光大學文學系研究生決定論文題目「台灣現代詩標點符號的運用」的例子）。[13]所以研究生選擇自己的指導教授，不啻就在選擇他的研究主題，不可不慎。

然而，研究生該如何選擇他的指導教授呢？[14]底下提供兩個

---

[12] Ibid., 17.

[13] 同一個論文題目，在筆者任教於國立台北教育大學台灣文學所第二年（2006年），轉給另一位筆者指導的研究生，她欣然接受了。

[14] 選擇指導教授——這是學生的權利，也是對研究生本身的一種訓練，

可供尋思的方向：

(一)指導教授專長的考量

這是選擇指導教授首要的考慮，也就是你所找尋的指導教授，其學術專長須符合你的研究主題。當然，很有可能你的研究主題還未形成之前就要先找到能夠指導你論文的教授，不少文學系所規定有確認研究生指導教授的時間（通常在第三個學期結束前），所以常常是先確定指導教授，再由他幫研究生形成研究主題。縱然如此，即使論文主題目尚未確定，找指導教授一樣要先考量其學術專長——這包括他擁有的理論背景、平素的研究成果，乃至於其被歸屬於何種學派（如「鵝湖學派」）等等，比如你的興趣在現代文學或台灣文學，也想撰寫這類題目，就不能去找專治古典／中國／西洋文學的教授，否則難以對你的研究問題「對症下藥」，甚至有可能造成「外行領導內行」（這特別是對博士生而言）。

(二)與指導教授互動的考量

與指導教授互動的因素，往往在研究生選擇指導教授時被忽略掉，但是這個因素在撰寫論文的過程中卻異常重要，如果欠缺考慮，有時也會變成你撰寫論文的災難。與指導教授互動的情形，必須事先考慮到：

1.教授個人的生活及工作狀況——如他或她是否很忙（兼

蓋選擇指導教授如同選擇研究主題一樣，是學術研究訓練的一環，千萬不能讓教授「越俎代庖」反過來主動挑學生；教授如果這麼做，那就是「綁票學生」，蓋被指定或「認養」的學生私下不見得願意被指導（但又不敢明目張膽表明說「不願意」），學生心中只有喊苦。「綁票學生」無異於剝奪了學生的受教權。

校長／副校長、三長等行政職務）？門下弟子是否太多？近年內有無長時間出國打算（休假、客座、訪問……）？換言之，他到底有無時間可以分配給你來指導你的論文寫作？[15]

2.教授本身的個性——如他是否屬於那種「擇善固執型」的老師？本身是否擅於溝通？

3.教授對於學生的要求——如他對學生是否有「恨鐵不成鋼」的執著態度？他會否堅持其高標準而與學生「刁難」？簡言之，他對學生一般的要求是嚴或鬆？

4.自己本身對指導教授的態度——如自己會否害怕找指導教授溝通？是否敢於主動求教？倘自己的個性被動，是否考慮找一位會主動要求的指導教授？

在撰寫論文的過程中，如果對於上述諸項情況均予事先考量清楚，研究生將與指導教授形成良性的互動，對其研究將有莫大的裨益；更爲重要的是，在他一開始選擇研究主題時，就不會走錯路。筆者曾見過有研究生找上從國外回台客座一學期的老師當她的指導教授，當時提醒她須考量指導教授能否有時間指導的問題；由於「迷信」於該著名教授的聲譽，未接受筆者的忠告仍貿然決定，該教授雖也勉強應允她指導其撰寫論文，等他返回僑居地後一年，最終仍面臨更換指導教授的殘酷命運。總之，在選擇你的指導教授時，千萬不可好高騖遠，實事求是才是上策。

---

[15] 現在大學院校的教師們一般都很忙碌，如非意外，多數教師門下同時都收有不少研究生在接受其指導，往往「首尾」難以兼顧；爲此，研究生爲了不讓自己被教授「放牛吃草」，一定要自己主動求教於他，不可以私下「蠻幹」（否則到頭來有可能會白忙一場）。

口試委員的選擇

完成學位論文總算告一段落，終於可以畢業拿到學位證書了。且慢！除了須先通過指導教授這一關，讓他點頭同意，還有最後的論文口試，闖過這一關才真正「修得正果」。研究生提交的論文是否可以過關獲得學位，最終係由系所為此成立的論文審查委員會來把關。

學位論文的審查會一般稱為「論文口試」。但這論文口試有時還要經過兩次考驗：一次是研究計畫（或論文計畫）的口試，另一次是論文完成後的口試。不少系所規定，研究生在撰寫論文之前須先擬定研究計畫，接受口試委員的審查，經同意後始進行其研究，撰寫論文。不過，也有些系所沒有口試的規定，以書面審查代替口試。不管是口試或書審，須經過至少兩位委員（不含指導教授）的審查才算完成「事前的把關」。中國大陸的學位考試也有類似的「事前的把關」——即所謂的開題報告，通常報告的內容是論文大綱（章節）及其首章，跟台灣的情形相同。通過研究計畫的審查，最後並完成論文的寫作，才來到第二關的口試。

不論是研究計畫或最後完成的論文，既稱口試會議，當然就有組成會議的口試委員，但這些口試委員是怎麼來的？在英國，這種委員會稱為supervisory team，由校方聘請二至四位教授組成，並公推其中一位為召集人，同時也決定指導教授是否可以參與口試。這種委員會在美國則稱為dissertation committee，其口試委員的組成，情形跟台

灣相似。

我們如何決定參與口試的委員呢？一般是由系所聘請，但系所又如何挑選口試委員呢？這可分為兩種情況：一是由指導教授挑選並決定口試委員提出名單給系上；一是程序如上，指導教授提出建議邀請的名單，名單的人數則需多於規定的委員人數，然後由系上（通常即系主任或所長）從名單中勾選——雖然學位授予法規定（名義上）係由校長遴選。一般情況，碩士論文口試委員為三至五名，博士論文則為五至九名，而這些名額均含指導教授在內（美國大學論文指導教授一樣可以出席口試會議），但論文若是有二名教授指導，則只能由其中一位參與口試。除此之外，口試委員至少得有三分之一是校外人士，並由校外委員主持會議。至於論文口試委員是否須與研究計畫口試之成員相同？原則上應該一致；如有不同情形，須經指導教授同意後，始得變更。

而口試委員基本的資格是須在國內外大學任教者，若是碩士論文的口試，須是具有助理教授（以上）資格才能擔任口試委員；若是擔任博士論文口試委員，則須是教授、副教授。若非任職於大專院校，須符合「學位授予法」的其他相關規定，如有博士學位且在學術上著有成就；研究領域屬於稀少性或特殊性學科，且在學術或專業上著有成就。不唯如此，以上符合資格者尚須對論文之研究領域有專門研究才能擔任口試委員。

上述關於口試委員的規定，完全是形式上的要件，每個校系所的規定或有些出入，但大多大同小異，主要是

有上位的母法「學位授予法」的規定，但實際操作就常因情況而不同，譬如有些系所幾乎由指導教授全權作主，挑選他（或研究生）想要的口試委員，系所不加干涉；有些則讓系所主管享有部分的參與過程，可以勾選或決定另外的人選。而指導教授挑選的口試委員，除了「同門同派」者，自然是向來彼此有好交情者，至少也別和自己的研究生過意不去。但以嚴格著稱的教授，卻不信這一套，找來的口試委員絕非讓他們來放水者——關於此點，研究生知道嚴師出高徒的道理，事先就得有心理準備，好迎接口試現場嚴格的考驗。

對提交論文口試的學生來說，從論文計畫、撰寫到完成的過程，除了自己的指導教授外，他所面臨的最為難堪的狀況就是口試委員的面試，可以說口試委員是他這篇論文最讓他害怕的讀者，因為論文口試通過後建置成圖書館的檔案資料，那些潛在的讀者已非他所能顧及，當然也不會再有心理負擔了。

學位論文的口試

花了九牛二虎之力終於把論文交出，接下來便是戰戰兢兢等待口試日子的來臨。

然而令人擔心的是，這學位論文口試（包括論文計畫口試）到底要如何準備？

首先要考慮的是要不要準備PowerPoint？近來教學強調電腦化、多媒體化，連學生的作業、課堂報告也跟著e化起來，流風所及也影響到學位論文的口試。一般而言，學校及系所不會規定學生口試報告一定要用PowerPoint來呈現論文內容，所以用不用PowerPoint也就沒有相關的準繩可資依據，端視研究生個人主觀的選擇。不過這裏有個建議，如果研究生個人的個性容易緊張，又或者一向口才不佳，還是準備製作PowerPoint，以之呈現並做報告，在現場較為緊繃的氛圍下，表現上比較不會凸槌——因為在報告時不用直接面對口試委員。

其次是報告內容長短如何掌握？通常論文口試開始，委員會先給研究生報告論文內容（碩士論文大約二十至三十分鐘，有的甚至只給一刻鐘；博士論文時間會稍長，但實際上則以現場主席給的時間為準），準備這份口頭報告請注意一個重要原則：宜短不宜長。口試委員通常不太在乎研究生如何報告他的論文，因為在口試之前他們早已把論文瞧遍，摩拳擦掌就等著當場「問審」，只因為口試之前按例要給研究生先行報告，所以委員也只能行禮如儀一番。研究生如何拿捏報告的時間？可以事先打好草稿

（若是有PowerPoint，可以搭配並控制放映的時間），依著草稿自行演練一番，以掌握時間長短。當然，若是口若懸河並對自己有充分自信的學生，只要掌握報告的重點帶點「小抄」就夠了，事前不必這麼大費周章。

然後便是現場的報告登場了。現場口試委員給的報告時間，不管是二十或三十分鐘，乃至給你一個小時，平心而論，研究生絕對報告不完；畢竟一篇日夜匪懈辛辛苦苦焚膏繼晷完成的碩論或博論（在人文學科來說），少則五六萬，多則十幾二十萬字，再怎麼樣都不可能用這麼短的時間讓你報告完，所以對研究生而言只能做「最」重點式的摘要（特別注意這個「最」字），不必斤斤計較論文的細節。更且，由於時間節奏控制不得宜，大多數研究生的報告往往都顯得頭重腳輕，前面一開始報告務必詳盡，結果就擠壓到後面的時間，愈到後面時間愈少（有的主席或委員會催促時間）；可恰恰好的是，論文內容精采的都在後頭，最後菁華處卻只能一語帶過，甚至連結論也省去，令人惋惜。在此要提醒口試的研究生，論文內容報告時間要平均分配，千萬不要虎頭蛇尾。

還要記得——報告不是演講或辯論比賽，伶牙利嘴倒可省了；只要口齒清晰、態度平實也就夠了。口試的重頭戲，最終當然是委員的「口試」，通常這口試是研究生最難熬的時間，尤其碰到較為「刁鑽」的委員，或者論文「品質」不佳的情形，學生可能面臨體無完膚的下場。對於委員的提問或質疑，不管如何，最好都要「逆來順受」，虛心受教。一般情形，主席都會留時間給研究生回答，可能是一問一答，也可能是最後綜合回應（往往都是後者居多）。但研究生應如何回應？對於確實可以辯解乃至闡釋的地方，自不妨誠懇提出自己的意見或主張；但若真是論文的缺漏或疏忽之處——多半情形都屬如此——則要甘之如飴，最好「照單全收」（待解問題通常最後都留給指導教授事後處理），不必硬加反駁，否則會適得其反。

雖然大半的口試現場氣氛都較為嚴肅，但也不至於到肅殺地步，所以研究生口試前不必太過緊張。有些時候，由於口試委員和指導教授極為熟稔，現場甚至會有閒話家常的情形出現，反而增添輕鬆的氛圍，降低研究生的緊張感。當然啦，這種情形對研究生來說，可遇不可求。

末了，仍有一事叮嚀：切記在口試前一兩天打電話提醒口試委員口試時間，不宜只發電郵，因為委員不見得天天收發E-mail；如果系所規定這事要由助教或助理來做，那就請你提醒他或她吧！

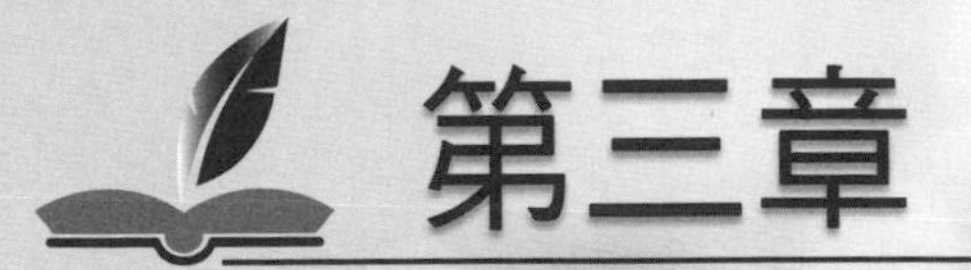

第三章 論文題目的擬定

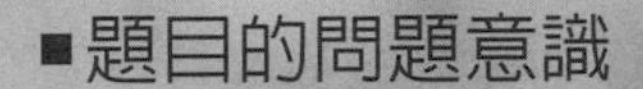

- 題目的問題意識
- 題目的範圍
- 訂題的原則

研究主題確定之後，接下來就要面臨論文寫作的第一個難題，即如何擬定研究的題目。不少研究者輕忽論文題目的擬定，結果造成文不對題的情況，儘管其研究內容「頗有可觀哉」，就因爲訂了一個錯誤（或至少是不佳）的題目，最後變成功虧一簣、滿盤皆輸的局面，委實得不償失。碰到這種情況，往往回過頭來將原來的題目重加修飾或調整，便可把一篇被宣判「有期徒刑」的論文給救了回來（如果是被宣告「死刑」——就是連研究內容也不堪聞問，沒有學術成果或價值可言，那便是神仙難救了）。論文題目的擬定，其實是有原則可資依循的，這也是曹俊漢在《研究報告寫作手冊》中所說的：確定具體的論文（或研究報告）的題目，是需要講究技巧的，而所謂「技巧一詞，實係指如何將一般性的主題加以限制，使其成爲一個具體而有範圍的題目」。[1]擬定論文題目的技巧，當不只曹俊漢這麼一句話就可以概括，底下即分三節進一步詳述。

第一節　題目的問題意識

一個論文題目其實就等於一個命題，而這個命題自然有個主題（theme），在未展開你的論述之前，這個命題也就是一個假說（設）（assumption），等待著你底下的寫作予以論證——未論證之前的命題，都只能說是一個假說。有人主張論文中核

[1] 曹俊漢編著，《研究報告寫作手冊》（台北：聯經，1978），頁33。

心的關鍵字眼最好能出現在論文題目裏，[2]這意思也就是說，題目中出現的字眼應該就是你論文中最想要表達的概念或主張。更進一步說，此一概念或核心關鍵字眼就是你論文所要探討的問題，那麼對於論文題目的擬定，首先就要讓人家一眼即可看穿你想討論什麼問題，換句話說，擬定論文題目一定要具有問題意識（the consciousness of problem）。

但是，對於不少初窺學術堂奧的碩士研究生似乎不免心生疑問：怎樣才能具有問題意識？比方說，像這樣一篇論文〈林海音筆下的三個女人〉（這是我開設的「現代小說專題」課後學生所繳交的一篇學期報告）是不是一篇合適的題目？顯而易見，由於它的問題意識模糊不清（到底是什麼樣的三個女人？爲何是三個，而不是二個或四個乃至於更多個？），所以並不是一個好題目。那麼，如何具備問題意識呢？可從底下兩方面來加以思考。

一、研究發問

把論文題目當作「一個問題」加以思考，那就是要我們在擬定題目之前先來個「研究發問」——這一功夫絕不可以省略。研究發問要問的主要有兩個問題：其一是，這個研究題目是否具有原創性或開創性（originality）？也就是說：「我這個題目是否之前已有人寫過？」這個「題目的雷同性」顯示你可能在炒人家的冷飯，所以如果發現要擬定的題目已經爲他人寫過或研究過，研究生最好和任課老師或指導教授商量一下，

[2] 畢恆達，《教授爲什麼沒告訴我？》（台北：學富，2005），頁11。

是否要繼續完成它。除非你有新的見解或發現（譬如新文獻出土可做爲推翻舊論據的「見證」）——這包括運用不同的文學理論或研究方法（因而可能得出不同的或嶄新的研究成果與結論），否則在這種情況下，最好不要貿然嘗試，重複「拾人牙慧」的步驟。其二是，剛剛提及的——涉及研究方法的運用問題，要問的是：「我這個題目所使用的研究方法是否老舊？」這也就是說，不管研究題目是否新穎，一定要問：「我的研究方法是否有開創性？」因爲即使是前人已經寫過的題目，如上所述，如果你所運用的研究方法沒有重複性，則有可能獲致不同的研究成果。上述這兩個研究發問，如果進一步予以交疊綜合，則可以得到底下四個問題向度：

問題／方法	新問題	老問題
新方法	(1)	(2)
舊方法	(3)	(4)

1.「新問題－新方法」——指採用新的研究題目並使用新的研究方法。這個類型最具有研究價值，也可能獲得最好的成果，不論是所欲探討的問題或是所運用的方法，皆具開創性，值得一試。但是此一研究類型所面臨的挑戰性與困難度都屬最大，不要說是博碩士研究生，即連一般學者也不易克服。
2.「老問題－新方法」——指所採用的是已爲他人研究過的題目，卻使用之前未爲人做過的新方法。這個類型研究的題目雖舊，但由於運用不同的研究方法，可能得出與以往研究不同的、嶄新的結果，可謂是「舊調新

彈」，也具有一定的研究價值。

3.「新問題－舊方法」——指使用舊的（也即已爲他人用過的）研究方法去從事新題目的探討。研究方法儘管是舊的，但由於所擬定的題目之前未有人寫過，所以在研究對象與範圍上仍具有開創性，亦具研究價值。

4.「老問題－舊方法」——指循著前人採用過的方法以進行他人寫過的題目的研究。這個類型最不具研究意義，原因無他，因爲不論是題目或方法的選擇，都屬重複性研究，只能拾人牙慧，也很難不做到人云亦云，所以不太有研究價值可言。

一般而言，包括多數的學者在內，絕大部分的人所進行的研究都屬上述第二及第三個類型——這也是較爲可行的研究類型，蓋第一個類型困難度大，難以成功；而第四個類型雖最易於完成，但沒有意義。但較爲可行的第二與第三個類型，就多數研究生而言，老師一般多會鼓勵其選擇第三個類型，因爲運用舊的研究方法要比新的研究方法容易得多，研究生只要循著前人「依樣畫葫蘆」即行，比較不會犯錯。

二、一題一問

前面述及，一個論文題目無異於一個命題；而一個待探討的命題，基本上只能處理一個特定的問題（a specific problem），也就是一個明確的主題，一篇論文到底要討論什麼樣的特定問題，必須從題目的擬定上讓人可以一目瞭然，這就是「一題一問」的涵義。在題目的擬定上爲了讓人一看就懂，

在遣詞用字上就要格外小心，除了不要予人有模稜兩可的感覺之外，更重要的是，必須把握住整篇論文的精髓——這就是前面所言，有人建議讓論文中最具關鍵地位的核心字眼（即通稱的「關鍵詞」）出現在題目中的道理。

既云「一題一問」，那麼一個題目即不宜包含兩個（甚或兩個以上）待處理的問題，譬如〈關於一場酷刑的不在場證明——檢視七等生的現代主義，與其作品中的規訓或懲罰〉這樣一篇論文，先從題目來看，可以發現（把主標題與副標題連同起來看），它「似乎」要探討三個問題：「一場酷刑的不在場證明」、「七等生（作品）的現代主義」，以及「七等生作品中的規訓或懲罰」，這三個問題都是「大哉問」，一個個分開來已不易「對付」，何況是三個還要併在一起談。這篇論文的作者企圖心不可謂不大，但以「小論文」的格局一下子要處理三個棘手的問題，不問可知，這篇論文絕對寫不好。此外，這個題目同時塞了太多作者自認爲的「核心」關鍵字眼，也導致讀者有語意不清的困擾：不知到底其中哪一個才是命題的「核心」所在——要知道，所謂「核心」只能有一個，有兩個以上就難以分清誰爲核心了。

但是，所謂「一題一問」也並不是說一個題目只能出現一個概念或關鍵詞（字）（key word），如果有這樣的誤解，那就反而變成膠柱鼓瑟了。例如〈論台灣現代詩中的「異國」書寫〉、〈試論林獻堂《環球遊記》中的現代性〉、〈顏艾琳與江文瑜情色詩的比較〉這三篇論文題目固然是符合標準的「一題一問」的要求，然而像〈論簡媜《女兒紅》中女性的困境與超越〉以及〈宋澤萊《廢墟台灣》人民之順從與抵抗〉這兩篇論文題目，雖出現有「困境與超越」和「順從與抵抗」兩個

類似的對峙概念，由於這兩個對峙性概念彼此是具有「互爲完成」的性質，合起來看仍是一個有待探討的特定問題，而非兩個分立的問題。

當然，題目的命題範圍有大有小，層次有高有低，博碩士論文或學術專著適合處理較大的命題（其下可再細分爲幾個較小的或次級的問題），而一般登載在學刊或學報的小論文（約在一至二萬字之間），乃至於研究生課堂的學期研究報告（一萬字以下），則適合處理較小的命題，亦即題目所欲探究的命題或問題大小，須視論文篇幅的多寡而定（下詳）。

第二節　題目的範圍

對於論文題目的擬定，除了如上所述，要先具有問題意識外，另一個重要的先決條件就是考量並決定題目範圍的大小，因爲題日範圍大小與該給你的論文內容多少篇幅密切相關。題目範圍大，則論文必須有足夠的內容或篇幅來討論它；反之，題目範圍小，則論文篇幅不必多，硬要「打腫臉充胖子」，則將使論文廢話連篇，徒費筆墨。詳言之，一至二萬字的小論文，應有合乎此種小論文規格的題目，而八至十萬字的碩士論文，則也宜有符合這種篇幅要求的題目；至於十五乃至二十萬字的博士論文或學術論著，亦當有可涵蓋其範圍的題目。

一般而言，由於對字數或篇幅的要求不同，在題目的擬定上，專著或博士論文（dissertation）的範圍要大於碩士論文（thesis），而碩士論文的範圍則又大於小論文（research paper），至於小論文的範圍也當大於一般學期報告（term paper or report）。比如說，像〈論宋澤萊《打牛湳村》窮敗的農村意象〉這樣一個題目，就其研究對象所涉及的討論範圍，只適合做為學期報告或小論文的研究題目，不宜放大成為碩士論文的題目。

一般關於研究方法或論文寫作指引的書，都告誡研究者在題目的擬定上最好「小題大作」。「小題大作」的說法其實應進一步加以釐清，否則難免會誤人子弟。由於學術研究的過程講究細緻且嚴謹，從命題的拈出、事實的觀察與資料的蒐集、文本再三的檢證，經過細密的推理與論證，到最後獲致的心得與結論，在在馬虎不得。就此而言，由於每一步驟都需要紮實的功夫，不論任何研究題目，都必定是要「大作」的，亦即：豈止「大題」，連「小題」也都須「大作」。一般介紹研究方法的書籍所指謂的「小題大作」，其意即在此。

然而就上述我們所說的，考量論文題目所涉及的討論範圍，確切的說法其實應該是：大題大作（這是毋庸置疑的），[3]以及小題小作。這意思是說，題目的大小，應該有配合其大小所需的篇幅或字數，一篇小論文的題目，如果要你花費十萬字的篇幅去完成，這樣的「小題大作」必定「灌水」，橫生不必要的枝節，例如上所舉〈論宋澤萊《打牛湳村》窮敗的農村意象〉一文，如果把它「做成」五萬字以上的論文，撰寫過程中肯定非「灌水」不可；又如〈多梅爾《拖拖小英雄》與《倒帶人生》的存在主義精神〉這樣一篇只談兩部電影的小論文，若將它寫成碩士論文，顯然也是「小題大作」，非「額外」加料

[3] 不少大學生及研究生初初撰寫研究論文或學期報告時，往往擬定的題目都很大，而討論的篇幅卻很少，此即「大題小作」，對此要探討的問題只能「點到為止」，變成一篇「摘要式報告」，這是撰寫論文的大忌。

不可。對於一般研究生或初入學術堂奧的研究者來說，初初撰寫學術論文時，所選擇及擬定的題目宜小不宜大，也就是最好先從較小的研究題目著手，如果小題目寫不好，則遑論更大的博碩士論文了。[4]論文題目小，除了蒐集資料較容易之外，更可以把討論的焦點集中處理（即「縮小打擊面」），易於萃取精華要點，而不致流於膚淺。

總之，論文題目範圍的大小，必須配合撰寫字數的多寡或所占篇幅的大小，其間的關係在擬定題目時就須加以考量，即以女性詩人的情色詩作品的研究爲例，由於擬定的題目範圍大小（也即一般研究方法專書所說的層次高低）[5]不同，所需花費的篇幅也就有別，試看下表：

題目大小	大題目（第一層次）	中題目（第二層次）	小題目（第三層次）
題目名稱	〈一九九〇年代以來兩岸女詩人情色詩之比較〉	〈二十一世紀以來台灣女詩人的情色詩〉	〈江文瑜的情色詩〉
篇幅多寡	180,000~200,000字	70,000~80,000字	10,000~20,000字
論文類型	博士論文／專書	碩士論文	小論文

如何掂量並決定論文題目的範圍（大小）？一個簡便的方法是：先設定要用多少篇幅（也即要寫多少字數）來完成論文的寫作，然後再找出適合篇幅大小的題目。所以，如果你想撰寫一

[4] 關於這一點主張，亦可見之於劉兆祐，《治學方法》（台北：三民，1999），頁299。

[5] 例如林慶彰的分類，以題目的大小分爲不同的四個層次，範圍最大的爲第一層次，最小的爲第四層次，像〈日據時代新文學研究〉爲第一層次，〈日據時代小說研究〉爲第二層次，〈楊逵小說研究〉爲第三層次，〈楊逵〈送報伕〉研究〉爲第四層次。參見氏著，《學術論文寫作指引》（台北：萬卷樓，1996），頁124。

篇一至二萬字的小論文，就不能把題目訂得像碩士論文那麼大，否則你將把這篇論文寫得鬆鬆垮垮的，而毫無深度可言。

最後，與題目大小範圍相關的還有一個「比較性題目」的問題。類如「甲與乙之比較」這樣的題目，由於論文中須同時兼顧二者（標準的寫作模式是先分論甲乙，再論甲乙之同與異），所以得花費較長的篇幅來處理，文字絕對是少不了，這種題目本身即具價值，但挑戰性大（對甲乙二者均須涉獵，但研究者往往只熟悉其中一方，對另一方尚須下苦功），較難以完成。比如筆者曾經口試過的一篇碩士論文《席慕蓉、舒國治、鍾文音之「心遊於物」類旅行書寫研究》，研究者企圖心太大，同時要比較、處理三位作家的旅遊作品，首尾即難兼顧，全文並用了九章偌大的篇幅來探討，有點自討苦吃。[6]

第三節　訂題的原則

有了清晰的問題意識，同時如上所述也考量到題目涉及的範圍大小，接著就應著手實際訂出論文題目，而這就要講究一點文字藝術了。論文題目本身也是一種標題，一般報章雜誌

---

[6] 一般比較性的論文題目，所比較的對象，其異同點都不能太少。太相近，固然無甚可比；反差性若太大，也難以比較，如這篇碩士論文即為顯例，席、舒、鍾三位作家「同質性」太低，一眼即可看出，硬要比較，有失牽強。擬定這類比較性題目，必須率先思考的是，其所比較的對象各方：一是否屬相同的層次？高低層次不同，自然無法比較（比如拿一位作家的全部作品去跟另一位作家的一部作品比較）；二是否其屬同一性質？性質相異（如石頭與雞蛋）也難以比較，或比較並無意義（例如拿詩和小說來比較）。這是研究生在選擇比較性題目時要特別注意的。

的編輯在下標題時所遵循的原則，在擬定論文題目時亦可供參考。底下是一些訂題的原則，在文字使用上多少須字斟句酌：

一、文字以精簡為要

從編輯學的角度來看，訂定任何標題均應以清晰與精簡爲原則，論文題目的擬定也應遵循此一要領，也就是要以最簡潔的文字來說明或描述論文的內容或主題。基此原則，在不妨害文字清晰度的考慮下，題目能省一個字就省一個字，不必要的贅字、贅語都應刪掉。譬如〈《戲劇交流道》劇本集的台灣圖象之研究〉這樣的小論文題目，其中「之」字就是贅字，可以去掉；甚至連最後的「研究」兩字也屬多餘，於是在精簡原則的要求下，這個題目就可以改成〈《戲劇交流道》劇本集的台灣圖象〉。又如〈關於一場酷刑的不在場證明——檢視七等生的現代主義，與其作品中的規訓或懲罰〉此一題目，除了問題意識模糊不清外（一個題目要同時處理三個問題），題目文字也太囉唆，譬如「關於」二字就可省略；而且除非主題（或論述情況）特殊，否則在精簡原則的考量下，題目中也不宜出現有標點符號（問號更應該要避免）。然而，論文題目文字雖以精簡爲原則，但不該省的文字也不能省，例如〈論路寒袖《春天的花蕊》書寫實踐與傳播策略〉這一題目，由於少了一個「的」字，文字反而不夠流暢，宜改爲〈路寒袖《春天的花蕊》的書寫實踐與傳播策略〉。

二、避免出現通俗字眼

學術論文的撰寫，既非信手拈來之作，更須奠下紮實的研究功夫，其專業性自不待言，所以在題目的擬定上也須與一般大學生的讀書報告有所區別，文字的選擇就不可太過通俗化，譬如使用「我看……」、「淺談……」、「……之觀察」、「……略論」等一般「泛泛」的字眼，這些字眼適合於報章雜誌上「泛泛之論」的文章（雜誌性質）題目，但不宜做爲具專業性的學術論文的題目。

爲此，有人即改用「研究」、「析論」或「（試）論」爲題，以避免用語專業性之不足。如李癸雲的《朦朧、清明與流動——論台灣現代女性詩作中的女性主體》一書，副標題就用了一個「論」字，然而對照於另一本書陳義芝的《從半裸到全開——台灣戰後世代女詩人的性別意識》，比較其副標題的使用，顯見前書副標題的「論」一字實屬多餘。其實，諸如「研究」、「析論」這些字眼，都屬論文題目的贅語，像陳義芝上書的副標題若改爲「台灣戰後世代女詩人的性別意識研究」，嚴格說來甚至還會造成語意上的困擾，以後設思考而言，這個題目是否在說作者要研究的是關於「台灣戰後世代女詩人的性別意識的研究」（也即「研究的研究」）？但是國內學界不管是一般的博碩士論文或登在期刊、學報上的小論文，題目如此訂法（加上「研究」之類的字眼）已相沿成習，見怪不怪了。[7]

[7] 根據畢恆達在上書中查詢全國博碩士論文資訊網（現已改爲台灣博碩士論文知識加值系統）的結果，發現「全國博碩士論文摘要檢索系統」資料庫中所收學位論文，其中題目有「……之研究」或「……的研究」的用語，約占總數的29%，近三分之一。參見畢恆達，頁12。

三、文字描述宜清晰明確，切忌語焉不詳或舞文弄墨

如上所述，論文題目的文字雖以精簡爲要，但若因爲省略過頭，反而造成語意不清的情況，則就弄巧成拙了。如果連讀者都無法從題目得知你要討論的訊息，不知主題何在，怎能冀求他願意再讀（或者能夠讀懂）你論文的內容。如上所舉〈林海音筆下的三個女人〉，或者像〈談李昂的二三事〉此類題目，由於文字語焉不詳，無從得知研究者（或撰稿人）本身到底要在論文（乃至於一般文章）裏討論（或談論）什麼，所以這是「失敗的」題目。論文題目的擬定，其題意須讓人一眼看穿，即知其「葫蘆裏賣的是什麼藥」。題目文字的描述語焉不詳，則往往是因爲如上所述研究者本身本來就欠缺清楚的問題意識所致。

此外，有些論文題目則由於文字太講究修辭，甚至「以漂亮爲能事」，其結果常常「以辭害意」，換言之，文字過於舞文弄墨反而傷害題意的表達，好似讓人「霧裏看花」，瞧不出什麼名堂。喜愛舞文弄墨式的題目，向來是國內不少中文系的「惡傳統」，他們往往使用「雙層標題」（即有主標題和副標題）以爲論文題目，譬如〈遊目歐美，遊心台灣——試論林獻堂《環球遊記》中的現代性〉一文，便特意取個「漂亮」的主標題；又如〈從繁華到蒼涼的衆裏尋芳——張愛玲《對照記——看老照相簿》中圖文並置的研究〉一文，主標題講究修辭美感亦昭然若揭。但是這兩個主標題幾與論文內容無涉，作者在論文中並不對主標題拈出的概念或主題予以界定、檢討，充其量它只成一個「煙幕障」，而論文眞正要討論與研究的內容，其實是它們的副標題，換言之，「副」才是「主」——這麼一來還要主標題幹什麼！題目如斯訂法顯然不是捨本逐末就是本末倒置；更何況咬文嚼字的文學修辭，本就易於令人丈二金剛摸不著頭腦。論文寫作畢竟不同於文學創作。

四、盡量避免出現標點符號

論文題目（除了「雙層標題」須用破折號或圓括號外）中最好不用標點符號。如果在擬定題目時能遵循上述三項原則，基本上就不太會出現題目中有標點符號的情形。如果題目文字簡潔、清晰，自然不會出現諸如逗號、問號的情況，例如〈「中國化？台灣化？或是現代化？」——論陳儀政府時期文化重編的內容與性質（1945/8－1947/2）〉一文，光題目就用了五種標點符號，而此係肇因於：一來其文字過多，使題目變長；二來其亦一反常態，竟使用「三層標題」（有兩個副標，或者說在副標內還有另一個次級副標，即圓括號內的期限時間）；三來其概念顯示不清——在主標題中拋出了一個「待決」的問題：「中國化？台灣化？或是現代化？」致使其連用了三個問號。

一般而言，問號最不宜出現在題目中，如上所述，因爲它一出現就會使題意變成懸而未決的問題，這也是題意語焉不詳的來源之一。雖然有些論文寫作方法的教科書——例如凱許（Phyllis Cash）的《如何發展與寫作研究論文》（*How to Develop and Write a Research Paper*）一書，提到有一種「解決問題」（problem-solution）式的寫作模式，這種寫作模式係爲了搭配「問題式的研究主題」而發，但是在該書中他並沒有說

要以疑問的方式（即加上問號）來擬定題目。[8]以〈誰的傳人？誰的派？——論王德威的張學與張派〉一文為例，問號出現在主標題只會使題旨徒增困擾而已，完全沒有任何好處，自然主標刪去可也。

另外，除非有必要——比方說，有特定用法或限定的概念、術語，否則在題目中（乃至於論文行文中）亦不宜隨便出現引號，例如〈論台灣現代詩中的「異國」書寫〉一文，既用引號來框限異國二字，即表示此異國二字乃有別於一般的用法，有其特定的意涵（如是否涵括大陸「祖國」），若論文中異國指謂的只是一般所認知的「非本國」，那麼就無須於題目中再以引號限定或強調，這不僅多此一舉，更有誤導讀者的嫌疑。

以上所言，並非主張標點符號一概不能在論文題目中出現，有些題目為了使語意表達順暢，則非加上標點符號不可，如〈論駱以軍《月球姓氏》與郝譽翔《逆旅》中的姓名、身世與認同〉一文中出現的頓號，自然是不可避免的；若不視情況非要嚴守此一原則不可，那就是因噎廢食了。

五、雙層標題以少用為宜

此所謂「雙層標題」，即係上面所說，除了主標題之外還有另外一個副標題的論文題目，如非必要，副標題在題目的擬

---

[8] 在該書中提及的寫作模式除瞭解決問題式，還有其他四種，包括：時序式（chronological）、比較／對照式（comparison-contrast）、主題式（topical）、意見／理由式（opinion-reason）等。參見Phyllis Cash, *How to Develop and Write a Research Paper* (New York: ARCO, 1988), 6。

定上，以盡量少用爲原則；尤其在可用與可不用均成立的情況下，則寧可選擇不用副標題。像本章上述所舉有雙層標題的題目，其主標題多半屬多此一舉者，本來都可以拿掉，而且刪掉更能彰顯題目的旨意，如上舉李癸雲與陳義芝二氏那兩本書的書名，主標題即顯多餘；餘如〈遊目歐美，遊心台灣——試論林獻堂《環球遊記》中的現代性〉亦同。再如〈狂者之言——評李榮春的《海角歸人》與《洋樓芳夢》〉一文，其實可以改爲〈李榮春《海角歸人》與《洋樓芳夢》的狂者之言〉，顯然使用雙層標題的題目根本上是沒必要的。以此看來，上所說若干中文系的「惡習」，其實「可休矣」。

在雙層標題式的論文題目中，最常見的是以「以～爲例」爲副標的訂法，據查自國家圖書館中文期刊編目索引影像系統資料庫的數據顯示，從一九九〇年代中期迄今，論文題目有「以～爲例」爲副標者已有數萬篇，顯見此種副標訂法已相沿成習。[9]若按其意，「以～爲例」則所涉研究對象應涵蓋主標題較大的範圍，然後再集中處理或探討副標題的例子（個案），換言之，這樣的論文題目，其所涉及的研究或論述範圍當不以副標題所標舉的例子爲限；然而問題在絕大多數這種「以～爲例」的雙層標題，其研究或論述的範圍，皆以副標題的例子爲主要且唯一的探討對象，如此一來，其題目根本就不是「以～爲例」，那麼該副題省略可也。例如〈台灣城市的雛型與區域特色——以龍瑛宗〈植有木瓜樹的小鎮〉爲例〉一文，即可

[9] 畢恆達在《教授爲什麼沒告訴我？》中提到「論文題目的擬定」時，曾以〈鍾肇政小說鄉土情懷之研究：以《大壩》與《大圳》爲例〉爲例，說明「以……爲例」的副標題，在使用上值得再斟酌。參見畢恆達，頁12。

以改為〈龍瑛宗〈植有木瓜樹的小鎮〉的殖民地地景〉；又如〈性別越界與民俗禁忌——以《艷光四射歌舞團》為例〉一文，亦可改為〈《艷光四射歌舞團》的性別越界與民俗禁忌〉。

俗話說「好的開始是成功的一半」，訂出好題目便是踏出論文寫作成功的第一步，而這第一步踏對了，也可以說就是「成功一半」了。有不少論文一瞧其題目（例如問題意識不清），便知絕對不會是一篇好論文；反之，題目擬定恰當、適切，基本的焦距清楚，底下的寫作就容易進行，也不會動輒得咎（例如訂出不清不楚的三層式標題），所以論文下筆事實上是從其題目開始。

第四章
資料的蒐集與分析

- 圖書館的使用
- 網際網路的使用
- 資料的分析
- 詢問教師或專家

在論文題目擬定的前後，有一個必定不可少的功夫，那就是本章要討論的有關資料的蒐集。如前二章所說，在確定研究主題的方向之前，就須事先多方蒐集相關的各種資料，以判定該研究主題是否可行——可以進行研究。而題目不管是否新舊，值不值得拿來研究，仍須從當時所能蒐集得到的文獻資料來加以考慮，這至少是最終確定研究題目是否可行的條件之一。俟研究題目決定後，在實際進行論文的撰寫前，更須從事資料蒐集的工作，而相關資料本身的多寡，以及能夠蒐集到的多寡，對於研究題目的擬定與後續進行的撰寫工作來說，具有舉足輕重的影響力。

此話怎麼說呢？若所能蒐集並獲得的相關資料既豐且富的話，那麼將對撰寫的題目大有助益，這對論文寫作來說當然是一項優點；但從相反的角度看，也由於資料多又易蒐集，做過類似研究題目的人一定不在少數，反而給自己形成壓力。可蒐集與參考之資料豐盛，對寫作的挑戰性自然較小；但也因撰寫者增多的緣故，要出類拔萃、超越前人研究的水準，其困難度相形之下反而更大，挑戰性亦隨之提升。反之，若所能蒐集並獲得的相關資料既稀且少的話，資料便相對有限，其研究題目自然是不易為之，挑戰性不會太小；但是這樣的缺點由於做過類似研究的人必然不多（否則相關資料便不會顯得捉襟見肘），從相反的角度看來也變成優點，值得嘗試去做。以上也表明，資料蒐集多寡各有利弊，非能完全一概而論，但撰寫論文必少不了這道手續；更重要的是資料要經過你的分析，是否可用，才有意義。

由上可見，資料蒐集對於論文寫作的重要性已不言而喻。然則撰寫論文該如何從事資料的蒐集呢？過去從事學術研究

工作，勤跑圖書館是查找文獻資料的不二法門，現今到圖書館「挖寶」，依舊是蒐集資料的主要途徑之一。從一九八〇年代開始——尤其是一九九〇年代之後，由於網際網路的發達，學術研究更可以透過它「上窮碧落下黃泉」地蒐集到各形各色的資料，如今藉由網路搜尋以及蒐集資料，也變成重要的途徑了。底下主要分從以上這兩個途徑加以介紹。

第一節　圖書館的使用

如何使用圖書館才能找到自己想要的文獻資料呢？現代圖書館稍具規模者，宛如「大觀園」般令人目不暇給，以國內學者及博碩士研究生而言，最常使用的應該是各個大學的圖書館，其次則爲國家圖書館（及其分館），以及其他相關的公立圖書館，例如台北市立圖書館（含各個分館）、台南市立圖書館等。國家圖書館館藏最豐，[1]使用者恐怕也最多。台北市立圖書館向以典藏豐富之現代文學著作聞名，研究現代文學之學者及研究生不可不知。中央研究院歷史語言研究所的傅斯年圖書館則藏有不少善本書，以及包括方言、俗文學等文獻資料。國立政治大學國際關係研究中心圖書館關於中國大陸研究的圖書資料最多，想朝這個方向研究的人應善加利用。

想進入任何一家圖書館查找資料之前，必須事先瞭解其館藏特色、館藏的配置區域與相關設施，以及借閱的手續等，如有不明白之處，必要時可詢問館內工作人員。現在一切設施

[1] 國內各出版社出版之新書以及各大學每一系所通過的博碩士論文，依例均須寄送國圖存藏。

及管理都已經電腦化，所以要查找文獻資料，困難度應該不會太大，要注意的是，先瞭解各類中、西（日）文圖書及中、西（日）文期刊的館藏位置，因爲不管你是要直接從索書號借閱圖書或期刊，抑或是直接於書架上翻找、瀏覽書刊，一定要先找到圖書與期刊的存放區域，因爲現在圖書館均採開放式書架（可以自由進出），所有的搜尋、查找工作都要由自己DIY。但在進入開放式書架查找圖書之前，還有兩件事應該要先予完成，茲分述如下。

一、認識圖書分類法

如何在圖書館開架式茫茫書海中找到「寶藏」，首先就要認識幾種常用的圖書分類法，因爲各類圖書是按這些分類法編目上架，所以找書之前必須瞭解其使用的分類法。由於目前台灣各大圖書館內（包括公共圖書館、大學圖書館、中小學圖書館，乃至一些專門圖書館等）中文圖書的分類主要以中文圖書分類法編目〔少部分則以中國圖書十進分類法（何日章編訂）編目〕；[2]而西文圖書主要使用杜威十進分類法（Dewey Decimal Classification，簡稱DDC或DC）或國會圖書館分類法（Library of Congress Classification，簡稱LCC或LC）編目，限於篇幅，底下僅簡介這三種圖書分類法（餘法道理相似，可以類推瞭解）。

[2] 有少數圖書館如中央研究院歷史語言研究所圖書館、政治大學圖書館、台灣師範大學圖書館與輔仁大學圖書館，採用何日章編訂的中國圖書十進分類法。詳見何日章編，《中國圖書十進分類法修訂本》（台北：政治大學圖書館，2004）。

(一)中文圖書分類法（原中國圖書分類法）

中國圖書分類法初創於一九二七年，係南京金陵大學圖書館館長劉國鈞以（美國）杜威十進分類法爲基礎，擴增有關中國圖書的類目，並刪掉其中不適用的類目，以便適合國人的需要編製而成的。此分類法首先在金陵大學試用，隨後普及全國，一九六四年起經賴永祥增修後，廣爲台、港、澳三地圖書館沿用，[3]且歷年來並經多次修訂，尤其一九八九年第七版的增訂，人文社會科學類之類號增修幅度最大。二〇〇一年改爲增訂第八版後，賴永祥將版權捐給國家圖書館。二〇〇七年新版完成修訂，並更名爲「中文圖書分類法」。[4]

中文圖書分類法仿照杜威十進分類法將人類所有知識分成十大類別，每一大類下分小類，小類下再分目，而所有的類目均以阿拉伯數字代表。十大類目如下所述：[5]

000　　總類

100　　哲學類

---

3 在一九四九年以前，中國大陸地區採用此分類法的圖書館多達二百餘所（包括國立北平圖書館）。中共統治大陸後，其圖書館則採用中國圖書館圖書分類法（一九九九年經第四次修訂後易名爲中國圖書館分類法）。

4 增訂八版爲二〇〇一年由賴永祥編訂，以及黃淵泉、林光美協編，由（台灣）文華圖書館管理資訊公司出版，類號比第七版更爲完整。在此之前的各版本，實際修訂的只有一九六八年、一九八一年與一九八九年三次。二〇〇七年由國家圖書館完成新版修訂，並改名爲「中文圖書分類法」。

5 這十大類目不易記住，網路流行口訣記法爲：「0呀0，林林總總是總類」、「1呀1，一思一想是哲學」、「2呀2，阿彌陀佛是宗教」、「3呀3，三光映照眞自然」、「4呀4，實際運用妙科學」、「5呀5，五光十色是社會」、「6呀6，六朝古都在中國」、「7呀7，七大奇景世界遊」、「8呀8，才高八斗説故事」、「9呀9，音樂美術最長久」。詳見台北市興隆國小圖書館，瀏覽日期2022年4月1日，http://hypsilib.pixnet.net/blog/post/20701084。

200	宗教類
300	科學類
400	應用科學類
500	社會科學類
600	史地類：中國史地
700	史地類：世界史地
800	語言文學類
900	藝術類

如上所述，原則上，以上每一大類之下又再分爲十個小類（包括類號本身；不含類號則爲九小類），如800的語文類可分爲如下十個類目：

800	語言學總論
810	文學總論
820	中國文學
830	中國文學總集
840	中國文學別集
850	中國各種文學
860	東方文學
870	西洋文學
880	其他各國文學
890	新聞學

這十個小類別（870西洋文學類別涵蓋範圍較大，從870至889含括兩個小類）之間仍可再複分成十個類別，但部分分類號採八分法（擴九法），例如820至830的中國文學總論即可分爲

下述九個類目（含總類類號）：

820	中國文學總論
821	中國詩論
822	辭賦論
823	詞論；詞話
824	中國戲曲論
825	中國散文論
826	中國雜文學論
827	中國小說論
829	中國文學批評史

以上821-829即是位於820中國文學總論之後的中國文學各論。至於820中國文學總論本身（即第四級分類）也可細分為底下的小類目（以小數位表示）：

820.19	中國文學思想史；中國文學史料學
820.4	辭典 中國文學百科全書入此
820.5	中國文學期刊
820.7	中國文學論文集 批評論入此 中國各體文學評論入821-828
820.8	中國文學 叢書總集入830-839
820.9	中國文學史

以上各個類別有的可再複分，如「820.9中國文學史」此一

類目，便可再細分成小數點以下二位共九個類目：

820.91　詩史
820.92　辭賦史；韻文史
820.93　詞史
820.94　戲劇史；戲曲史
820.95　散文史
820.96　雜文學史
　中國報導文學史入此
820.97　小說史
820.98　語體文學史
820.99　女性文學史

瞭解上述這些類目，入圖書館開放式書架（每一書架均編有類目）找書就方便多了。例如要查找葉洪生與林保淳合著的《台灣武俠小說發展史》，以筆者任教的國立台北教育大學圖書館的編目爲例，該書的分類號爲820.9708，而從該書的分類號中即可知道它歸屬在820中國文學總論之下的820.97的小說史類目中。反過來說，如果不曉得該書的分類號，但只要瞭解中國圖書分類法中類目代表的意義，也不難直接在820.97的書架上找到該書。

(二)杜威十進分類法

杜威十進分類法（DDC）是目前廣爲全球各地圖書館（超過一百三十五個國家的圖書館，包括台灣各地圖書館及大學

圖書館等）所採用的圖書分類法，[6]係由美國圖書館學家杜威（Melvil Dewey）於一八七六年創製並出版成書，而且已翻譯成三十多種語言。DDC多年來也歷經多次修訂，[7]最新一版爲二○一一年出版的第二十三版（簡稱DDC 23）。[8]

DDC把人類的知識以傳統的學科分爲十大類（classes），每一大類均以一特定的阿拉伯數字代表，如總類是無所屬的，故用0代表；哲學是一切學問的根源，便以1代表；而宗教是哲學的定論，故用2代表；原始時代先有宗教信仰，後社會始能團結，乃用3代表社會科學；而社會形成後語言才趨統一，因此以4代表語言學；有了語言學，才能研究自然科學，故用5代表自然科學；而自然科學乃須先有理論科學（科學的發明），後始有應用科學，故用6代表應用科學；奠定了必要的科學基礎，人類才有餘力從事藝術及文學活動，因而以7和8代表藝術與文學；最後，歷史是人類一切活動的總記錄，故用9代表。[9]這十大類目如下所列：

000　　電腦科學、資訊與總類

100　　哲學與心理學

---

[6] 在美國有95%的公共圖書館及學校圖書館、25%的學院及大學圖書館，以及20%的專門圖書館使用DDC。

[7] 一八七六年初版的DDC，書名稱爲*A Classification and Subject Index for Cataloging and Arranging the Books and Pamphlets of a Library*，自一八八五年第二版後則更名爲*Decimal Classification and Related Index*。

[8] DDC共出版兩種紙本版本：完整版與節縮版（稱爲*Abridged Dewey Decimal Classification and Relative Index*），最新版的完整版爲二○一一年出版的修訂二十三版（DDC23）。而節縮版最新版則爲二○一二年出版的第十五級，節縮版主要是提供給館藏量少於二萬冊的圖書館使用。

[9] 林慶彰，《學術論文寫作指引》（台北：萬卷樓，1996），頁45-46。

200	宗教
300	社會科學
400	語言
500	自然科學
600	應用科學
700	藝術與休閒
800	文學
900	歷史與地理

以上這十大類知識（爲第一層）均以三個阿拉伯數字代表，在每一個大類之下再細分成十類（divisions）爲第二層（因此這第二層的分類總共便有一百個類目），即以三個數字中的第二個數字表示，如800是文學（總論），810爲美國文學，820爲英國及盎格魯－撒克遜文學……，800-890第二層的十個中類目如下：

800	文學與修辭學總論
810	美國文學（使用英語）
820	英國及盎格魯－撒克遜文學
830	日耳曼語言文學
840	羅曼語言文學
850	義大利語、羅馬尼亞語、里托－羅曼語文學
860	西班牙和葡萄牙諸語言文學
870	義大利文學；拉丁語文學
880	希臘語系希臘語文學
890	其他語言文學

如同第一層的十個大類可以再區分成第二層的一百個中類，這第二層的每一個類目亦可再分爲第三層的十個小類（所以第三層總共有一千個小類目），即以三個數字中的第三個數字表示，如840是羅曼語言文學（法語文學），841是法國詩，842是法國戲劇……，840-849第三層次的十個小類目如下：

840	羅曼語文學（法國文學）
841	法國詩
842	法國戲劇
843	法國小說
844	法國隨筆
845	法國演說
846	法國信函
847	法國諷刺文學及幽默文學
848	法國雜項著作
849	普羅旺斯及加泰隆尼亞語

由此可見，DDC分類法與中文圖書分類法編目的方式相似，所以研究者只要掌握某書本的分類號，即可以同樣方法在書架上找到該本英文書籍了。例如雨果（Victor Hugo）的《悲慘世界》（*Les Misérables*）一書，國立台北教育大學圖書館的分類號爲843.8，即可知它歸屬在上述843法國小說裏，可在編號843的書架上找到該本法國小說。

(三)美國國會圖書館分類法

美國國會圖書館分類法（LCC）係該圖書館館員與學科專家爲因應館藏之需而研擬製成的一種圖書分類法，該法於一九

○一年發表分類大綱，翌年首先印行《Z目錄學與圖書館學》，嗣後其餘各學科類目亦陸續出版，並經多次修訂。LCC和上述分類法不同的是，它並非依照知識體系而編製，因而每一類目間的附屬關係不是很明顯，各大類的次序排列看不出劃分的依據，而只是以二十六個英文字母中的二十一個來各自代表一個大類（比DDC用0-9的阿拉伯數字編目可以達到更仔細的分類，也因此LCC較適合大型圖書館使用，如台大圖書館即使用LCC），[10]並且代表的字母並非該類目學科英文字母的縮寫（所以其助記性差，容易搞混），但是常跑圖書館查書，屬於自己的專業學科，例如文學的代碼爲P，應該不難記住。LCC的各大類目如下所列：

A　總類
B　哲學、心理學及宗教
C　歷史學及相關科學總論
D　古代史及世界各國史
E　美洲歷史
F　美國、英國歷史；德國、荷蘭、法國及拉丁美洲歷史
G　地理學、人類學、娛樂
H　社會科學
J　政治學
K　法律
L　教育
M　音樂

[10] 目前有I、O、W、X、Y五個字母尚未編目使用，可留待以後類目擴充時使用。至於其大類之下的細目，則輔以0~9的阿拉伯數字標記。

N　美術

P　語言與文學

Q　科學

R　醫學

S　農業

T　科技

U　軍事科學

V　航海科學

Z　目錄學、圖書館學、主要資訊資源

以上這二十一大類中的每一類目又可再分成若干類（各類目大小不等），即在代表大類的英文字母之後再加上一至二個字母作爲副類，例如P大類的語言學與文學：

P　文字學與語言學（總論）

PA　希臘、拉丁語言及文學

PB　現代語言、塞爾特人語言

PC　羅馬語系語言

PD　德國語言、斯堪地那維亞語言

PE　英國語言

PF　西德語言

PG　斯拉夫語言、波羅的海語言、阿爾巴尼亞語言

PH　烏拉爾、巴斯克語言

PJ　東方語言及文學

PK　印度一伊朗語言及文學

PL　東亞、非洲、大洋洲語言及文學

PM　極地語、印第安語及人造語言

PN　文學（總論）

PQ　法國文學、義大利文學、西班牙文學、葡萄牙文學

PR　英國文學

PS　美國文學

PT　德國文學、荷蘭文學、1830以來法蘭德斯文學、歐裔南非文學、斯堪地那維亞文學、古挪威暨古冰島文學、現代冰島文學、法羅群島文學、丹麥文學、挪威文學、瑞典文學

PZ　小說與青少年純文學

在以上各個（由二個字母組成）副類之下，再用0-9之間的阿拉伯數字加在其後以形成更細的分類，如PN80-99爲批評（文學批評）；PN441-1009.5爲文學史——在此類目內包括：PN451-497爲傳記（文學史）、PN695-779爲現代（文學史）……；PN1010-1525爲詩；PN1600-3307爲戲劇……這種（第三層）細類目之多在此無法一一列舉。以台灣大學圖書館爲例，如艾布拉姆斯（M. H. Abrams）的《鏡與燈——浪漫主義理論及批評傳統》（*The Mirror and the Lamp: Romantic Theory and the Critical Tradition*），其分類號爲PN769，即歸屬在（一般）文學史的現代（Modern）類目（PN695-779）之下，可在該圖書館編目PN範圍內的書架（總圖二樓人社資料區）上找到布氏這本英文書。

二、線上公用目錄查詢

進入圖書館「尋寶」之前，除了如上所述要先認識相關的圖書分類外，在找到書之前必須先查詢該書的索書號（call number），亦即圖書館的編目號碼，館內的每一種書都有獨

立的索書號，可以說索書號就是書的地址。只要找到書的索書號，並按圖書館所採行的圖書分類法按圖索驥，即可順利找到所要借閱的書了。

如何找到書的索書號？索書號在圖書館自身所編製的目錄裏。過去圖書館採行卡片目錄，索書號就在一張（長12.5cm×寬7.5cm）長方形的索書卡內。索書卡通常分爲四種：書名片、作者片、分類片與標題片，上載明圖書資料的外形特徵與內容／主題。有些單位還出版書本式目錄（即將上述卡片目錄編印成冊）以供查詢，例如屬年度性書本式目錄的《中華民國出版圖書目錄》。但是在電腦及網路普及化之後，這種舊式的卡片目錄已不再流行，現今所有的圖書館都將館藏目錄上網，這種網上的圖書目錄即所謂的「線上公用目錄」（Online Public Access Catalog，簡稱OPAC），讀者可透過電腦或手機直接上網查詢各個圖書館的書目資訊，只要點選檢索項目（access points），即可輕易取得想查找書籍的索書號。

索書號載明一本書的基本訊息，通常以阿拉伯數字及英文字母做爲代碼編製，主要包括項目如下所示：

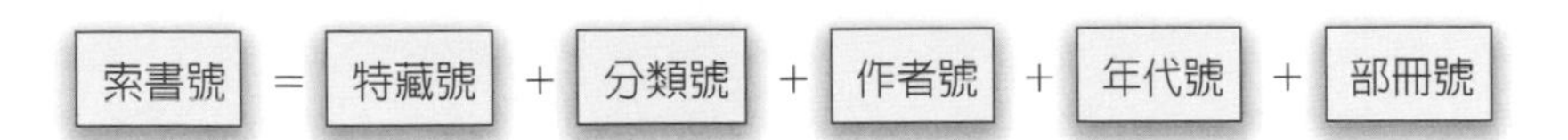

特藏號：表示不同類型的資料，以英文大寫字母代表，如R＝參考書（不外借）、P＝期刊（不外借）、L＝特大號書（可外借）、J＝學報（不外借）、DR＝光碟片（可外借或不外借）……。

分類號：依圖書分類法編目的類號。

作者號：代表書的作者編號，中文書通常用王雲五的四角號碼檢字法編碼，主要在區分同一分類號書的次序。

年代號：又稱版次號，為了區分同一部書的不同版本，以其出版年做為年代號。

部冊號：含冊次號及部次號。冊次號是在一部書分多冊印行時，用以區分不同的冊次，如以V.1、V.2表示第一冊、第二冊。部次號又稱複本號，主要用來區分同版本或同冊次之同種書，依次為C.2、C.3（第二本、第三本）。

以上組成索書號依序排列的各個號碼，未必每本書全都具備（如特藏號及部冊號就不一定會有），[11]但分類號則是最基本的資料，少了這個分類號，圖書就等於沒有地址。中英文書索書號的例子如下：

中文書／金庸著，《射鵰英雄傳》

索書號　857.908／8026　2003　V.5

↓　↓　↓　↓

分類號　作者號　年代號　冊次號

（國立台北教育大學圖書館索書號，中文圖書分類法）

英文書1／M. H. Abrams, *The Mirror and the Lamp: Romantic Theory and the Critical Tradition*

索書號：801／　A161　1953　C.2

↓　↓　↓　↓

分類號　作者號　年代號　部次號

（國立台北教育大學圖書館索書號，杜威十進分類法）

[11] 這就如同地址一樣，每一個地址一定有路（街）名、門牌號碼，但不一定有段、巷、弄等。

英文書2／Northrop Frye, *Anatomy of Criticism*

索書號：PN81　F948　1965

↓　↓　↓

分類號　作者號　年代號

（國家圖書館索書號，美國國會圖書館分類法）

瞭解了索書號代碼的意義，就可以直接於圖書館網站上的館藏目錄找尋書籍，通常可在館藏目錄欄內的「快速查詢」（如台大圖書館，使用UTF－八版）或「簡易查詢」上鍵入所欲查找書籍，該書的基本資料包含索書號即可立即查出，例如於台大圖書館館藏目錄「快速查詢」項中鍵入「台灣後現代詩的理論與實際」，即可呈現下述資料：

主要作者　孟樊

書名／作者　台灣後現代詩的理論與實際／孟樊著

出版項　台北市：揚智文化，2003〔民92〕

版本項　初版

LOCATION	CALL #	BARCODE	STATUS
總圖2F人社資料區	820.9108　1744	2095454	可流通
台文所	820.9108　1744	2384416	限館內閱覽

稽核項　288面；21公分

叢書名　Cultural map；14

主要叢書　Cultural map　14

ISBN／價格　957-818-456-5　平裝　NT$300

標題　中國詩　歷史　現代（1900-）

中國詩　評論

現在大部分的（大學）圖書館網站都有連結其他相關圖書館的整合查詢功能，如台大圖書館便可以整合查詢點選到包括國家圖書館、中央研究院圖書館及政大、台師大、中大、成大……等國內大學圖書館的館藏目錄。更重要的是，大學圖書館多半擁有相當多的電子資料，包括：資料庫、電子期刊、電子書，以及其他相關學術資源網，特別是資料庫中的《中國期刊全文數據庫》與《中國博碩士論文全文資料庫》，就人文社會科學的學者及研究生而言，從學校圖書館網站（如國北教大圖書館）即可直接連上該資料庫並能列印相關論文，《中國期刊全文數據庫》收有中國大陸學界自一九九四年起文史哲專輯與教育、社會科學專輯的期刊論文；而《中國博碩士論文全文資料庫》則收有大陸從二〇〇〇年六月至今的博碩士論文全文，包括教育、社會科學與文史哲兩大專輯。此外，學校資料庫（如國北教大）中還包括有：大陸期刊聯合目錄、中文期刊聯合目錄、西文期刊聯合目錄、台灣期刊論文索引系統（1970-　）……資源相當豐富，也非常具有使用價值，研究者可多加利用。

第二節　網際網路的使用

利用網際網路以蒐集各式文獻資料，已經是現在從事學術研究工作必備的一項基本技能了，而新世代大多具備相當優異的網路搜尋能力，對他們而言，這根本不算是一項訓練有素的基本技能，甚至可以說是從小就具備的一種「生活能力」。雖然從網路上瀏覽及蒐集而來的資料對於論文寫作未必能用，也未必可靠，但是至少可以做為瞭解相關研究背景的依據，而為

自己的研究做為「墊底」的材料，則是非常有用的。

上一節介紹圖書館的使用途徑之一就是上網查詢OPAC，本節與圖書館有關的網路使用問題便不再贅述。利用網際網路搜尋資料同進圖書館「大觀園」尋寶一樣，研究者率先都要有個大略的研究主題——這個研究主題當然愈精確愈好；此外，最好還要有（幾個）可以表述該主題的相關關鍵詞，這是利用搜索引擎必備的要項之一。

一、搜尋的管道

人文科學的研究以論文寫作為主，而寫作論文必定要參考與利用資料，資料的搜尋主要可透過網上的資料庫檢索而得，

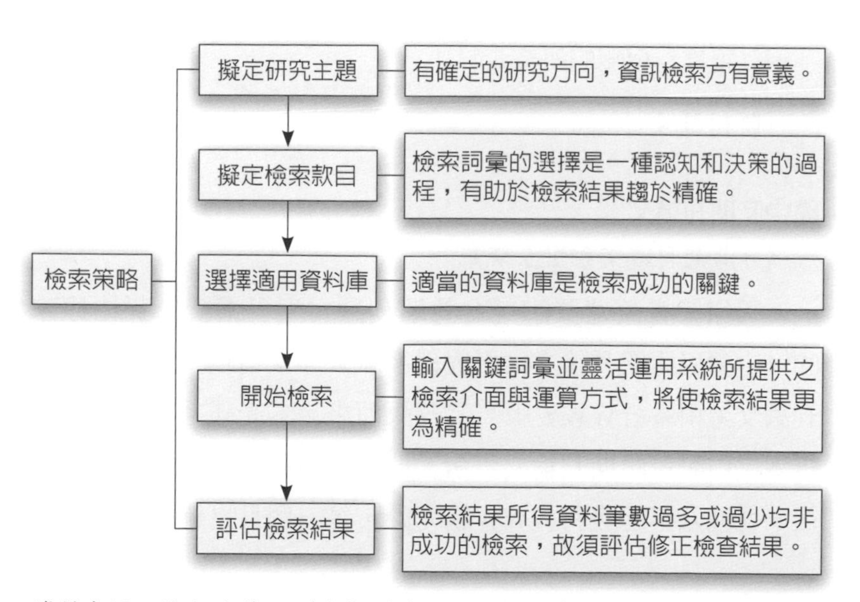

資料來源：林淑玲等，〈本校圖書館利用指引〉，台北市立師範學院編，《研究論文與報告撰寫手冊》，頁22。

資料庫的資源隨時更新、補充，資源日漸豐富，亦相當多元。然而除了教育部在學術網路開闢專線提供優質寬頻網路，使用者毋須設代理伺服器（proxy server），即可順利檢索國內外資料之外，各個大學在網上提供檢索資料庫，大多配合資料庫建置廠商的要求，以鎖定IP方式（校園網域），限讀者在校園內使用，或者以帳號、密碼登入，提供讀者在校園外檢索。[12]

在利用資料庫檢索以搜尋、查找相關的資料之前，應先擬定檢索策略（search strategy），所謂的「檢索策略」即上表所示內容，茲不再以文字複述。所需注意的是，檢索策略並非一成不變，進行檢索時如檢索概念太廣泛或太狹隘，檢索的筆數太多或太少，均須隨著檢索結果隨時調整，使人機互動達到最佳狀態，始能提升檢索效益。[13]

利用網上資料庫檢索以搜尋資料，可以從下述幾個途徑著手，以蒐集到相關的研究資料：

(一)期刊論文

■中文期刊論文

・《台灣期刊論文索引系統》

國家圖書館建置的《台灣期刊論文索引系統》係由原來的《中華民國期刊論文索引光碟系統》（又稱爲《中華民國期刊論文索引系統WWW版》）改版而來。本光碟系統最早係由紙本《中華民國期刊論文索引》開發成電腦使用版本而來，並從一九九八年起發行WWW版光碟，每三個月更新資料一次，

---

[12] 林淑玲等，〈本校圖書館利用指引〉，收入台北市立師範學院編，《研究論文與報告撰寫手冊》（無出版資料），頁11。

[13] 同上註，頁22。

直接提供給海內外圖書館使用者，以檢索最新的中文期刊研究資訊。二〇〇八年六月起，原系統WWW版更名為《中華民國期刊論文資料庫》；迄至二〇一〇年元旦又易名為《台灣期刊論文索引系統》，並在同一年將四十年來所蒐資料開放查詢，也將已取得無償授權的文章經掃描後轉製為PDF格式，使用者無須加入會員即可自行於線上瀏覽及列印（至於尚未授權之文章，使用者可查詢就近館藏以複印原文，或是透過館際合作申請複印原文）。本系統蒐集了台灣地區已出版的學術期刊論文篇目，並自二〇〇一年起擴大收錄範圍，除原《中華民國期刊論文索引資料庫》內的篇目外，更合併收錄《國家圖書館期刊目次資料庫》的期刊目次資料，收錄範圍及資料更為完整。

現在的《台灣期刊論文索引系統》已被納為國家圖書館的《期刊文獻資訊網》（https://tpl.ncl.edu.tw/NclService/）系統之下，使用者可從該資訊網進入《台灣期刊論文索引系統》；而為了跟上資訊科技日新月異的腳步，國圖於二〇二〇年還將《期刊文獻資訊網》全面改版更新，讓該系統能與時俱進，使資料庫介面符合最新的網頁設計原則，藉此提供更多友善功能。[14]

·《中國期刊全文數據庫》

《中國期刊全文數據庫》（http://cnki.sris.com.tw/kns55/brief/result.aspx?dbPrefix=CJFD）舊稱為《中國期刊網》，目前被納入《中國知識資源總庫》（《中國知網》）之下。本資料庫可以說是目前全球資料蒐集最龐大的中文（簡體字）全文線上資料庫，收錄中國大陸從一九一五年迄今上萬種專業及綜

[14] 參閱《台灣期刊論文索引系統》的系統簡介。

合期刊全文，涵蓋哲學、人文與社會科學、自然科學、工程技術、農業、醫學等學科領域，目前累積全文文獻共七千多萬篇論文。[15]對文學研究者而言，此一資料庫的好處是，文獻數量龐大，涵蓋各項研究主題（因爲中國大陸的研究人員人數衆多，也使得其研究範圍與對象鉅細靡遺），而且可以看到並下載論文全文，光是這兩項優點，就可以說是文獻蒐集的「無敵手」了。[16]比較麻煩的是，個人研究者須於學校圖書館（有購買資料庫使用權者）上網連結使用，若於自家上網連線，還要透過讀者遠端認證（Remote Patron Authentication, RPA）程序，方可於館外連線使用，操作上較不具便利性。

■西文期刊論文

・A&HCI（Arts & Humanities Citation Index，藝術與人文引用索引資料庫）與SSCI（Social Science Citation Index，社會科學引用索引資料庫）

A&HCI（http://www.thomsonscientific.com/cgi-bin/jrnlst/jloptions.cgi？PC=H）與SSCI（http://www.thomsonscientific.com/cgi-bin/jrnlst/jloptions.cgi？PC=J）這兩個資料庫係由美國科學資訊研究所（Institute for Scientific Information, ISI）所建置的一種網際網路版引用文獻索引資料庫。[17]於一九七八年創設的A&HCI收錄了包括重要的期刊如*Critique Inquiry*、

---

15 參見《中國期刊全文數據庫》的簡介說明。

16 《中國知網》由CNKI（中國知識基礎設施工程）建置，這個資料庫除了《中國期刊全文數據庫》外，還包括：《中國博碩士學位論文全文數據庫》、《中國重要會議論文全文數據庫》、《中國重要報紙全文數據庫》、《中國年鑒全文數據庫》……。

17 還包括另一大引用文獻索引資料庫：SCI（Science Citation Index Expanded，科學引用索引資料庫）。

Cultural Critique、*Cultural Studies*、*New German Critique*、*New Literary History*等刊物，涵蓋了自一九七五年起迄今全球有關文學（詩）、語言學、藝術、音樂、舞蹈、戲劇、歷史、建築、語言學、哲學、電影、電視……等領域的二十多種學科期刊共上千種。SSCI則收錄有全球三千多種主要的社會科學期刊論文資料，包括*New Left Review*、*Feminist Review*、*Feminist Studies*……等著名刊物，[18]總共涉及五十多種的學科領域，包括社會科學及行爲科學、人類學、考古學、政治、經濟、法律、教育、語言、地理歷史、圖書館學與情報學……。

以上這兩個資料庫都須透過ISI建置的《科學網》（Web of Science-Clarivate-Taiwan）（clarivate.com/zh-hant/solutions/web-of-science/）進入，但是前提條件要使用者購買其使用權（檢索權），如學校圖書館有「訂購」，即可利用訂購的圖書館合法檢索利用。研究者可透過國家實驗研究院全國學術電子資訊資源共享聯盟（CONCERT聯盟）線上訂購調查系統（concert.stpi.narl.org.tw/unit_accounts/sing_in）查詢訂購的會員名單，就近利用訂購的圖書館上網查詢研究資料。

利用A&HCI與SSCI檢索文獻資料，只要以一篇文章、會議文獻或一本書作爲檢索詞，即可檢索這些資料被引用的情況，瞭解關於這些文獻的論文所做的研究工作，並可以回溯某一文獻的起源與歷史（cited references），或者追蹤其最新研究的進展（citing articles）；還可以找到難以用幾個關鍵詞表達的有關課題的其他文獻；甚至可以瞭解最新出版的文獻狀況，以至跟

---

[18] A&HCI與SSCI所收錄的期刊名單，可逕自進入上述所列網址查詢（刊名可按英文字母順序排列依次快速檢索）。

蹤同行、競爭對手的研究活動。[19]

・Scopus

Scopus資料庫（http://www.info.scopus.com）號稱全球最大的摘要及引用資料庫，收錄了逾22,000種期刊之摘要及參考書目，涵蓋自一九六六年起迄今的論文摘要（abstract），以及自一九九六年起至今的參考文獻，並包括上千種公開取閱（open access）的期刊、不計其數的會議論文；此外，它所收錄的亞太地區的期刊數量也比其他同類型資料庫多，它的瀏覽工具較易使用，[20]介面也更富人性。Scopus還可以直接連結到全文文章與圖書館的資源，運用及涵蓋範圍甚至比SSCI更爲廣泛，尤其它獨創的「作者辨識系統」，以作者姓名檢索，可以精密辨識同名同姓的不同作者——這一點就比SSCI強，因爲以SSCI檢索的用APA格式所撰寫的社會科學期刊論文，作者無法使用全名搜索（只用英文大寫字母簡稱名字），其檢索結果極易出現太多筆訊息，難以判斷（須再補上其他關鍵字查詢才能確定）。[21]此外，Scopus並每日更新其資料庫，所收錄之訊息量不斷增加。Scopus同A&HCI、SSCI一樣，都要付費購買其檢索權，學校圖書館如有訂購，才能於學校內上網檢索。

---

[19] 參見《Web of Science用户培訓手册》，瀏覽日期2008年9月20日，http://www.thomsonscientific.com.cn/files/WOS.pdf。

[20] 可參考ELSEVIER網站（https://elsevier.com/zh-tw/solutions/scopus）關於Scopus的介紹。瀏覽日期2022年3月30日。

[21] 以上資料參見ELSEVIER網站關於Scopus的介紹（http://taiwan.elsevier.com/scopus.htm），以及Scopus本身的網站（http://www.info.sciverse.com/scopus/scopus-in-detail/facts）說明，瀏覽日期2011年11月7日。

(二)專書

■中文書籍

關於中文專書的查詢，國內主要透過國家圖書館的《全國圖書書目資訊網》（簡稱NBINet）（https://nbinet.ncl.edu.tw/）檢索。NBINet提供了OPAC與WebPAC（OPAC在全球資訊網路環境下稱爲WebPAC）兩種公用目錄查詢，它自一九九八年新系統正式啓用至今，收錄的書目紀錄筆數相當可觀。NBINet除了提供給國內各圖書館編目使用，並且也提供線上的「圖書聯合目錄」，方便讀者查詢。它的聯合目錄資料庫收錄的資料包括：國家圖書館及各類型合作單位陸續提供之書目及館藏資料、國際標準書號中心新書書目、漢學研究中心藏書目錄、民國一至三十八年參考書目、港澳地區參考書目。[22]至於新出版書目的查詢，則可透過國家圖書館的《全國新書資訊網》（https://isbn.ncl.edu.tw/NEW_ISBNNet/）檢索。

除此之外，搜尋國內出版的書籍（尤其是新近幾年內的書），也可以利用目前台灣最大的網路書店——博客來網路書店（http://www.books.com.tw）進行。網路書店本身即是一個龐大的書庫，書店本身也都會爲它的每一本書建置基本的資料，方便讀者在網路上檢索。在網路書店瀏覽的好處，有時可以看到其他讀者對於該本書的評價，且可以從購買的其他相關書籍中延伸出蒐集資料的範圍。

[22] 參閱國圖《全國圖書書目資訊網》對該網站的簡介，瀏覽日期2022年4月1日，https://nbinet.ncl.edu.tw/content.aspx?t=m&id=89。

■西文書籍

查詢西文專書，最簡便的辦法自然是透過學校圖書館及國家圖書館的OPAC予以檢索搜尋。藉由這樣的管道，所能查詢的範圍限於各館的館藏數量，因此可以考慮逕自從英美幾個較具代表性的圖書館查找，例如美國國會圖書館（http://www.loc.gov/index.html）。美國國會圖書館的館藏量可以說是全球最大，館藏有上億個項目，包括四千萬種書籍以及其他印刷資料（涵蓋470種語言）；[23]除此之外，還有其他豐富的典藏文獻，是一個極為便利的查找英文書籍的管道。另外，英國國家圖書館（http://www.bl.uk/）也是一個方便的查詢網站，其館藏包括千萬種書籍以及近百萬份期刊，還有千百萬篇期刊文章等文獻。[24]或者仿照上述查尋中文書的做法，逕自上亞馬遜網路書店（http://www.amazon.com）查找，網路書店上的書目，大多可以瀏覽到目錄，給了更多的訊息，較易於判斷其內容是否與自己的研究有關。

(三)學位論文

利用網路查詢相關的學位論文，主要的目的有二：一是率先瞭解之前先人已做過的相關研究的情況，以確定已完成的博碩士論文是否與自己擬欲研究的主題重複，如果重複的相關題目太多，自己就要考慮同樣或相似的主題值不值得再做；二是

---

[23] 參見美國國會圖書館（LIBRARY OF CONGRESS）網頁about the Library（http://www.loc.gov/about/general-information/），瀏覽日期2022年3月31日。

[24] 參見英國國家圖書館（THE BRITISH LIBRARY）網站首頁（http://www.bl.uk），瀏覽日期2011年11月30日。

確定自己可以搜尋的相關文獻有多少可資利用。這兩個目的同樣重要，而這就要藉由國家圖書館《台灣博碩士論文知識加值系統》（https://ndltd.ncl.edu.tw/cgi-bin/gs32/gsweb.cgi?o=d）（二〇一〇年六月十日由原先的《全國博碩士論文資訊網》轉換系統而來）加以查詢。該網每天提供檢索人次超過八十萬次，已成爲國內最重要的學術支援網站之一。[25]上該網站以檢索查尋，已是研究生在確定論文研究主題或題目是否可行之前必備的一個動作。

此外，出於上述第二個目的的考慮，爲了擴大資料搜尋的範圍，建議可以透過學校的圖書館網站查詢《中國知網》的學位論文庫（https://kns.cnki.net/kns8?dbcode=CDMD），這個學位論文資料庫包括《中國博士學位論文全文資料庫》和《中國優秀碩士學位論文全文資料庫》（原先爲《中國博碩士論文全文資料庫》），該資料庫同《中國期刊全文數據庫》一樣，必須先確定學校是否有訂購。此一資料庫收錄中國大陸千百所大學博碩士論文，涵蓋的學科範圍囊括了自然與人文、社會科學等各個領域，共收有自一九八四年以來的博碩士論文，是目前中國資源完備並連續動態更新的博碩士學位論文全文資料庫，對台灣研究生來說，也是一個極爲有用的資料庫。

---

[25] 依新修訂的《學位授予法》第八條之規定，國圖爲全國博碩士論文寄存的圖書館，目前以一九八六年以後的論文資料收錄較爲完整，其中一九九八年之後的博碩士論文，其館藏地位於國圖讀者大廳之學位論文室，採開架式陳列；而在此之前的博碩士論文則典藏於該館中文書庫，亦可於館內借閱。在《台灣博碩士論文知識加值系統》「關於本站」的簡介中，編列有一表，顯示各學年全國博碩士論文書目資料所收錄的筆數。參見《台灣博碩士論文知識加值系統》「關於本站」，瀏覽日期2011年11月30日，http://ndltd.ncl.edu.tw/cgi-bin/gs32/gsweb.cgi/ccd=sCTgLg/aboutnclcdr。

(四)報紙

從報紙管道搜尋研究資料，主要可以使用《台灣新聞智慧網》（Web版）（原爲《即時報紙標題索引資料庫》）（https://www.tbmc.com.tw/zh-tw/product/32）。這個資料庫目前由漢珍資訊系統公司建置，收錄的資料最早從一九二八年開始，迄今已累積近三千多萬筆新聞，每日更新約一千一百筆以上索摘資料，舉凡政治、社會、財經、影藝、體育、副刊無一遺漏。資料庫所收錄的報紙來源及其收錄的起訖時間（或直至最近時間）如下表所列：[26]

收錄全版影像

- 《聯合報》全國版 (1951/9/16-2021/12/31)
- 《中國時報》 (1950/10/2-2021/12/31)
- 《中央日報》 (1928/2/1-2006/5/31)
- 《經濟日報》 (1967/4/17-2010/12/31)
- 《聯合晚報》 (1996/01/01-2010/12/31)

提供標題或摘要

- 《聯合報》全國版(1951/9/16-2021/12/31)
- 《聯合報》地方版(1999/9/1-2017/12/31)
- 《中國時報》(1950/10/2-2021/12/31)
- 《自由時報》(2003/2/1-2017/12/31)
- 《中央日報》(1928/2/1-2006/5/31)
- 《經濟日報》(1967/4/17-2017/12/31)

[26] 參見該資料庫網頁簡介（網址同內文），瀏覽日期2022年4月3日。

・《工商時報》(1996/1/1-2017/12/31)

・《民生報》(1978/3/1-2006/11/30)

・《聯合晚報》(1988/2/22-2017/12/31)

・《蘋果日報》(2004/12/1-2017/12/31)

・《中華日報》(2005-2017/12/31)

・《人間福報》(2000/4-2009)

・《星報》(2001-2006/10)

以上資料庫所收藏的這十多種報紙標題索引，除了分類廣告之外，舉凡政治、社會、財經、影藝、體育及文學／文化副刊各版面均予收錄，目前標題索引所收筆數每天以幾千筆資料持續在增加，累積資料已不計其數。

如果進一步想查閱報紙的整則新聞，目前以聯合報系的《聯合知識庫》（https://udndata.com/ndapp/Index）的《全文報紙資料庫》（https://udndata.com/ndapp/upoint/udntag/Index）所建置的資料最爲完整，該知識庫提供《聯合報》、《經濟日報》、《聯合晚報》以及《民生報》（資料至二〇〇六年十一月三十日止）、《星報》（資料至二〇〇六年十月三十一日止）、《upaper》（資料至二〇一八四月二十六日止）等報紙共一千三百多萬則新聞資料，除了提供文字資料（含全文檢索）之外，於二〇〇四年二月更推出影像圖庫的服務，[27]檢索功能則包括「全文檢索」與「專卷查詢」。此一資料庫須付費（成爲會員）才能使用，個人會員一年內可閱讀四百則資料，

---

[27] 《聯合知識庫》底下分爲多種資料庫：《全文報紙資料庫》、《原版報紙資料庫》、《全報典藏版》、《主題報典藏版》、《新聞圖庫》等。

學校的定址會員則無閱讀次數限制（在鎖定的網域範圍內，毋須以帳號密碼登入）。除了聯合報系相關資料庫的訊息外，《聯合知識庫》還可查閱《商業周刊知識庫》、《遠見雜誌知識庫》、《動腦雜誌知識庫》等資訊。

二、搜尋引擎的利用

網際網路如今被廣泛地使用，可以說搜尋引擎的發明居功最偉，後者讓前者如虎添翼，使用者因而可以不費吹灰之力即能在網路世界徜徉，一站遨遊過一站，來去自如。上一小節所述的各種搜尋管道，皆可自搜索引擎入手輕易地點選找到。目前搜尋中文資料可以利用的搜尋引擎有：

Google（https://www.google.com.tw/）是最主要的搜尋引擎，在全球的搜尋市場中佔有92.26%絕對領先的優勢，使它幾乎是搜尋引擎的代名詞。另一個是市佔率排第二的微軟Bing（https://www.bing.com/），但僅佔2.83%，不足與Google分庭抗禮。雅虎Yahoo（https://www.yahoo.com/）市佔率爲1.59%，爲排名第三的搜尋引擎，但在台灣的Yahoo奇摩則是排名第二。此外，中國大陸排名第一的百度Baidu（https://www.baidu.com/）也很重要，尤其要找尋對岸相關的資訊，非得利用它搜尋不可。

以學術研究搜尋資料而言，目前居全球網路搜尋引擎首位的Google，應該是搜尋能力最強、範圍最廣的引擎，尤其近幾年來它的功能日益改善，也更加擴張，如原有的（傳統）Google之外，還有Google圖片、Google影片、Google Gmail 、Google新聞、Google學術搜尋、Google翻譯、Google圖書等新

的一系列Google搜尋引擎。以原有的Google來說，你可以依照自己的需求，在搜尋的文字訊息之下選擇包括全部、圖片、新聞、影片、地圖……各個項目（「全部」主要是文字訊息）；而不管它列出的是哪種中文（繁體或簡體）網頁，現在全以繁體字顯示。而若你以外文字查找資料，在你點選條目進入該外文網頁後，仍可點選「翻譯」鍵直接將資料翻譯成繁體中文。此外，鍵入查詢的訊息後，Google也會同時列出與所欲搜尋的訊息相關的資訊，例如鍵入「陰性書寫」一詞，它自動列出的相關搜尋項目有：「陰性書寫範例」、「陰性書寫簡介」、「台灣陰性書寫」、「陰性氣質」……以及「愛蓮西蘇」等共八個訊息，以供進一步選擇的考慮。若你用Google學術搜尋搜查文獻資料，它所列出的簡體字中文網頁，可在資料項目後點選「轉爲繁體網頁」，直接把連上的簡體字網頁改爲繁體字網頁，方便不諳簡體字的讀者閱讀。

然而，對於學術研究而言，搜尋資料的檢索能力超強，有時也未必盡爲好處，因爲搜尋到的資訊過多，如何分辨、判別有用無用，以及可以利用到什麼程度，反而是傷腦筋的事，它告訴我們：要花費更多的時間去汰蕪存菁，因而如果搜尋引擎具備篩檢資料的功能，卻也令人期待。有鑑於此，Google也做了相當的改良，譬如只要在鍵入的詞彙前後打上“ ”（半形的標點符號），它就可以比不加“ ”篩檢掉更多不相干的網頁資料，如鍵入「陰性書寫」一詞，可從Google得到133,000筆資料，但若再鍵入「“陰性書寫”」，則得到的減爲14,300筆（2022年3月30日瀏覽），搜尋的範圍顯得更爲精確了。

然而搜尋資料更具精準能力的則爲後來推出的Google學術搜尋（Scholar）。以上例的「陰性書寫」而言，利用Google

學術搜尋的結果，得到的僅9,710筆（瀏覽日期2022年3月30日），數量大為減少，可見其更具精確性。不僅如此，與Google的搜尋情況一樣，在參考資料的排序上，Google學術搜尋會將最具實用性或參考性的資料項目列在網頁的最上方；不僅如此，它還可以限定選擇資料的時間，以及選擇所欲搜尋的資料是否要包括引用書目（或同時包括摘要），使搜尋的標的更加明確。除了仍具備一般Google的多項檢索功能外，Google學術搜尋所搜尋到的主要是與學術研究相關的專書、評論文章、期刊與博碩士論文等資料，相連的多為學術性的網頁，不少情況還可點選直接連上電子期刊上的該篇論文，相當方便。更重要的是，在它搜尋的結果表列資料中，如果該項文獻資料有曾被引用的情況，則Google學術搜尋會直接在該條目下註記其被引用的次數，例如鍵入「後現代的認同政治」檢索字眼，共出現33,900筆查詢結果，在它所列出的第十二筆資料條目為同題的「後現代的認同政治」（在較早2011年12月檢索時列為第一筆，並共出現15,500筆查詢結果），其後除了註明該書（此為專書條目資料）相關的出版訊息（包括作者孟樊、出版年二〇〇一年、出版社揚智文化等）外，[28]還標示該資料被引用次數十四次（瀏覽日期2022年3月30日），以及「相關文章」。而如果再點選其「相關文章」項，便會再叫出其他九篇相關論文（書），研究者還可以再從表列的九篇論文（書）資料中做進一步的相關搜尋（且可以層層推衍）。現在它更增加「我的個人學術檔案」與「我的圖書館」兩項功能，前者可追蹤其

[28] Google學術在它搜尋的每一筆資料條目，皆標記該項資料的相關出版訊息，包括作者、期刊（學報）名稱、出版年等；如果是來自電子期刊，其後也會簡示其網址。

他人引用你文章的情形，後者可儲存你搜尋到的文獻資料。Google學術搜尋增加的這些功能，可以讓研究者在選用文獻資料時，獲得更完整的參考訊息，以決定是否該用或如何使用相關的研究資料。

最後，利用Google搜尋引擎，在它新開發的Google 翻譯引擎，提供研究者一項「附帶」的研究功能，也就是中文與其他外國語（如英文、日文、韓文、法文、德文……）的互譯，不僅有多種外語可以選擇，把中文譯爲他國外語，而且也可以反過來把他國外語譯成中文；乃至它可以互譯的不只是字詞，還可以將文章互譯[29]——換言之，其功能幾乎無異就是一部隨手可用的翻譯機。

雖然類如Google這樣的搜尋引擎具備強大的搜尋功能，然而聰明的是人，是研究者本人，而不是機器（或軟體），利用強而有力的搜尋引擎以蒐集資料，成功的眞正關鍵在你給了它什麼指令（搜尋的訊息），下指令的當然是人——研究者本身，而如何給出「對」的指令就異常重要。這裡專家的建議是——使用字串並且交叉搜尋。例如，假設你擬定的研究主題是「李安電影的女性形象」，在搜尋引擎上直接鍵入這九個字，恐怕找不到直接、完全相關的研究資料，此時你可以拆成不同的幾個字串交叉鍵入檢索（如「李安電影」、「性別研究」、「女性主義」……乃至「女性電影」等等），然後再從搜尋結果中進一步交叉比對，將不要的資料淘汰。

請注意，網路資源的利用並非「萬無一失」，如同沃克

---

[29] 譬如我給了一個英文句子："I can understand that she was completely innocent." 並點選英翻中，Google翻譯跑出的結果爲：「我能理解她是完全無辜的。」當然，這個例子較爲簡單，它的翻譯也較無問題。

（Melissa Walker）所說，如果你不具備相當的電腦網路的搜尋技能，你可能得不到你要的東西。更大的問題在，你會發現要評估所蒐集的資料是一件很困難的事，所以他說：「在你決定是否在網路上探索之前，先想想你要找的是什麼。」[30]一言以蔽之，「想要什麼？」這才是搜尋的重點所在。

從搜尋引擎得到需要的相關資料後，接下來的問題是如何找到紙本（或全文）資料（如果不是網上的電子期刊論文）。這個過程可按上述的程序顛倒過來進行，即再從圖書館的OPAC找出索書號，然後按圖索驥到圖書館的開放式書架中找出所要的專書，或從期刊室借閱／影印相關論文。如果所要找的資料是電子資料庫上的文獻，那麼要先確定自己可以或方便借閱的圖書館是否擁有檢索權（也就是「訂購」該資料庫），然後才能在該館內搜尋下載或影印，蓋上述所介紹的網路資源都須付費才能使用。

第三節　資料的分析

不論你的文獻是從圖書館或者是網際網路蒐集而來，也不管這些可能用得上的資料是圖書、學報與學位論文，或是期刊與報紙文章、網路資訊，在查閱時或到手後，都得經過你的評估，亦即首先，你需要分析這些文獻資料與自己的研究有無相關性（relatedness）；接著，你還得評估它們是否可靠（reliability），最後才能決定是否合乎所用，在這個分析與評

[30] Melissa Walker, *Writing Research Papers: A Norton Guide* (New York: W. W. Norton & Company, 1997), 49.

估的過程中，大半的資料都會被你淘汰。而在分析與評估資料之前，你得先認識不同的資料類型，配合自己擬定的主題及蒐集策略，以便有效地搜尋想要的文獻。

一、資料分類

一般按照取得資料的原始程度，也就是與研究對象的相關距離，將研究資料分爲第一手資料（primary sources）與第二手資料（secondary sources），有的甚至還分有第三手資料（tertiary sources）。在你蒐集資料前後，都須瞭解這些資料的分類，對你的研究才能事半功倍：蒐集之前，你能對症下藥，找出你眞正想要並倚重的資料，判斷訊息量是否足夠；蒐集之後，你可以據此分門別類，分析其效用如何，進而加以運用，甚至再淘汰不必要的資料。

(一)第一手資料

第一手資料又稱爲初級資料、原始資料（original sources）或來源資料（sources materials），指的是和你寫作直接相關的材料，就文科領域而言，如日記、信件、手稿、影像、腳本、訪談，乃至錄音、錄影、樂譜等都屬第一手資料，亦即由作家或藝術家所書寫或創作的原典。由於第一手文獻未經他人之手或之口的編撰、詮釋，被認爲是最具眞實性且正確性，乃至權威性的資料。

(二)第二手資料

第二手資料又稱爲二級資料或間接資料，這是以第一手資料爲基礎所延伸的包括改寫、翻譯、詮釋、評述乃至編撰等文獻，通常是其他研究者針對第一手資料撰寫的書或文。若你自己對某作家作品的研究，引用了他人對於此一作家作品的分析與詮釋意見，那你就是使用了他的第二手資料；但若有另外的研究者使用你對該作家研究的意見，你撰寫的論文就成了那位研究者的第二手資料。而如果那位研究者在撰寫關於你的傳記或研究，那你的這篇研究論文反成爲他的第一手資料了。[31]

(三)第三手資料

依上述類推，第三手資料通常是以第二手資料爲主而衍生的書或文，多是從第二手資料而來的綜述或概覽，有時是針對第二手文獻的轉述或說明，主要是重述他人的意見。教科書一般被視爲第三手資料，因爲教科書常由第二手資料編輯而成；[32]而百科全書的詞條也常是來自第二手文獻的整理。第三手資料對研究的初始階段亦有所助益，尤其當你試著想要對某一主題或整體的領域有概括性的瞭解時。[33]

就文科領域來看，在蒐集與使用文獻資料時，艾可（Umberto Eco）提醒我們，不管是單一作者的或多人的作品選集，只是資料的零碎組合，它沒辦法讓我們看到全貌，我們所能看到的不過是另外一個人（即編者）的所見，如此一來勢必有所蒙蔽；而且我們之所以「要寫一篇研究某位作者的論文，

---

[31] Wayne C. Booth, Gregory G. Colomb, and Joseph M. Williams著，陳美霞、徐畢卿、許甘霖譯，《研究是一門藝術》（北京：新華，2009），頁70。

[32] 王錦堂編，《大學學術研究與寫作》（台北：東華，1992），頁34。

[33] Wayne C. Booth, Gregory G. Colomb, and Joseph M. Williams著，陳美霞、徐畢卿、許甘霖譯，頁70。

賭的是自己能看到其他人沒看過的東西」，[34]而選集恐怕就讓我們無法看到那看不到的一面。再者，針對我們研究的對象所關涉的範圍，「所有資料永遠應該是第一手資料，唯一不能做的，是透過另一個人的節錄引述去論述我們研究的作者」，[35]這另一個人（對原作）的節錄，充其量只是第二手資料，而第二手資料並非我們研究的對象，它可能是我們參酌或引用的意見，但不能混充爲原始資料來用。

在蒐集資料時，須分清它們是第一手資料或第二手資料，然後你得分析與評估它們與你的研究是否相關，以便抉擇是否留用；而在資料到手後，你還須進一步評估它們是否可靠，以便讓你使用。此意味著：要你在使用資料時須評估其相關性與可靠性，這也就是篩選資料的原則。底下是涂瑞畢恩（Kate L. Turabian）的《芝加哥大學論文寫作指南》以及布斯（Wayne C. Booth）、卡洛姆（Gregory G. Colomb）與威廉姆斯（Joseph M. Williams）合著的《研究是一門藝術》兩本書中對於如何從相關性與可靠性兩方面篩選資料的建議，可說是分析資料頗爲實用的途徑。[36]

---

[34] Umberto Eco著，倪安宇譯，《如何撰寫畢業論文——給人文學科研究生的建議》（台北：時報，2019），頁90。

[35] 同上註，頁91。

[36] 參閱Kate L. Turabian著，雷蕾譯，《芝加哥大學論文寫作指南》（第8版）（北京：新華，2015），頁34-37；Wayne C. Booth, Gregory G. Colomb, and Joseph M. Williams著，陳美霞、徐畢卿、許甘霖譯，頁70-72。前書第8版經後書三位作者（以及芝加哥大學出版社編輯部）修訂，所以此處篩選原則的建議，兩書的意見大致相似，只是前書給的意見較爲詳細。他們的建議，在此我略有增刪，並加上補充意見。

二、相關性的評估

所謂「資料的相關性」是指你搜尋的資料是否與研究的主題有關，申言之，即指你搜尋的資料是否涵蓋在主題所涉及的研究範疇內；若無相關性，這些資料便毋須蒐集。

(一)紙本資料

■專書

- 快速瀏覽引言或緒論，尤其是最後一、二頁。
- 如果這書是論文集，先看最前面編者的引介或導論。
- 瀏覽最末一章（通常是結論），特別是該章的前幾頁和最後幾頁。
- 把全書的章節標題瀏覽一遍，略讀與自己研究相關的部分。
- 瀏覽書末所附索引與自己研究相關的關鍵詞，再找出出現關鍵詞的那些頁面，並進一步略讀。
- 如果時間許可，可以同樣方式閱讀同時出現許多與研究有關的關鍵詞的章節。

■期刊（學報）論文

- 先閱讀摘要。
- 瀏覽前言或引言的最後兩三段，以及結論或結語部分。
- 瀏覽各節標題——尤其是小節標（如果有的話），再看看各標題下的第一段或前兩段。

(二)網路資料

- 若資料同紙本文章（論文）一樣，即可按照上述（期刊論文）的作法。
- 瀏覽任何標示為「引言」、「概覽」或「綜述」的部分；如沒有這樣的標題章節，則尋找與此有關的網址的鏈結。
- 如果網站有搜索功能，可鍵入你的主題或關鍵詞。

三、可靠性的評估

所謂「資料的可靠性」（或可信性）係指資料的來源可以被信賴，這不只是指資料本身的眞僞而已，還包括它的有效性（validity）以及權威性（authority）。在所蒐集資料確定其相關性之後，還要進一步評估其是否具可靠性。如果所蒐集的文獻資料被懷疑是否可靠，也就是它的可靠性有問題，你可能要考慮是否合乎所用。底下是幾項評估的指標：

(一)紙本資料

- 作者是有名望的學者嗎？這可從網路搜尋來加以確認。[37]
- 此一文獻是不是最新的？文獻或資料若過時，可能影響你的研究成果（與你相似的研究可能被別人捷足先登）。像社科領域的期刊超過十年已是極限（專書大概在十五年左右），人文學科的出版物生命力也許會更長

[37] 這可以解釋爲何大學教授發表的論文很少會參考博碩士生的論文。

一點，但也得注意是否過時。

- 該文獻是否由具聲望的出版社出版？有些素有聲望的出版社會聘請外部學者或專家來審稿。[38]或因此，若干大學出版社（如台大出版中心）出版的學術性書籍便讓人較有信賴感。
- 該文獻是否經過該領域專家／同行審查（peer review）？現今學術期刊或學報都要通過審稿才能刊登論文；值得考量的是學術研討會或論文發表會宣讀的論文，不少這類的會議論文都未經事先的審查即發表，其可靠性得存疑。
- 該文獻是否得到好的評價？這可以從期刊或學報的書評找到參考的依據。當然該文獻若榮獲學術獎項，必然是可信性的一項指標。
- 該文獻是否受到多次引用？影響力大的文獻自然是多次被引用，具有其權威性。

(二)網路資料

現在網路資料的增加速度很可怕，來源眾多，更非紙本資料所能望其項背，撰寫學術論文也很難避免不用到，但如何分析與評估這些動輒數以萬計的網路資料，得更加謹慎。

- 網站是由具聲譽的機構所資助或經營。
- 若它同時出版有紙本期刊或學報，亦即它是紙本期刊或學報的電子版。
- 它是對可信賴的出版資源的補充，譬如：未曾出版的檔

---

[38] 國內像聯經出版公司，對於若干學術性書籍會委由它聘請的外部委員（由素有聲望的學者擔任）組成委員會來審稿。國外像美國的諾頓出版公司（W. W. Norton & Company），也會請專家來評閱書稿。

案、展示某些因爲太昂貴而無法印刷出來的插圖或圖片、某些只在網上開放的政府與學術機構的數據庫或資料庫中的資料。

- 它不積極擁護或反對有爭議性的社會問題或議題（這會涉及立場的選擇）。
- 它不支持狂放的主張，不攻擊其他研究者，不採用出言不遜的語言。
- 它顯示資料上網最近的更新日期。

對於資料的蒐集以及到手資料的評估，可謂是寫好論文的基礎，這個撰寫論文的事前功夫愈做到家，開始論文寫作後就會愈順手，也就能剋期完成。俗諺說：「好的開始是成功的一半。」做好資料的蒐集與分析，便是寫論文的「好的開始」！

第四節　詢問教師或專家

除了以上所述利用圖書館及網際網路以蒐集研究資料外，是否還有別的途徑可以幫自己達成這樣的目標？在此建議的最後一途是——可從詢問教師或專家著手，而這個管道甚至在你還沒開始使用圖書館及網路搜尋之前便已開始，換言之，往往搜尋文獻資料的第一步是先從詢問教師（不一定是自己的指導教授，因爲這個時候還沒到確定指導教授的階段）或其他專家開始的。詢問教師或專家的好處有：

1.幫你確定研究方向（如果你完全沒有概念時）。

2.建議你更確切的研究範圍（如果你已有大致的研究方向

時）。

3.替你剔除與研究主題無涉的對象——也就是縮小你的研究選項。

4.告知相關研究的現有情況或成果——可避免研究題目的重複。

5.建議你可從何處搜尋資料（以至於如何選擇研究方法）——甚至可以直接提供你相關的研究資料。

詢問教師或專家尤其可以解決上述沃克提醒我們的那一點：「想要找的是什麼？」這個關鍵性的也是最根本的問題，圖書館及網際網路本身都不會主動給你答案，如果你自己不能解答，那麼這個答案只好求助於教授或專家。

第五章 研究的方法

- 研究方法的層次
- 質性研究與量化研究
- 文學理論與文學研究

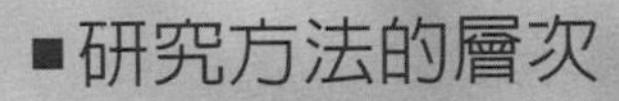

有謂「方法乃是研究學術的起點」，[1]論文寫作基本上就是一個學術研究的過程，而這個過程其實也就是研究方法進行的過程，研究方法的良窳與否，足以判定一篇論文的好壞；研究主題如何再妥切、論文題目如何再適當，若選了不宜的研究方法或誤用研究方法，其結果終將一敗塗地，乃至白忙一場，所以說「研究方法是學術研究（或撰寫論文）的成敗關鍵」，乃良有以也。

然而，從事（現代）文學研究工作的人，向來對於方法問題較不關注，[2]甚至避而不談，偶有論及，亦多籠統地概述一些簡單的論證方法，如：例證法、引證法、分析法、詮釋法、類比法等，[3]未如其他人文社會科學如經濟學、社會學、心理學、人類學、教育學、歷史學、傳播學等，將研究方法當做該學科特別關注的基本問題，而予以有系統的探究。不談研究方法，並非就不講究研究方法；但是撰寫論文時若對方法問題視而不見，以「土法煉鋼」寫就的論文，最終往往會淪為「心得報告」或「讀書報告」，也就欠缺學術研究的價值。中國人傳統的治學方式，常發於經驗、直覺式思維，其對文學作品的解讀乃是一種感悟式批評、啓示性批評，在概念的運用上並不遵守形式邏輯的同一律，[4]往往因人因時而異，並且當機發論，直抒結論而略去過程，也就是缺少推理與論證，一言以蔽之，傳統

---

[1] 王錦堂編，《大學學術研究與寫作》（台北：東華，1992），頁90。

[2] 例如林慶彰的《學術論文寫作指引》（台北：萬卷樓，1996）一書（文科適用），雖然有談及資料蒐集的方法，但資料蒐集充其量只能算是研究方法的一小部分，不能涵蓋整個研究方法（參見一至四章）。

[3] 參閱羅敬之，《文學論文寫作講義》（台北：里仁，2001），頁115-24。

[4] 邱運華主編，《文學批評方法與案例》（北京：北京大學，2005），頁294。

文學的治學方式向來並不講究研究方法。

現代文學做爲一門獨立的學科領域，自然有其所重視並講究的研究方法，儘管其研究方法亦與其他人文或社會科學有雷同之處。有鑑於此，如同第二章所說，在選擇研究主題之前就應考慮研究方法的運用問題；更重要的是，在論文撰寫的過程中，還要以所採擇的研究方法按部就班地進行以獲致研究的目的。研究方法不僅可以區分爲量化研究與質性研究兩大類型，且其本身亦有不同層次之分，欲瞭解研究方法問題，首先便須釐清其概念；其次，文學的研究方法涉及諸種文學理論，如何運用研究方法，其本身往往與文學理論的理解與應用密不可分，一般認爲「方法問題難搞」，多半即緣於這層因素。雖然方法「難搞」，但是「不搞」還是不行。

第一節　研究方法的層次

「研究方法」一詞，其實是一個比較籠統的稱呼，析而言之，如上所述，它具有不同的層次，在運用研究方法時，必須釐清它的層次問題。基本上，關於「研究方法」可以分成底下四個層次，[5]茲分項說明之。

一、方法論（methodology）

研究方法問題的最高層次即方法論，這也是研究方法問

---

[5] 朱浤源主編，《撰寫博碩士論文實戰手冊》（台北：正中，1999），頁155-57。

題的最基本的部分，可以說它就是關於研究方法的一種後設理論（metatheory）；簡言之，所謂「方法論」指的就是對方法本身加以研究的理論，即以方法做爲它研究的對象。所以，關於「方法的主張」的問題，例如應以什麼方法（以及方法如何運用）來進行文學的研究，便是屬於方法論的問題。以社會科學爲例，像波普（Karl R. Popper）提出的「可否證性」（falsifiability）做爲「科學發現的邏輯」（the logic of scientific discovery），[6]即是一種方法論的主張；又如費耶阿本德（Paul Feyerabend）以「反對方法」（against method）的主張，強調「方法論上的多元論」（methodological pluralism），目的在反對並批判長久以來居於支配地位的邏輯實證論（logical positivism）[7]——費氏的「反對方法」論及其所批判的邏輯實證論亦俱爲一種方法論。

就文學而言，文學的方法論指的就是研究文學研究法的理論，譬如德國接受美學（reception-aesthetics）的掌門人姚斯（Hans Robert Jauss）於一九六七年發表的長篇論文〈文學史做爲文學理論的挑戰〉（'Literary History as a Challenge to Literary Theory'），即對於當時流行的形式主義（formalism）與馬克思主義（Marxism）的文學史撰寫方法提出挑戰，該文是一篇新文學理論（接受美學）誕生的宣告，同時也是檢視當時（及在此之前）主要文學研究方法的一篇方法論的專文。又如中國學者陳平原的《小說史：理論與實踐》一書，除了檢視

[6]「科學發現的邏輯」也是波普於一九三四年出版的一本探討科學研究方法專書（德文版）的書名。

[7]費耶阿本德《反對方法》（*Against Method*）一書初版於一九七五年。

現代以來的小說史研究方法，也對中國小說的類型研究加以探究，[8]準此以觀，陳氏該書不啻就是一本探究文學（小說及小說史）研究方法的方法論專書。

博碩士生在撰寫研究論文時，除非該論文係針對文學研究方法而發的「方法論論文」（亦即以文學研究法爲其研究對象），否則不論是博碩士論文或學術小論文，基本上不必去交代或處理有關方法論層次的問題。但是方法論涉及研究者所持的「方法觀」（持有何種方法的信念）問題，也不能完全等閒視之，蓋持何種方法論將影響甚或決定他對底下各層次研究方法的抉擇，譬如研究者倘若信奉的是絕對主義的科學論，那麼他就不會以接受美學或讀者反應理論（reader-response theory）爲入手的研究途徑。一言以蔽之，方法論是文學研究方法的制高點。

二、研究途徑（approach）

研究途徑（或稱爲研究取徑）指的是研究的原則性方向，不像方法論那麼抽象，[9]也不像研究方法或技術那般具體，依照戴克（Vernon Van Dyke）的解釋，研究途徑是指「選擇問題與運用相關資料的標準」（criteria for selecting and utilizing），[10]也就是「在研究上決定研究問題，與選擇研究材料的觀點、原

---

[8] 可參閱陳平原，《小說史——理論與實踐》（北京：北京大學，1993），頁81-218。

[9] 朱浤源，頁155。

[10] Vernon Van Dyke, *Political Science: A Philosophical Analysis* (Stanford, California: Stanford University Press, 1960)。此處轉引自朱浤源，頁184。

則或標準」。[11]詳言之，所謂研究途徑，也就是朱浤源所說的：

> 乃指研究者對於研究對象（譬如政治現象）的研究到底是從哪一層次爲出發點、著眼點、入手處，去進行觀察、歸納、分類與分析。由於著眼點的不同（即研究途徑不同），就各有一組與之相配合的概念，做爲分析的架構，並以其中一個核心概念做爲此研究途徑之名稱。[12]

就文學研究而言，選擇什麼樣的研究對象（例如某一作家及其作品，或者某一文學流派），以及運用什麼樣的觀點或概念做爲分析或詮釋的架構，此即涉及文學理論的運用問題。譬如你面對朱天文的《荒人手記》或邱妙津的《鱷魚手記》時，你之所以選擇它（們）做爲研究對象，係出自你從同志批評（lesbian/gay criticism）理論的立場出發的考量，而你對該作品的詮釋、分析，以及於詮釋或分析時所運用的概念（或術語），亦來自同志批評理論，換言之，你是以同志批評理論選擇朱或邱的小說爲研究對象，也同時做爲研究架構的依據。所以文學的研究途徑必須立基於文學理論，文學理論成了研究者選擇以及如何分析研究對象的立腳點。有鑑於此，奧地利茵斯布魯克大學克拉勒（Mario Klarer）教授乃將文學的研究途徑逕稱爲「理論的研究途徑」（theoretical approaches），並指

---

[11] 參見華力進，《行爲主義評介》（台北：經世，1983），頁10。在該書中華氏謂，「途徑」一詞是英文approach的譯稱，而英文approach與method二詞有些書在用法上無分別，中文亦多同樣譯爲「方法」。但目前有些學者將approach與method二字在方法論上分爲兩種意義，華氏認爲二字意義有別，遂將其分別中譯爲「途徑」與「方法」。筆者接受華氏此說法，而把approach譯爲「研究途徑」

[12] 朱浤源，頁182。

出，當代文學研究視其研究側重面向的不同，可分爲文本的（text-oriented）、作者的（author-oriented）、讀者的（reader-oriented）以及社會脈絡的（context-oriented）四種不同的研究途徑，而這些不同的研究途徑背後都有相應的文學理論派別分別予以支持（詳下文）。[13]

採用並決定什麼樣的研究途徑，就文學研究來說異常重要，蓋（如下文所述）文學的研究方法（method）殊無特異之處（多採質性研究法），爲大多數人所運用的文獻分析法（document analysis）之所以會獲致不同的研究結果，端賴研究者採取什麼樣的研究途徑對文獻加以蒐集、整理、詮釋、歸納、分類與分析，即重點在研究途徑而非低一層次的研究方法。我們可以這麼說，文學研究法的重頭戲在研究途徑，而非研究方法或研究技術（technique）。

三、研究方法（method）

此所謂「研究方法」係指狹義的具體研究方法（concrete method）而言，它比上述的研究途徑低一層次，指的即「蒐集與處理資料的手段，及其進行的程序」；[14]屬這一層次的研究方法，並不截然被劃分爲人文科學與社會科學兩個範疇，不少研究方法往往是由人文與社會科學所共用。以社會科學的研究方法而言，若依其研究設計的性質與資料蒐集的程序是否有從事實驗來看，則可分爲非實驗性的方法（non-experimental

---

[13] Mario Klarer, *An Introduction to Literary Studies* (London & New York: Routledge, 1999), 77.

[14] 朱浤源，頁156, 186。

method）、準實驗性的方法（quasi-experimental method）、實驗性的方法（experimental method）三大類，而這三大類又各包括各種不同的研究方法：[15]

1.非實驗性的研究方法：如文獻分析法、個案研究法（case method）等。
2.準實驗性的研究方法：如抽樣調查（sample survey）、實地觀察（field observation）、參與觀察（participation observation）、測驗（test）等。
3.實驗性的研究方法：如博奕理論（game theory）、模擬研究法（simulation）等。

屬於人文學領域的文學研究，採用的往往是以文獻分析法及個案研究法爲主的非實驗性研究方法。所謂「文獻分析法」（又稱爲文件分析法或文獻資料分析法）係指經由文獻資料進行研究的方法，它是一種間接的研究法，在一定的限度之內，透過對蒐集而來的文獻資料的整理、分類、綜合、比較、歸納與分析，「可以幫助我們瞭解過去，重建過去，解釋現在，及推測將來」。[16]這些文獻資料包括作家的作品、日記、筆記、信件、訪問稿等——此即所謂「原始資料」或「第一手資料」（primary sources），以及關於作家及其作品的評論或研究等所謂的「間接資料」或「二手資料」（secondary sources）（詳上一章）。至於「個案研究法」英文又稱爲case study，原出於心理學與醫學中個別案例和病例的研究，即以個體爲研究單位，

[15] 同上註，頁156, 186-87。
[16] 葉至誠、葉立誠，《研究方法與論文寫作》（台北：商鼎，1999），頁138。

「蒐集研究對象個人的家庭狀況、社會地位、教育影響、個人職業經歷、事業成就、健康條件等歷史資料，並從中探究被調查者個性心理特徵或健康狀況的形成和發展過程」。[17]將此方法運用在文學研究上，則上所說的「研究對象」就變成作家及其作品，乃至於將「個案」擴及於一個文學團體／組織或流派（包括團體與流派之間的比較），於是，與作家或文學團體相關的文獻資料（包括作家生平、心理特徵，文學團體成立的背景、組成的來源等）亦成爲個案研究的素材。

一般而言，撰寫以非實驗性的研究方法爲主的文學論文，必須出於翔實、縝密的論證，也因而特別注重論證的方法。文學論文的主要論證方法包括：分析法（analysis）、綜合法（synthesis）、歸納法（induction）、演繹法（deduction）、比較法（comparison）等。

1.分析法：即將事物的組成分子（內容）予以分解（或拆解）細察，辭典中解釋「分析」一詞爲「分別離析」，亦即此意，是最基本的一種論證方法，不少論證方法皆須以分析法爲其基礎，亦即在運用歸納、綜合、比較等論證方法的過程中都需要分析。譬如要分析一篇小說的內容，也就是要去審察構成其內容的要素。分析旨在拆解（undo），就像拆卸組成鐘錶的每個零件一樣，審視其由何種零件構成。

2.綜合法：與分析法相反，即將各方不同的事物組合在一起，以形成一種新的有別於原來的不同事物，所以綜合

[17] 同上註，頁205。

法也即一種統合的論證方式，好比零件被卸下來的鐘錶，所謂的「綜合」就是要把這些分離的各種不同的零件再組合回去，恢復原來的功能與模樣。善用綜合法，就是要「博覽通觀」；欲綜合，要先能通觀，而能通觀，則須以博覽爲基礎。

3.歸納法：即從個別事實或事例中發現或推導出通則（generalization）來，也就是由特殊之事實以推知普遍之原理。比方說有一位詩人作品中老是出現「死亡」的意象，於是我們就可以推斷說這位詩人具有「死亡書寫」的風格（style）。運用歸納法常須舉例作證（exemplification），當舉的例不夠多，便是所謂的「類推法」（analogy），而舉的例子夠多，便是正規的歸納法；類推與歸納兩者只是程度的不同而已。[18]

4.演繹法：與歸納法相反，乃以普遍的原則以推知特殊的事物，亦即由已知推定未知。而已知與未知，從內容上說是原理與思想，由形式上言則是判斷和命題——因此，其運用常以三段論法來進行，[19]例如：「笠詩社是崇尚新即物主義的」——此爲大前提；「陳千武是笠詩社同仁」——此爲小前提；「所以陳千武是新即物主義詩人」（或「陳千武是主張新即物主義的」）——此爲結論。其中「陳千武是笠詩社同仁」此一小前提（亦稱「媒質」）在推論過程中往往被省略（因眾人皆知），便從間接推理成爲直接推理。

---

[18] 王錦堂，頁100。

[19] 同上註，頁101。

5.比較法：即取兩種以上的事物，以較量其優劣或辨別其異同之謂。採取比較法，可以發掘出事物的共同點或相異點，乃至於其間的高下優劣；只要能比較彼此之間的不同（或相同），其研究便有價值。如果研究的對象涉及兩位（以上）作家的不同作品，即可以比較的研究方法入手。然而須注意的是，若之前其異同已經確定，則不必比較；而性質不同、層次不同、類型不同的事物（比如詩歌與小說；賈寶玉與納蘭容若）亦不宜比較。[20]

四、研究技術（technique）

研究技術又稱爲研究技巧（skill）或研究工具（tool），指的是研究者採用何種技術（技巧、工具），藉以取得所需要的資料，這是最爲實際與具體，也是層次最低的研究方法，例如若採用準實驗性的研究方法（抽樣調查、深度訪談、測驗），那麼就要進行問卷、訪問表、量表、測驗卷等設計工作——這些工作即屬研究技術的範疇。如果研究者想要對某位作家進行深度訪談（depth interview），事前他就必須設計訪問表並決定訪談題目乃至於訪談方式（開放式、半結構式或結構式），此即涉及到他所採取的研究技術問題。現今由於電腦各種程式的開發運用，也使得蒐集及記錄資料的技術更爲精進。研究技術或工具既是一種記錄或蒐集資料的手段，而手段則只有有效與否的問題，不存在科學與否的問題，在運用上還須注意下述幾點：[21]

---

[20] 同上註，頁98。

[21] 朱浤源，頁187-88。

1.研究技術必須符合研究的工作性質。所以研究問題必須愈具體愈好，使其能清楚地說明原來的假設或命題。

2.研究技術的目的在蒐集有用的資料，以驗證假設或命題。因此，所引用或擬用的概念須審慎地界定，不可有模稜兩可的含義。

3.設定的指標要有具體的內容，且指標間的相互關係須明確的限定。

4.研究工具的效能須依研究的目的性質而定，因有些資料對某一目的有效，但對另一目的卻無效。

5.對記錄工具或問卷的設計問題要有周密的考慮，記錄須清楚易懂，問題要簡單明瞭。

6.對於研究工具的設計（如問卷題目），必須注意研究對象的差異（如是否用不同的話來問）。

研究技術雖然屬最低層次的研究方法，但是在蒐集文獻資料時若誤用手段，也會影響到研究目的的達成，抑或因此而改變了當初設定的研究方向，以致使研究成果大打折扣，所以在考慮採用什麼樣的研究工具時亦不得馬虎。有時因爲某些研究技術的不可行，例如無法回到一九六〇年代向當時的瓊瑤迷發問卷調查，以致難以勾勒該時期瓊瑤小說的接受史（history of reception），使得若干研究課題因而「難產」。

第二節　質性研究與量化研究

質性研究與量化研究是兩種不同類別的研究方式。過去的文學研究，從不講究質性研究（qualitative inquiry）與量化研

究（quantitative inquiry）的區別，或許緣由文學研究幾乎全從質性研究下手之故。但這並非說文學研究即與量化方法無涉，即如傳統的考據之學偶爾亦會運用到簡單的統計方法；現在新興的文學社會學（sociology of literature）——尤其是法國當代的波爾多學派（Bordeaux School）文學社會學，不管是從文學的生產、配銷或消費層面著手研究，都大量地運用統計的研究方法，而統計即是一種量化研究。筆者所指導的碩士論文如林麗裡的《當代台灣女小說作者及未來發展》（佛光大學未來所），以及筆者的論文〈戰後台灣新詩集出版史的考察〉，[22]即曾運用量化的統計方法來研究。不惟如此，以往有關兒童文學及與之相關的（中小學）教科書方面的若干研究，亦曾涉及量化的研究法。文學研究既非全自質性研究著手，在研究方法的選擇與運用上，則有必要將質性與量化兩種研究方式予以區別開來。

一、質性研究

質性研究又稱為「質化研究」或「質的研究」，它的指涉及涵義向來不是很明確，係因其包含的層面或範圍頗為廣泛之故，例如深度訪談法、參與觀察法（participant observation）、焦點團體討論法（focus group discussion）、文獻分析法等，都屬於質性研究；此外，其他包括民族誌（ethnography）、詮釋學（hermeneutics）、現象學（phenomenology）、俗民方法論

[22] 該文收錄在拙著，《文學史如何可能——台灣新文學史論》（第八章）（台北：揚智，2006）。

（ethnomethodology）、紮根理論（grounded theory）、符號互動論（symbolic interaction）、敘事分析（narrative analysis）、行動研究（action research）、批判理論（critical theory）、多元方法（multimethod），乃至於女性主義（feminism）與後現代主義（postmodernism）等，也都被視爲質性研究的範疇。這些被納入質性研究類別的各種理論、方法，名目可謂五花八門，非常混雜，其研究層次與探討層面亦不盡相同，試看下表（打勾與否表示該研究法是否有涉及或探討到）：

研究方法種類	研究程序	方法論	知識論	實質社會觀點
深度訪談法 參與觀察法 焦點團體討論法 文獻分析法	✓	✓		
民族誌 紮根理論 敘事分析 行動研究 歷史研究 多元方法	✓	✓	✓	
現象學 詮釋學		✓	✓	
符號互動論 俗民方法論			✓	✓
批判理論 女性主義 後現代主義		✓	✓	✓

資料來源：齊力、林本炫編，《質性研究方法與資料分析》（嘉義縣：南華大學教社所，2005），頁2。

顯而易見，以上這些五花八門的各種質性研究法如同齊力在〈質性研究方法概論〉一文中所說的：

有些主要只是關於資料蒐集的程序或原則〔如訪談法、觀察法、焦點團體討論、文獻（分析）法〕；有些較具綜合性，包括一些知識論或方法論的討論（如民族誌、紮根理論、歷史研究、行動研究、多元方法等）；有些本身是一套社會科學理論（如符號互動論、俗民方法學）；有些卻比較像是一套知識論（如批判理論、現象學的社會學、詮釋學）；有些則似乎只是一種特定的觀點（如女性主義、後現代主義）。[23]

由此可見，質性研究法本身充滿歧異性，也因而不易界定。整體而言，要找出質性研究法的基本特徵，如同齊力所言，似乎只能從形式面來看，也因此「所謂質性研究方法就是指關於社會現象的經驗研究，較不依賴數量化的資料與方法，而較依賴對於現象性質直接進行描述與分析的方法」——這是齊力從社會科學的角度對質性研究下的定義，[24]這定義也適用於屬人文學領域的文學研究。易言之，文學的質性研究係針對文學作品或現象的性質不用量化的（統計）方法而直接進行描述與分析。

大致說來，不論是針對作家及其作品，抑或是對文學流派、文學現象（文學史），以既有的文學理論做爲研究取徑的文學研究，可以說絕大多數都屬質性研究，尤其是以文學作品做爲研究對象，在研究的過程中強調的是對於作品詮釋的重要性，不論研究者著重的是作品的內容或形式，他都是在釐清意

[23] 齊力，〈質性研究方法概論〉，收入齊力、林本炫編，《質性研究方法與資料分析》（嘉義縣：南華大學教社所，2005），頁1。

[24] 同上註，頁2。

義的結構，而這個釐清的工作實際上也就是在進行符號的編碼（encode）與解碼（decode）。符號的編碼與解碼涉及對於作品意義（非僅限於主題、情節、人物等內容）的理解，而對於意義的理解與詮釋，不論是涉及文學研究的哪一個面向——作者的、作品的、讀者的，或是社會脈絡的，研究者均必須予以「深描」（thick discription），[25]蓋文學研究——套句人類學家紀爾茲（Clifford Geertz）所說的話：「不是一種探索規律的實驗科學，而是一種探索意義的闡釋性科學。」[26]意義的闡釋關涉的是研究對象的性質而非數量的問題。不論研究對象是文學作品或現象，意義的詮釋都屬研究者的「二度建構」。

關於質性研究論文的撰寫方式（非指論文結構與格式），其實並無固定成法，不像量化研究或自然科學的實驗室研究，有其一定的步驟及標準化程序可循。由於質性研究涉及研究者個人主觀的體驗，乃至於要求研究者反思自身研究行動的意義，所以其寫作無法剔除掉研究者個人的色彩。就質性研究的屬性而言，可以說其寫作本身即等於研究行動，蓋意義的理解與詮釋即寓於寫作的過程裏，不像量化研究或實驗室研究那樣，論文的撰寫只是其結果的記錄或記載。

二、量化研究

量化研究，顧名思義，就是利用計量也就是統計方法的一

[25] See Clifford Geertz, *The Interpretation of Cultures: Selected Essays* (New York: Basic Books, 1973).

[26] 參見Clifford Geertz著，納日碧力戈等譯，《文化的解釋》（上海：上海人民，1999），頁5。

種研究方式，它涉及研究對象的變量或變項（variable）及其相互之間的數量關係，已愈來愈爲社會科學諸學科所採用，而人文科學對之亦不排斥。以量化方式研究文學——特別是文學現象，可得到較爲客觀的數字依據，以供研究者做正確的瞭解與判斷，不像用其他質性研究法分析資料，易受研究者個人主觀臆測的影響，以致做出錯誤的解釋或結論。比如歷來台灣出版的各種詩選集，爲何女詩人入選的人數均遠遜於男詩人，是否因爲女詩人人數本來就比男詩人少，抑或其出版詩集之冊數及其比例亦比男詩人低，所以才形成詩選集多選男詩人作品的特殊現象？這個假設問題的答案，可從量化的統計分析得到確切的解釋，不必做無謂的臆測。

(一)量化統計分析的前提

運用統計分析做爲量化研究的方法，可資運用的包括：集中趨勢統計（算術平均數、中位數、衆數）、離散趨勢統計（全距、四分差、平均差、標準差、變異數），以及相關迴歸統計分析（相關分析、迴歸分析、變異量分析、多變量分析），乃至於統計圖表的運用。法國文學社會學家埃斯卡皮（Robert Escarpit）在《文學社會學》一書的第二篇〈生產〉（包括第三、四章）即是運用上述這種統計分析的量化研究之佳例。[27]文學研究運用統計分析須考慮以下幾個前提：

1.研究對象係群體現象而非個別現象。譬如埃斯卡皮即以法國不同世代出生的作家群的籍貫，統計出其出身所分

[27] Robert Escarpit著，葉淑燕譯，《文學社會學》（台北：遠流，1990），頁35-67。

布的區域。

2.要以數量資料爲處理的對象。凡非數量的資料，不能用統計方法處理。例如研究對象是作家（或作品中人物）個人的情慾，便無法以量化統計分析，而需要做質性研究的描述。

3.不可放棄邏輯思考。凡是統計邏輯上不能成立的關係，就不可以運用統計的分析方法，否則即可能造成誤用的後果。比如近年來大專學生人數都在減少，而文學書的銷售量也在減少，即使利用統計公式可以計算兩者有極高的相關性，也不能逕予採用。

4.研究的最後目的係在獲得具有普遍性和代表性的原理與原則。所以它不是一種特殊性與深入性的研究方式。要對特殊性的作品做較爲深入的探討，仍以質性研究較能達到這個目的。

量化研究除了運用統計方法之外，最重要的是針對變項的設計，而變項如同紐曼（W. Lawrence Neuman）所說，是個會變化的概念，而量化研究所使用的語言就是變項與變項之間關係的語言。[28]有鑑於此，在量化的研究中，首先，變項的界定要能爲研究所適用；其次，變項與變項之間的關係要予以合理的釐清。比如何爲自變項（independent variable）、中介變項（intervening variable）與依變項（dependent variable）[29]在研究

[28] W. Lawrence Neuman著，朱柔若譯，《社會研究方法——質化與量化取向》（台北：揚智，2002），頁207。

[29] 自變項（又稱原因變項）係指對其他事物發生作用的力量或條件的那個變項；而中介變項則指產生在自變項與依變項之間以顯示它們之間的關聯或機制的變項；至於依變項（又稱結果變項）乃指做爲另一個變項的

之初就須弄清楚——此涉及其間（變項）的因果關係，而因果關係的確定，即形成一個有待檢定的命題。例如朱雙一在《戰後台灣新世代文學論》仿照埃斯卡皮的說法，統計台灣作家出生年份的分布，[30]認爲「台灣文壇『代』現象出現的原因顯然與時代社會環境有很大的關係」，他說，一九二四年至一九三三年是第一個作家出生的高峰期，其相應的創作高峰期在一九五〇至六〇年代前葉；又說這個時期的社會環境爲這批作家創造了一個較爲有利的條件。[31]那麼到底是「第一個出生高峰期」或者是「有利的社會環境」才是其依變項「創作高峰期」的自變項？變項之間的因果關係，朱雙一在論述之中並未釐清，以致形成認知上的混淆。

(二)調查研究法與內容分析法

文學的量化研究方法中較爲常見的爲調查研究法（survey research）與內容分析法（content analysis），而這兩種研究方法亦都以統計分析爲基礎。[32]

■調查研究法

此研究法係在一定的時間內，以書面問卷（郵寄、電子郵件、當面呈現方式）或在訪談的過程中，對多數的受訪者提出問題，然後記錄其答案。運用此法的研究者不可操弄任何情境，而受訪者也只是單純地回答問題。研究者通常會以百分

效果或結果的變項。同上註，頁208-209。

[30] 朱雙一的統計是以入選《作家作品目錄新編》（文訊雜誌社編）以及巨人版與九歌版兩套文學大系的作家爲對象。參見氏著，《戰後台灣新世代文學論》（台北：揚智，2002），頁3-5。

[31] 同上註，頁5-6。

[32] W. Lawrence Neuman著，朱柔若譯，頁61-62。

數、圖或表來總結這些問題的答案，而其實際作法是往往先選出或採用（視研究的目的而定）一組樣本（sample）或一小群人選（如設籍台北市的一百位作家），再將從他們身上所獲得的結果，予以通則化到這一組小群受訪者背後更大的群體（如台北市籍作家）。

■內容分析法

此分析法係檢視呈現在書面或符號資料（如圖畫、影視、歌詞等）中的資訊或內容的一種技術。運用此一研究法，研究者首先須辨識其擬欲分析的資料（如作品），依其研究目的，找出可資做爲分析的具有某種特定屬性的代表性詞項（字彙、詞彙、概念、描述性文字等），計算其於各文件資料中出現的次數，以記錄從其中所發現的特定訊息（即內容）。例如探究某位作家是否爲「情色詩詩人」，可先確定一些足以描述「情色」的意象或字眼（如吻、唇、女陰、陽具……），然後統計其於詩人所有詩作中出現的次數。一般採取內容分析法恰是因爲其研究無法或難以利用訪問或書面問答的方式獲取資料，研究者即可藉由相關文獻資料的取得而對其做量化的內容分析，從此一角度看，內容分析法也可視爲一種「量化的文獻分析法」。

質性的非機率抽樣法

人文學科的研究，往往捨量化方法而採質性研究法，量化方法雖然具有統計學上的意義及優勢，但它未必能保證研究的合目的性；蓋因人文現象常常不是說一就是一、

說二就是二便可以解釋清楚（如文藝作品的本土化或國際化，統計學只能解決表面問題），尤其碰上具意識形態的文本，更是有理說不清，統計學完全不管用。

由於無法窮盡所有涵蓋的案例或構成要素，採用質性研究法的人文學科面對所欲分析的文本或現象，在研究過程中和量化方法一樣，一定會面臨如何抽樣（sampling）的問題；而質性研究的抽樣，其目的不在確保研究結果在統計意義上能代表或適用於總體，可以說，它的目的其實是在描述該文本或現象的性質（或進程），而不在其分布狀況；它對於研究對象旨在說明與詮釋，而不在概括。

然則質性研究如何抽樣？它既然和量化方法有別，就不適用機率抽樣（probability sampling）。雖然不適用機率抽樣，卻也要盡量避免方便抽樣（convenience sampling）；所謂方便抽樣乃是毫無控制和選擇，隨便就近或就手頭可能找到的地方加以抽樣，亦即「只要方便就好」，它只求廉價、快速和簡易，如街頭訪問，隨意取樣，找到人就問。以文學文本為例（其他人文學科亦同），有底下常見的幾種質性抽樣方法（以下部分參考 Liamputton, Pranee and Douglas Ezzy, *Qualitative Research Methods*, 2 edition. Oxford University Press, 2005）：

一、同質性群體抽樣（homogeneous group sampling）

即選擇性質接近或相似的個案，如此抽樣的目的在縮小變異性並擴大同質性，以盡可能深入且詳盡地描述和詮釋文本。例如對某一位作家作品的某一主題加以研究，在依其特徵分類之後，對於各個類型（分類）作品的歸納，便是以同質性群體抽樣做為歸類的例證；或者又如對於同一主題（類型）找同一詩社（如笠詩社）的詩人作品加以研究，因為同一詩社團體的成員，基本上可以視為同質性群體。

二、標準抽樣（criterion sampling）

即選取合乎標準的所有案例；如此抽樣方式，標準如何決定就異常重要，因為它是用來確認符合相關研究問題的案例，標準改變，抽樣方式和研究結果也就有所差異。例如以「嬉遊」的標準來為羅青的新詩加以分類，便要選取他所有的嬉遊詩作。

三、典型個案抽樣（typical case sampling）

即特別選擇最具代表性的案例——它之所以具有典型的特性，是因為這樣的個案具有不同尋常的、突出的性質；一般而言，要在分析單元很大時始採取此一抽樣方式。例如針對台北市小學高年級學童的語文能力予以研究，就要選取一個能闡明其學習過程的典型小學做為抽樣的樣本。又如研究台灣超現實主義作品，可選取一部最能闡明其特性的作品（洛夫的〈石室之死亡〉或商禽的《夢或者黎明》）加以研究。

四、極端或偏離標準的個案抽樣（extreme or deviant case sampling）

即選擇那些不尋常的或有特點的，並且能解釋研究過程的案例；這樣的抽樣目的在發掘豐富、詳盡的資料，以提供新的視角，並找出文本新發展的可能性。例如一位

寫實主義詩人突然出現一部（或少數）後現代主義的詩集（或詩作）——像向陽的《亂》詩集（若干詩作），或笠詩人趙天儀寫出類如夏宇〈連連看〉這樣的後現代詩。這就是偏離標準的文本個案。

五、配額抽樣（quota sampling）

即先選出樣本的類別（如人之男人與女人；年齡之三十歲以下、三十到六十歲之間、六十歲以上），然後再決定每一類別要抽取多少個（如研究者決定選取三十歲以下五位男性及五位女性、三十到六十歲之間十位男性及十位女性、以及六十歲以上五位男性和五位女性，做為一個為數四十人的樣本）；這樣的抽樣方式可以確定母群的某些差異——因為會從其配額後的樣本顯現出來。例如要研究台北市女性小說家，可先分類為新世代（四十歲以下）、中生代（四十至六十歲）、老世代（六十歲以上），然後再決定各抽取若干位來討論。

以上這些質性抽樣方法，往往可見之於文科的研究論文中，但它們究竟是如何被運用呢？在文科的論文中，利用文獻分析法以檢視、分析文獻，常會依研究者選定的「標準」，針對文本（內容或形式）予以分類，而分類就是將每個個案歸類，也就是做標準抽樣。接著，要對分類後的各個類型舉相當的例證予以支撐——此即同質性群體抽樣，並舉出其中代表性的例子進一步討論，也就是典型個案抽樣。分類之餘，若有異例出現而不易歸類，很可能那樣的例子即屬偏離標準的個案。底下以拙文〈向陽的亂詩〉為例做質性抽樣法的簡單說明。

該文在分析向陽的新作《亂》詩集時，將其作分為三個類型：政治的亂詩、社會的亂詩、生活的亂詩，分類前先定出詩例歸類的標準，再以同質性群體抽樣方式選取詩例以為（各類）支撐，如以生活亂詩而言，文曰：

> 生活亂詩，反映的卻無非是與詩人「悲喜愛恨」諸種個人情緒（或情感）較爲相關的生活體驗，譬如寫於暖暖的大多數作品：〈依偎〉、〈凝注〉、〈光的跋涉〉、〈遺忘〉、〈想念〉、〈世界恬靜落來的時〉，就以最後列舉這一首詩來看……【詩作，略】。這是一首典型的台語情詩，寄託的是詩人相思的情懷，反映的是詩人一己私密的情緒。其餘諸詩反映的亦盡皆詩人「一方天地」的私密情感，這種「小情小愛」的寫作自然與暖暖山居有關，是暖暖的創作空間及其場域氛圍影響了詩人的寫作……

其中〈依偎〉、〈凝注〉、〈光的跋涉〉、〈遺忘〉、〈想念〉、〈世界恬靜落來的時〉等詩例做為舉證，就是同質性群體抽樣，而最後提及的一詩〈世界恬靜落來的時〉並做為典型個案抽樣，有進一步的闡釋。至於文中在分析政治亂詩時提及的〈血淌著，一點聲息也沒有〉、〈一首被撕裂的詩〉與〈發現□□〉等詩不同尋常地用了後現代手法，則可視之為向陽詩作的極端或偏離標準的個案抽樣。

第三節　文學理論與文學研究

如上所述，文學的研究途徑本身涉及文學理論的運用問題，此係因爲研究者會選用什麼文學作品做爲分析、研究的對象，以及採用什麼做爲詮釋作品的立腳點，背後均是出於某種理論立場的考慮，且以之做爲分析的依據，所以選擇文學的研究途徑即等於在選擇何種文學理論。西方的文學研究較諸中國更爲側重方法與理論，所以當今研究現代文學不得不借重西洋文學理論與研究方法。當代西方文學理論蓬勃多樣，而且興替頻仍，克拉勒（Mario Klarer）即根據各該理論側重面向的不同，將當代出現的各種文學理論分成如下四類（即上述所提及

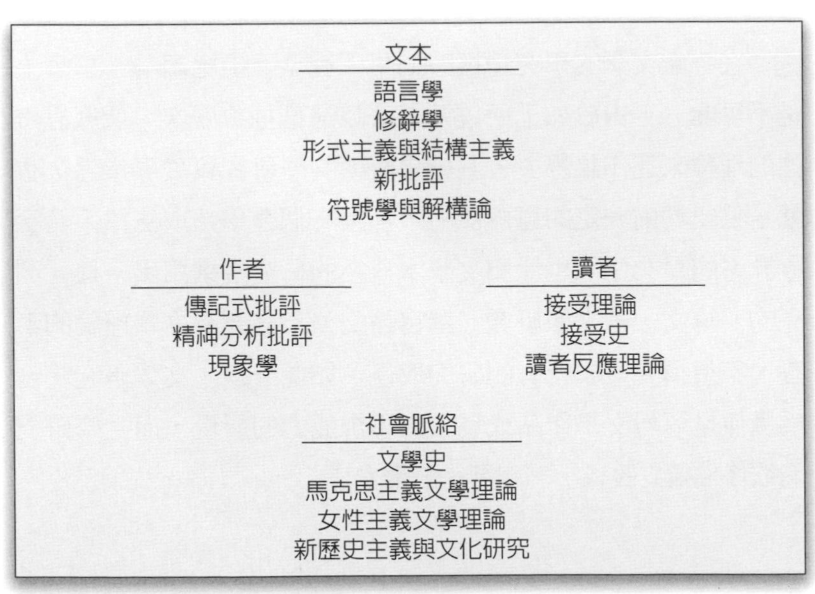

資料來源：Mario Klarer, *An Introduction to Literary Studies* (London & New York: Routledge, 1999), 78.

的：文本的、作家的、讀者的及社會脈絡的）。[33]

台灣文壇及文學界中有部分人認爲，文學研究不必扯上什麼文學理論，換言之，文學研究與文學理論無關。事實上，拒絕理論的本身也是一種理論的主張，而且使用的往往是中國歷來的點悟式（或評點式）批評，也即今天我們所說的印象式批評（impressionistic criticism），而印象式批評乃是一種最低抽象層次的主觀性批評（subjective criticism），誠如黃錦樹在〈理論的貧困〉一文所說：

> 眾所周知，拒絕理論的姿態並無法眞正的拒絕理論，如果文學研究無法免於描述、分類、解釋，如果它不可能不是一項以意義的探求爲目的的、繁複的闡釋活動，那拒絕理論的後果不免是默許以最低抽象層次、低度思辨性的理論來運作詮釋。[34]

在考慮文學的研究途徑時如果「完全」拒絕理論（事實上是不可能），由於如上所述乃是「以最低抽象層次、低度思辨性的理論來運作詮釋」，其結果將使文學研究喪失專業性，也就是只要具備一定的思辨能力，那麼一個醫學系或法律系乃至會計系的畢業生，也能和文學本科系的研究生撰寫出一樣「漂亮的」論文，蓋文學研究（撰寫論文）不必要有文學理論的素養，不須講究文學特有的研究取徑；如此一來，文學研究將淪爲僅僅是解讀文學作品或現象的思辨能力的展現，而文學研究倘欲侈言獨立設科，一句話——難矣！

---

[33] 在底下的「社會脈絡」面向，更新的文論還要包括生態批評、失能研究。

[34] 黃錦樹，〈理論的貧困〉，《文訊》，第243期（2006年1月），頁50。

文學研究非用文學理論不可，但是衡諸國內文學系所研究生的運用情況則不如人意，歸結起來，可以發現有兩個文學理論運用的問題：

1.理論的誤用：這種情形往往是由於研究生對所援引、使用的文學理論一知半解所造成，以致無法以適切的理論來解讀、詮釋文學作品或文藝現象。進一步言，理論縱使未被誤讀，但在運用於作品的分析上，卻因「牛頭不對馬嘴」，造成理論的硬套或誤套，其研究結果也就荒腔走板，令人啼笑皆非。

2.理論的濫用：這種情形是研究生把理論的運用當作「炫學」，撰寫一篇論文，林林總總地可用上十幾種理論，生吞活剝的結果，理論「玩」過頭，反而使原先應當分析的文本隱遁，或淪為陪襯的「花瓶」，這就造成兩個結果：一是全篇論文變成理論自己在「獨白」——這就是所謂的「本末倒置」；二是不知有些理論互不相容（如新批評與讀者反應理論）而全予湊合使用，以致前後進退失據，無法自圓其說——這就是所謂的「自相殘殺」，[35]也就是理論與理論自己「相殺」。

平心而論，就火紅的當代西方文論來說，由於一來國內文學系所研究生（外文系或英語系畢業者例外）普遍外（英）文能力不足，無法或難以直接閱讀原文，只能依靠中譯本研讀，而中譯本（由台灣本地生產者）則又普遍不足，可以說在理論運用上「先天」即已失調；二來當代文論幾乎俱屬跨學科性

---

[35] 同上註，頁52。

質，背後涉及複雜難懂的各個人文社會科學知識與概念，要研究生以傳統的文學專業訓練來應付這些「難搞」的理論，無異是一種苛求，可以說這是難以企求的「後天」之不足。

假如好不容易克服上述這樣的問題，接下來還有研究生亟待征服的另一個難題，那就是「理論如何找到適切的文本」。研究生雖然未誤讀理論，可是如果誤用文本——也就是理論與文本兩者無法「麻吉」（match），便會發生上述所說的「理論硬套或誤套」的情形。所幸這個難題可以丟給研究生的指導教授來幫他解決。但是研究生遇到的最根本的難題並非上述所言，而是自身詮釋能力不足的問題；也就是說，即便（靠指導教授的領航）解決「理論誤套」的情況，引用了正確的文學理論，也找到適切而可以被理論分析的文本，但是研究者本身的詮釋能力不夠，仍無法讓「麻吉」的雙方「擦出火花」。所以，江寶釵有感而發的底下這段話，看來仍是十分有道理的：

> 我主張對理論的瞭解要完整，使用要合宜。我也認爲有比理論更重要的東西，那就是思維的邏輯性、「文本」的理解力、文獻的熟悉度、文化源流的掌握能力。要達到這些目標，只能多讀書，態度嚴謹，常與朋友切磋討論，大家一起努力。[36]

文學研究的確逃脫不掉文學理論的運用，但是如上所述，文學理論的運用問題一籮筐，而被引用的理論又不易「對付」（並非僅讀兩三本理論教科書即可擺平），顯然對研究生來講已形成沉重的負擔。研究生（尤其是碩士班學生）如自忖自己

[35] 江寶釵，〈錯愛——我對「理論重要嗎？」的一些看法〉，《文訊》，第243期（2006年1月），頁37。

資質有限，或者撰寫論文時間不足，則建議除了要多花時間請教指導教授外（一定要去「纏」他），最好找較簡單的、容易對付的理論下手，別讓自己活受罪。

第六章 論文的結構

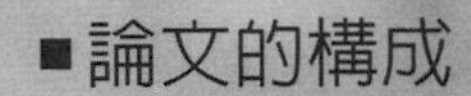

- 論文的構成
- 論文的組織

談論論文的結構，就是在討論論文如何組織的原則。「結構」（structure）一詞，字典的解釋指的即是「組織」、「章法」或「布局」，詳言之，本章所謂「論文的結構」，旨在討論論文的構成成分及其如何被加以組織或構架。結構的好壞，對於一篇論文撰寫的成敗，享有至關重要的地位。論文的組織、架構完整，四平八穩，找不出什麼毛病，則雖其內容乃至研究成果或發現「無甚可觀」，至少還是一篇「五臟俱全」的論文；然而，如果論文的組織或架構犯了忌諱，比如說頭重腳輕或首尾未能兼顧，那麼不問其內容寫得如何，可想而知，這絕不會是一篇好論文。

打個比方，一篇論文的結構就像一棟建物的藍圖，把一幢華美的大廈廁所設計成客廳般大小（反之亦同），也把它的位置放在房內的中心地帶而非邊緣角落，那麼這幢大廈即使打造得如何再堅實、內部裝潢如何再「富麗」，它也不會是一座「堂皇」的建築物；同理，論文的結構（設計圖）在下筆（起造）之前即安排不妥（設計不良），即使寫得再好（蓋得堅實）也無濟於事，絕對不會因而變成一篇好論文（成功的建物）。設計藍圖完美、理想，房子等於蓋好一半；論文結構完整、構架得宜，論文撰寫已先立於不敗之地。爲此，論文結構常常在下筆之前乃至執筆之際一修再修，目的無他，就是爲了讓「設計圖」臻於至善。

第一節　論文的構成

首先必須聲明，關於學術論文的構成（即組成要素），不可一概而論，也就是其須視研究領域或學科屬性的不同而

異，譬如自然科學或以量化（實驗性）研究法進行所撰寫的學術論文，其較爲制式性的結構（後詳），顯然即大異於以質性研究爲主的文學論文。就文學論文的構成而言，可以分爲：篇前部分（the front matter, or preliminaries）、本文部分（the text, or body）、參考資料及附錄部分（the reference matter and appendix），其間的先後排序不能隨意更動。茲分項說明如下：[1]

一、篇前部分

(一)博碩士論文（專書）

博碩士論文的篇前部分—— 又稱之爲論文前置資料（preliminary pages），包括的項目有（不必全數具備，但須依序排列）：

標題頁（或書名頁）（title page）
摘要（abstract）[2]
致謝辭（acknowledgment）
目次（table of contents）
圖表目次（list of tables）
序（preface）[3]或前言（foreword）

---

[1] 參閱曹俊漢編著，《研究報告寫作手冊》（台北：聯經，1978），頁92-107。

[2] 若是學術專書，「摘要」項則可以省略。

[3] 序文一般可分爲「自序」與「他序」（或「推薦序」）。「自序」是作者序，如果作者沒請他人作序，只有作者一人的序，此時不可用「自序」名稱，只須用「序」（「自」字去掉），否則就是多此一舉。所謂「自」序，是同時有二篇（以上）序文，爲了與他序區分，作者序才冠上「自序」名稱。

(二)一般論文

一般的學術論文（即小論文）其實無所謂上述所說的「篇前部分」。邇來受到西洋學界的影響，登載在學報或學刊的論文，現在開始要求於論文本文前放置全篇的中外文摘要與關鍵詞（key words），[4]於是摘要與關鍵詞便變成小論文的「篇前部分」了。

二、本文部分

(一)博碩士論文（專書）

博碩士論文的構成包含下述三項：

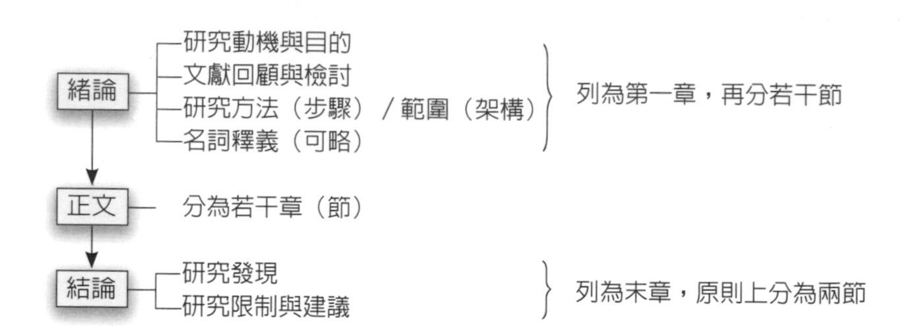

研究動機與目的

研究動機與目的必須分開敘述予以說明，通常可合併爲一節（但分爲兩個款目）來談。研究動機要交代的是WHY的

[4]有些期刊則把外（英）文摘要（含題目）與關鍵詞放到篇末，反變成附錄的一部分。

問題，即「爲什麼要研究這個題目」，也就是研究這個題目的「緣由」，而這往往又與研究者個人的特殊經驗有關。若運用的是質性研究法，則可花費少許篇幅交代促發個人研究動機的緣由，惟必須適可而止，不宜浪費過多的文字；若使用量化或實驗研究法，太過個人色彩的研究動機則可略去不談。至於研究目的要說明的乃是WHAT的問題，也就是你所研究的這個題目的主要內容。但是交代「目的」，並非在此要你鉅細靡遺地詳述研究內容，你可以把它歸納爲幾個簡明的研究標的（objects），分項敘述，說明的文字則要言簡意賅。[5]

研究動機怎麼寫？

論文的研究動機怎麼寫？動機指的是「促人追求某種目的的感情」，這個感情也就是起興，是你研究的動心起念。如此說來，研究動機與目的便息息相關：換言之，研究目的來自研究動機——這也是為何學位論文第一章緒論通常會將研究動機與目的安排在一起合併交代。

然則研究動機要如何交代？這就是讓你解釋「為什麼」要研究這個題目，問題又在：什麼是「為什麼」。首先，「為什麼要研究？」通常和研究者個人的特殊經驗攸關，而這也就是研究這個題目的「緣由」，這樣的緣由難

---

[5] 研究動機與目的雖然不難寫，但還是有人一開始便將之拿來當一般「作文」寫，既不交代「動機」也不說明「目的」，而是當作一般文章「泛泛之言」的「開頭」來寫，結果自然是文不對題。

免有個人的色彩在內（畢竟每個人的因由不盡相同），但是若與研究題目無太直接關係的私密經驗或行為，最好略去不談。其次，「為什麼」問題則與研究主題的重要性相關，這個題目為何「值得」你來研究，就是因為它具有重要性，所以你就要解釋它為何「值得」你研究。以上這兩點都可以解釋「為什麼」——也就是研究動機的問題。

底下即以國立台北教育大學語文與創作系盧苒伶的碩士論文〈爾雅版年度詩選研究〉（2011, 6）第一章第一節（第一小節）的「研究動機」為例簡單加以說明。

首先，論文起首的第一段如下：

對於初接觸文學領域的讀者而言，在培養文學品味的過程中，仍處於摸索階段，往往會借助教科書及文學選集來認識「名家」，特定作者的作品因爲入選教科書或選集而受到肯定，因而建立「典範性」。筆者在初接觸文學的時期亦曾透過購買選集的方式認識作家，再進而閱讀單一作家的作品。進入研究所以後，開始思考文學選集的編輯，如何選錄？其編輯標準爲何？又由誰來編？選集呈現的是編者的文學品味（或者稱爲偏見），也可以說是主編權力運作的結果。讀者看到的文學選集是編者的美學品味，藉由這套標準認識「文學經典」。

本段開宗明義即交代這個研究的起心動念，也就是研究的個人緣由，這和她接觸文學選集的個人經驗有關。惟這個人緣由的來龍去脈，言簡意賅，沒有進一步交代太多與主題無直接關係的事件。再看第三至四段：

詩做爲最早的文學體裁，詩選的歷史也自古延續下來。從中國最早的詩歌總集《詩經》開始，歷代皆編有詩選，如：漢代《古詩十九首》、南朝・梁蕭統編《昭明文選》、宋代郭茂倩編《樂府詩選》、清代孫洙編《唐詩三百首》等。台灣新詩蓬勃發展後，各種新詩選本陸續出版，依照前人研究大致可分爲以下幾種：

一、一般選集——以詩人（三人以上）及其詩作爲編選標準，未有特別限制，如《中國新詩選集》、《感風吟月多少事——現代百家詩選》、《世紀詩選》等。

二、文學「大系」的詩選——以跨年代的範圍選取具有代表性的詩作，如《中華現代文學大系（詩卷）》、《中國現代文學大系（詩卷）》等。

三、詩社選集——以詩社或詩刊爲單位，做爲選材的條件，如《龍族詩選》、《創世紀詩選》、《笠下的一群：笠詩人作品選讀》、《大地詩選》、《心臟詩選》、《阿米巴詩選》、《星空無限藍》、《秋水詩選》等。

四、年代選集——以年度或年代的時間之軸爲編選的界線，如《六十年代詩選》、《日據下台灣新文學選集》、《1982台灣詩選》、《詩路1999年詩選》，以及爾雅版、前衛版及二魚版的各年度詩選。

五、分類選集——又可分爲以內容題材爲分類準則的詩選，如《當代情詩選》、《反共抗俄詩選》

等；以形式爲分類的詩選，如《小詩三百首》等；以詩人年紀、性別、籍貫、族裔爲分類的詩選，如《台灣新世代詩人大系》、《剪成碧玉葉層層——現代女詩人選集》、《紅得發紫——台灣現代女性詩選》、《台灣原住民族漢語文學選集》等；以語言爲分類的詩選，如《台語詩六家選》、《客語現代詩歌選》等。

六、賞析及教學用選集——賞析詩作或用於教學的選本，如《新詩評析一百首》、《中學白話詩選》、《現代新詩讀本》等。

以上各種詩選中，「與時代脈動最爲貼合的莫過於『年度詩選』」，因而本論文以具有時間意識的「年度詩選」爲研究對象，以此看出台灣當代新詩發展的文學史脈絡。至於爲何集中討論爾雅版年度詩選，乃由於年度詩選的編選自《八十一年詩選》開始起分別由現代詩季刊社（編選1992年至1997年）、創世紀詩雜誌社（編選1998年至1999年）和台灣詩學季刊社（編選2000年至2002年）出版，並且自《2003台灣詩選》之後由二魚出版至今，如今仍持續出版。此外，和爾雅《七十一年詩選》同年出版的尚有前衛出版社的《1982台灣詩選》，惟其出版至《1985台灣詩選》僅四年便宣告終止；至於金文出版社的《當代台灣詩人選：1983卷》，則僅出版一冊。故爾雅版年度詩選在已停止出版的年度詩選中可謂歷時最久。1992年起的年度詩選，爾雅出版社僅負責發行的工作而不涉入編輯過程，且編輯成員多所變動，每年至少有兩位主編者和多位

編選委員負責編選，與爾雅版只有一位主編相較，以後者爲研究對象較能看出其「主流論述」和主編的編選觀點，本論文將藉此深入探究這十本年度詩選在台灣新詩史上的位置。再者，從新詩選集的歷史來看，解昆樺曾統計台灣新詩選集的數量，1950至1990年的數量趨勢圖中，歸納出新詩選集數量在1976-1984年的時區爲最多本，1985-1990年時區則爲次多本，換言之「在1976-1984年間，詩壇焦點已非那以十年爲單位的複數年詩選，而是以一年爲基準的單年度詩選」。可見爾雅版年度詩選的出版，是當時詩壇的注目焦點，具有討論的空間。

以上兩大段文字則在說明與解釋為何爾雅版的年度詩選「值得」研究。一開始交代歷代以來即有各種詩選，不獨今日為然；同時簡略爬梳了現今主要的幾種詩選，然後再提出其中年度詩選的「重要性」；乃至進一步解釋為何爾雅版詩選會「雀屏中選」的理由。說明的理由，層層推進，井然有序。盧荐伶碩論所交代的研究動機，可做為研究生參考的範本。

■文獻回顧與檢討

文獻回顧與檢討其實就是文獻評論（literature review），也就是文獻檢討（「回顧」一詞可以省略，因爲「檢討」一定要先「回顧」）；而所謂的文獻檢討就是針對論文研究的主題迄至目前爲止學界既有的成果（包括直接與間接的相關研究）加以探究之意。要做到充分的檢討，那麼之前對於相關文獻資料的蒐集功夫便要做到足——但請注意，這並非指要將所有可能找到的資料一一列出，而是要根據自己研究的目的與性質，選擇重要且具代表性的研究成果，做扼要的介紹，而且還要進一步做批判性的評估（critical appraisal）。不少論文往往對既有研究成果只做到「回顧」（即概要摘介），甚至大加吹捧，而忘了要對之加以「檢討」。文獻檢討的目的在於說明：為何在既往的研究成果下你仍要撰寫這樣的題目（除非這個論文題目之前完全沒有人碰過），因為只有「檢討」出之前研究的不足之處（譬如其研究方法錯誤、資料有缺漏、內容不完整等），或者「強調」彼此的研究方式、範圍，乃至見解與立場有異，方能凸顯自己這個研究題目的意義與價值。

■研究方法／範圍／架構

關於研究方法的說明，事先應將方法問題的層次釐清（參見上一章）。文學研究必須交代所採取的研究途徑與研究方法；如果使用量化研究法，則還須說明採用何種研究技術。在研究途徑這一層次，應該交代自己採用何種文學理論（以及為什麼要採用），而研究者本人事先也須知道「質性」與「量化」這兩種不同研究方式的區別。關於研究範圍，主要說明的是所蒐集的文獻資料（包括第一手直接與第二手間接的資料）以及研究的對象；與論文題目相關但不在研究者研究範圍內的研究對象，可於此特別說明，同時解釋一下為何不將之納入研究範圍的理由。關於研究架構，指的即本論文的章節安排，[6]也

---

[6] 文學系所的研究生論文，其實不必非得交代研究架構不可，蓋其研究架構在本文之前的章節目錄或大綱一翻開即一目瞭然；但就論文計畫或論文大綱口試來說，研究架構反而是口試委員最重視的部分，研究生不僅要交代，更須花筆墨說明清楚。

就是研究的框架，而研究者要交代的是為何要做這樣的章節安排。國內有些學科尚要求其研究生須繪製架構圖表以呈現其研究框架——但這樣的架構圖表往往又和其另外繪製的研究流程圖（以呈現其研究步驟）相互重疊或混淆，委實多此一舉。

■名詞釋義

出現在論文中的最具關鍵性地位的詞彙（術語）或概念，有必要在緒論中先予以統一解釋，此即為名詞釋義。若須予名詞釋義的詞彙未超過三個，這一節即可省略，不必「打腫臉充胖子」。其實，有無必要給「名詞釋義」專列一節，是可以斟酌的一個問題，蓋論文中出現待解釋的關鍵性字眼均可於適當之處加以說明清楚，非必要集中於一節來交代不可。

■研究發現、限制與建議

研究發現其實指的就是本論文眞正的「結論」，也就是前述正文部分內容的摘要或濃縮，通常可歸結為若干點分別交代。研究限制則指論文在撰寫過程中所遭遇的困難而無法解決以至於進行的種種，包括文獻資料蒐集的限制（如須跨國取閱）、某些研究方法的限制（如作家不願接受深度訪談），抑或文學理論運用上的限制等等。研究建議乃指對於後續研究者有關此類研究題目的「勸告」（advice），諸如研究方向的調整、研究範圍的擴大、研究方法的更新、文獻資料的重新蒐集或開拓……，這樣的「勸告」即有「推薦」（recommendation）之意，總歸一句話，其實也就是眞正的「建議」（suggestion）。必須注意的是，論文的結論通常不可再提新問題或出現正文部分所未曾論述的主張。

研究限制與建議怎麼寫？

學位論文寫到最後一章的「結論」，除了說明在研究過程中的所得（也就是發現）外，還有必要交代研究的限制和建議。什麼是研究的限制和建議，在本書中已有所說明，在此不復贅言。雖然本書交代清楚，卻仍有不少研究生寫到此已近尾聲，卻苦苦無法下筆，這當然是件令人百思不得其解的事。研究生在研究過程中遭遇何種難題以致無法解決，誰能比自己更為清楚？這是誰都無法越俎代庖幫忙解決的事。至於最終給的研究建議，是針對後續的研究者而發——請注意，這對象不要搞錯。怎麼建議，也只有研究生自己心知肚明，而這些意見連指導教授都無法置喙。

學位論文為何希望終章的結論要研究生給出「研究限制與建議」的意見呢？其實這是反思性的深描（thick discription），要求研究者反身思考自己在研究中的位置，亦即自身和此一研究的關聯，因為即使到最後一章所做的「研究發現」，給出的意見或心得都是研究本身的東西，而尚未交代與研究者本人有何關係，以及研究者本人又如何面對他的這些研究成果。這就是結論中為何要求研究生必須去思考這些反身性問題的道理。

為了讓研究生明白如何撰寫研究限制與建議，底下是筆者指導的研究生李建儒的碩士論文〈台灣音樂散文研究〉（國立台北教育大學台灣文化研究所，2011, 7）結論章中最後一節「研究的限制與建議」的內文，徵引如下，

以供參考：

對於音樂散文研究的限制與建議，筆者分別檢討並提出建議如下：

一、研究的限制

筆者在研究音樂散文時，所遇到的限制大約有四：

首先，在研究範圍方面，本論文的研究文本是以坊間已結集成冊的音樂散文集爲主，實則這些結集成冊的文集，當時是以零星篇章的形式刊登在報紙副刊及音樂雜誌上，而當時的音樂雜誌，就筆者在圖書館翻找資料時，發現除了本論文所提的作者文章外，還有不少其他作者的作品，只因其名氣不大，無作家名號，作品未能結集，遂隨雜誌過期而湮沒。此類作品的數量不少，當時報紙副刊所載，一定也有同樣的情形，此類作品幾乎全被排除在本論文之外，未能納入。本論文所選的研究文本雖有其代表性，然而依舊有取材範圍不夠廣泛，欠缺全面性的疑慮。

其次，對於文本作者在音樂散文中提到的樂曲曲目未能遍聽，以致未能更貼近體會作者述說聆樂時的心境和感動；而筆者不懂樂理，對不同作者的音樂見解，也僅能憑聆樂經驗、直覺感受、翻閱音樂工具書等方式做主觀直覺的參考判斷，對文本所提的音樂缺乏客觀論證基礎，無從判斷孰是孰非。雖然本論文是以研究音樂散文的文學性爲主，但若具相關的音樂素養，於治學可有觸類旁通的幫助，就像語言學家索緒爾所說的：「新觀點創造新事物。」對於任何文學的研究，如果能多知道一門理論，無異也多了一個觀看文本的視角，如此則往往可見人所未見，言人所未言。古人早有「詩爲樂心，樂爲詩體」的說法，既然詩、樂可互爲表裏，則其有相通之處自不待言，以此推論，研究音樂散文若具豐富的音樂、樂理知識，則看音樂散文的眼界、眼光、視角也可能大不相同。

另外，隨筆、散文、雜文、議論文、小品的區隔分野，在台灣文學界並沒有一套科學的標準可以明確將這些不同名稱，但性質上又有幾分雷同的文章區分清楚，彼此不會混淆。筆者所論述的是已結集的文本裡的音樂散文，但不同的作者對其所寫的作品卻有不同的歸類，爲了論述完整方便，只好放寬標準，舉凡跟聆樂有關的純散文、雜文、隨筆、小品等，只要收入作者音樂文集的，一律視爲散文，而不能將範圍限定在純文學的音樂散文文類上。

最後，在理論運用方面，本論文主要採取文本分析法而輔以社會學、美學、修辭學及文章章法學，筆者認爲最好的研究方法是能就文本特色而採取相應的理論，而非先選好理論再去套用到文本上，不過這需要相當深廣的理論基礎以及對文本的敏感度。筆者雖然依照自己理想中的方法進行研究，也帶著問題意識閱讀個別作者的音樂散文，並做出整理評述，但仍常有理論不足的困擾，因此在本論文中，仍有理論運用不夠充分的缺失。

二、研究的建議

在研究建議方面，筆者提供對音樂散文有興趣的研究者幾點建議：

1.台灣音樂散文的作品裏，有大量對音樂的想像和譬喻，可以就此部分，特別抽取出來，從符號學的角

度進行分類研究；另外也可以從音樂散文作品中，專取其純文學散文的部分，做純文學方面的研究；也可以就音樂散文中，因爵士樂而寫和因古典音樂而寫的音樂散文做比較研究；或是專門選擇一位作家的音樂散文作品做深入的分析研究。

2.就筆者所知，大陸的音樂散文作品數量不比台灣少，兩岸作者在行文習慣和書寫視角有同有異，文章各具特色，筆者建議研究者可從比較的觀點，研究台灣和中國的音樂散文書寫上的差異。

好幾位西方哲學家的看法認爲，音樂之美爲一切藝術之冠，除了筆者上面提到的觀點之外，也可以純從美學的角度來研究音樂散文，如對作者文本所提到的音樂，研究者先聆聽，做審美體驗，再去比對文本，評述其書寫的優缺點。

(二)一般論文

一般論文（字數約一萬至二萬字）的構成也可分爲底下三項：

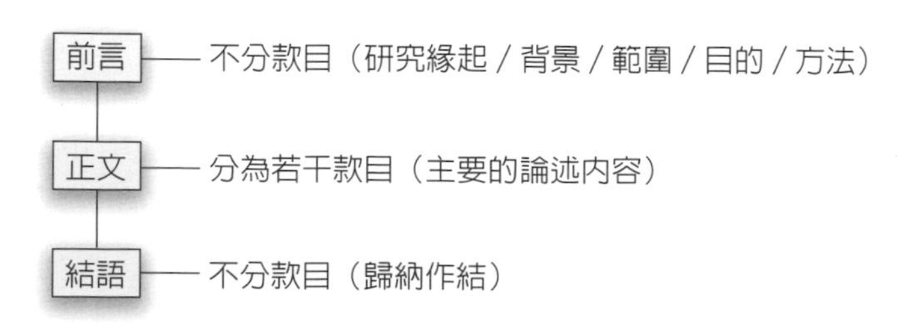

一般小論文的構成不冠「章節」名稱，但仍須分項（壹、貳、參、肆，或一、二、三、四……）論述。前言部分通常交代本研究的「緣起」、「背景」、「範圍」、「目的」或「方法」（例如以何種文學理論入手）——這些項目（不必分一、二、三、四……敘述）也不用全數具備，須視研究的主題而定，如「緣起」、「背景」，[7]有時（未有特殊緣由時）即可省略不談；又如「方法」，用的若只是一般的文獻分析法，並無特殊之處，亦可不必交代。至於研究範圍與目的，則應在前言中清楚說明。正文部分是論文主要的論述內容，必須分款目（如一、二、三，或(一)、(二)、(三)……）一一說明，款目的區分有時可到三個層次（如一、二、三……→(一)、(二)、(三)……→1、2、3……）。結語即「歸納作結」，同博碩士論文一樣，原則上不宜再提出（正文中未出現的）新問題或新見解；雖然有人認爲也可以在此提出個人的「心得」意見。結語有時純粹只是做「結束語」用，所以在名稱上不宜以「結論」代「結語」，通常小論文均以「結語」而非以「結論」作結。

三、參考資料及附錄部分

(一)博碩士論文（專書）

■參考（引用）資料

博碩士論文的參考資料指的主要是本文部分所參考或引用

[7] 研究主題若是單一作家的作品，在小論文中不必再花費筆墨如數家珍一般去介紹該位作家的生平背景（如得獎紀錄等），應該說明的是與研究主題相關的著作部分，除非你援用的是傳記式批評的研究途徑。

的書目。只要在寫作論文時 研究者所參考的文獻資料——不管有無引用，都可列爲「參考書目」（bibliography）；但是若列爲所謂的「引用書目」（reference），則文末所附文獻資料一定是在本文中被引用或引述過，只參考但未被援用或引述者，不可列入「引用書目」內。過去國內中文系所博碩士論文多列「參考書目」，現在則傾向以「引用書目」取代（否則「參考書目」容易被「灌水」）。

■附錄

附錄（appendix）通常非屬必要之項目，如有附錄，多爲本文的相關背景資料，譬如統計圖表、出版文獻、訪問紀錄稿等等。有些附錄文件並非僅做背景補充說明而已，其實原來應該放在本文中，但因爲所占篇幅過長，插在正文中仍顯突兀，只好挪到文末做爲附錄。

(二)一般論文

一般論文文末亦須附有參考或引用書目，至於附錄部分則除特殊情況外通常較爲少見。以往習慣以腳註（footnote）型式註解的中文系所學者所撰寫的論文，多半不附參考書目，但現今由於時勢所趨，不管是否仍援用腳註型註釋，在論文文末也一律附上參考書目或引用書目。

文學論文的構成已如上述，此種結構視研究性質的不同，在本文部分，包括章節數、層次與篇幅大小等，各篇論文的安排不盡相同（至於緒論／前言、結論／結語則大致相似）。然而有些學科領域（如傳播、商管、教育等），其論文結構有呈現「制式化」規格的現象，亦即不論是論文題目爲何（乃至於

研究方法爲何），其構成或組織可說是「千篇一律」（章名一樣），如下所示：[8]

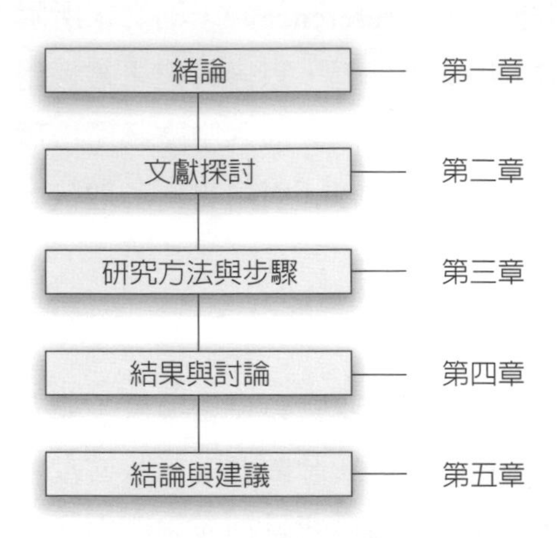

像這樣的論文結構不必花心思去安排，研究者只須「按表操課」即行，毋須爲如何下章節標題大傷腦筋。這種論文結構較適合於量化或經驗研究，特別是實驗研究與自然科學研究，蓋類此研究方式著重的是研究方法與步驟，以及對其結果的分析與討論（最後才給予結論與建議），寫法如出一轍，不因題目不同而異。文學論文的撰寫若採質性研究而使用這種「制式」結構，通常進行到「文獻探討」後，內容差不多就寫完了，到「結果與討論」部分就會與「文獻探討」重複，而「研究方法與步驟」部分則被「打腫臉充胖子」硬掰成一章，結果當然「慘不忍睹」，不知所云。因此，質性研究的論文不宜採上述這種制式的結構方式。

[8] 這是博碩士論文的構成，如果是小論文，則只要將「緒論」改爲「前言」即可。

第二節　論文的組織

論文的「結構」（名詞，即構成）既如上述，惟如何結構（動詞，即組構）它們，則又是另外一個問題。[9]以之前的比喻來說，如何組織論文——此係建物設計的核心所在，設計藍圖良窳與否，其關鍵處即在此，而論文的成敗亦與此息息相關，不少論文（包括著名學者所寫的論文）便敗在組織（organization）上出紕漏，即便其論文內容無可訾議，乃至在創見上有所建樹。

一、結構的層次

每一篇論文均由多重元件組構而成，構成論文的元件之間，彼此除了有平行的對等關係之外，亦有高下不等的關係，前者即屬同一層次的關係，而後者則有高低不同層次之分；換言之，同屬一篇論文的研究對象（及其涉及的論述範圍）亦有高低層次的不同，在章節的安排或結構的劃分上不可不慎，研究者應該注意：低層次的論述對象與範圍不可等於甚或大於高層次的論述對象與範圍。不少研究生在結構上犯了層次高低不分的毛病而不自知，最常見者即把章標（節標）的論述範圍或

---

[9] 原本本章第一、二節的節名都可稱爲「論文的結構」，第一節的「結構」是名詞，即指構成的成分而言；而第二節的「結構」則爲動名詞，乃指怎麼組織或布局而言，但兩個節標若完全相同，即使經過特別說明，乍看之下，仍難免令人誤解。

研究對象訂得與題目（章標）雷同或相似，明眼人一瞧即知問題所在：章標或節標的層次（或範圍）怎麼可以和題目或章標相等？是否這一章（節）寫完，其他章（節）就不必寫了？筆者見過這樣的例子不少，譬如〈從笠詩社作品觀察時代背景與詩人創作取向的關係──以《混聲合唱》爲例〉這樣一篇論文（先撇下其論文題目不談），作者安排的結構如下（在此，只列第一層次標題）[10]：

一、前言

二、笠詩社成員作品中的本土意識與現實關懷──以《混聲合唱》爲對象

三、從《混聲合唱》看時代背景與笠詩人創作取向的關係

四、從《一九八三詩選》事件看八〇年代初的政治氣候

五、結語

從結構的層次看，論文的「三」部分，標題是「從《混聲合唱》看時代背景與笠詩人創作取向的關係」，除了若干字眼稍有差異外，其與論文題目（含副標）可以說完全雷同，但它的層次應較題目低一級，結果卻被拉上來與題目同級，那麼其他「二」、「四」部分是不是要涵納在它之下？若從題目之旨意看，則把「三」部分寫完不也就等於全文交代完畢？順帶一提，「四」部分（除了《混》書外）又拿另一詩選《一九八三詩選》爲例說明，似有畫蛇添足之嫌，蓋論文題目（副標）明明白白說是以《混聲合唱》一書爲例，怎麼在論完《混》書

[10] 施懿琳，〈從笠詩社作品觀察時代背景與詩人創作取向的關係──以《混聲合唱》爲分析對象〉，收入陳鴻森編，《笠詩社學術研討會論文集》（台北：學生，2000），頁177-224。

後又跑出另外一例，而談的又是另一個與題目並不直接相同的「八〇年代初的政治氣候」（爲精簡故，題目建議可改爲〈笠詩社詩選《混聲合唱》的時代背景與詩人創作取向〉）。

結構的層次問題，往往是筆者與所指導的研究生在編排其論文章節架構時最傷腦筋的地方，而這也是很多人會忽略的問題，有時連著名學者本身也未能避免。所以，在編排論文的章節時，首應注意的是——結構須層次分明，也就是：「題＞章＞節＞款＞目……」，即次級標題（subheading）的範圍或層次不能大於或高於上一級的標題；同時要注意所用的數標大小（如：「壹＞一＞(一)＞1＞(1)＞①……」），全文的體例並須統一，不可混淆。

二、篇幅的分配

在第三章談到擬定論文題目時，曾建議研究生在訂題之前心中先有「篇幅大小」（「字數多寡」）的概念，這除了方便擬定題目之外，尤其關涉論文的布局，也就是章節架構的安排，而章節架構的安排則與篇幅的分配有關。詳言之，擬定章節架構之前，必須先將研究主題依其性質、材料（涵蓋的文獻資料），以及研究對象與範圍等分成若干項目（非指上述所稱的「制式結構」），這些項目即章節的雛形；項目的劃分則有高低層次之分已如上述，而同一層次的項目（分類）如果區分得宜，其大小、範圍應屬相當才對，要是劃分結果，發現某一項目（類別）——也就是某一章、某一節（乃至於某一款或目），其所欲處理的問題、範圍要超出其他項目（章節）甚多，也就是分配給它的篇幅過多，則可以肯定這樣的分類一定有問題，或許緣於層次混淆所致。

因此，如果在分類（也即擬定章節）之前，事先有「控制字數」的概念，就不會出現有些章節過於肥大而有些又顯得太過瘦小的現象。在此所謂「控制字數」指的是：每一章節字數（篇幅）的分配宜平均，不宜出現有一節的字數多到等於另一章的份量（這有可能是由於高低層次不分所導致）。當然，這裏所說的「平均」是指分配比例相當之意，不是指硬要齊頭式的「相等」——那恐怕就變成削足適履了。具體的做法是：先擬定整篇論文要撰寫的總字數（一個大約的數字，可以有彈性範圍，譬如八至九萬字），再以總字數「平均」分配給各（預定的）組成的章節，比如總共有五章，則每章字數約在一萬六千至二萬字之間。以博碩士論文爲例，更爲具體的做法是，頭（緒論）尾（結論）部分的篇幅（即前末兩章）較諸正文各章部分可略予減少（一般論文的前言與結語亦同），而應把較多的篇幅平均留給正文各個章節。以一篇總共有五章八萬字左右的碩士論文爲例，其各章字數可做如下表之配置：

第一章	緒論	12,000～14,000字
第二章		2,0000字
第三章	正文	20,000字
第四章		20,000字
第五章	結論	6,000～8,000字

上述正文第二至第四章字數的配置，並非說是每章均須二萬字不可，倘其中第三章更爲重要，字數分配較多自無不可（比如多出五千字左右，應在被允許的範圍內），但是如果其間相差到一萬字以上的篇幅，顯然第三章的分項出了問題，

或由於其範圍過大，而其範圍過大則又可能出於「以高低就」（層次被拉低）之故。

以「字數控制」的方式來安排章節架構，可以將論文的最重點、次重點、再次重點劃分清楚，下筆輕重更瞭然於心，不致如脫韁野馬，讓次重點占去太多不必要的篇幅。以筆者曾於一場學術研討會講評的林盛彬的論文〈笠詩社的現實主義美學〉爲例，該文總字數將近四萬字（39,780字），其結構及字數分配如下：[11]

一、前言	640字
二、驀然回首：「笠的崛起及其歷史意義」	16,160字
三、「笠」的現實主義	14,640字
四、詩的語言	6,240字
五、結語	2,080字

這篇論文的「字數控制」顯然沒有做好，其論述之最重點應放在「三」與「四」部分，其中「二」部分屬背景及來龍去脈的交代，並非本論文的核心內容，反而占掉最多篇幅，形成頭重腳輕的現象。[12]以總字數三萬九千字計，若前言與結語各花費一千至二千字篇幅，則正文每一部分約可平均分配到一萬二千字，而即便以這樣（正文）的篇幅配置（「二」部分的字數其實可以略少些，比如八千字），也勝過原論文的安排。所以，論文字數或篇幅如何分配，在下筆之前絕對不可輕忽。

---

[11] 林盛彬，〈笠詩社的現實主義美學〉，收入陳鴻森編，《笠詩社學術研討會論文集》（台北：學生，2000），頁83-145。

[12] 這篇論文的「三」部分，標題爲「『笠』的現實主義」，其結構層次亦與題目本身未劃分清楚。

三、標題的擬定

論文結構的安排，最終即顯現在各個層次與分類的標題上，以博碩士論文或專書而言，此即各個章節的標題，其擬定原則，可參酌第三章第三節所談（即論文題目的訂法，仍可做爲各章節標題擬定的依據）。事實上，擬定章節標題就是在對概念加以限定與釐清，更是在圈定探討對象的範圍，研究者本身的概念不清，對於探究的對象只有模糊的認識，訂出的標題勢必語焉不詳，乃至於造成文不對題的窘況。

由是，標題的擬定是論文組構的一環，蓋其圈定並劃分各層次結構的研究範圍；且好比建物的裝潢設計，對其美觀有重要的影響。譬如曾琮琇於二〇〇四年青年文學會議發表的論文〈虛擬與親臨——論台灣現代詩中的「異國」書寫〉，其論文結構安排如下：[13]

壹、前言

貳、生活在他方：異國書寫的定義與背景

　　一、異國書寫之定義

　　二、台灣現代詩異國書寫的背景

參、虛擬或者親臨：台灣現代詩異國書寫的類型

　　一、虛擬的異國書寫

　　二、親臨的異國書寫

[13] 曾琮琇，〈虛擬與親臨——論台灣現代詩中的「異國」書寫〉，收入財團法人台灣文學發展基金會編，《文學與社會學術研討會：2004青年文學會議論文集》（台南：國家台灣文學館，2004），頁115-36。

肆、雜揉的鄉愁：台灣／異國／祖國

　　一、不能遺忘的遠方：祖國或「異國」，出走或回歸？

　　二、異鄉人：「故鄉」在現代詩異國書寫中的位置

伍、結論：夢中異國

這篇論文的構成用了兩個層次的標題，以其論述內容而言，「肆」部分的篇幅其實可考慮分置於「貳」與「參」中，不必另項處理。第一層次標題（即「貳」、「參」、「肆」）均使用「雙層標題」——同時有主標題與副標題，事實上其主標題可以省略（如同論文題目的主標題可刪一樣）；此外，標題文字既以精簡爲要，則其「台灣現代詩」字樣均可刪除，蓋本篇論文題目不就已表明清楚：這裏所談的「異國」書寫是關於台灣現代詩中的「異國」書寫，既非談台灣以外之其他地區（或國家），亦非談現代小說或散文的「異國」書寫，所以論文內的各類標題即不必再重複「台灣現代詩」字樣（事實上，本文「貳」部分的標題有予以省略）。出於上述的考慮，本篇論文的結構及其標題可調整爲如下所示：

壹、前言

貳、異國書寫的定義與背景

　　一、異國書寫的定義

　　二、異國書寫的背景

參、異國書寫的類型

　　一、虛擬的異國書寫

　　二、親臨的異國書寫

肆、結語

除了參酌第三章所述擬定題目的原則外，論文內各項（章節）標題的擬定，最好還能考慮到匀稱乃至對仗的原則，如此更能凸顯結構層次的井然有序，分類得宜，一目瞭然，如同裝潢房子，講究舒適之外，亦須顧及美觀（甚至美輪美奐）。比如筆者學生溫虹雯的論文〈論馬森《花與劍》中的人生追尋與抉擇〉，其原先所訂之結構與標題，以及經過筆者修改後的結構與標題，可以下表做為對照：

原先的論文結構及標題	修改後的論文結構及標題
壹、前言	壹、前言
貳、追尋 一、兒的困境 二、尋根	貳、人生的追尋 一、兒的困境 二、兒的尋根
參、抉擇 一、抉擇的矛盾 二、抉擇到再追尋	參、人生的抉擇 一、抉擇的矛盾 二、從抉擇到再追尋
肆、結語	肆、結語

上述修改後的論文結構（並未調整）及其標題，修改的原則主要根據的即是匀稱與對仗的要求[14]——這樣可以讓論文看起來更為美觀。與曾琮琇同年於青年文學會議發表論文〈原住民現代詩中的空間意涵析論〉的陳政彥，對該篇論文結構及標題的擬定，相對而言，層次較為分明且井然有序（在此，僅列第一層標題）：[15]

---

[14] 其實撰寫這篇論文的學生，已上過筆者於國北教大語創系開設的有關論文寫作的課程，所以對如何拿捏標題多少有些心得，這從其原來所擬定的結構與標題中已可瞧出端倪。筆者只是做更完美的要求罷了。

[15] 陳政彥，〈原住民現代詩中的空間意涵析論〉，收入財團法人台灣文學發展基金會編，頁307–28。

壹、前言

貳、從山村部落啓程

參、在都市流浪

肆、在樂園迷失

伍、從部落重新出發

撇開其內容不談，先從結構的安排及其所訂的第一層標題來看，確能令人感到井然有序——而這與其勻稱的及對仗的標題訂法有密切的關係。當然，並非篇篇論文的章節標題均可做到勻稱與對仗的要求，還須視論文本身的內容如何而定（譬如上所舉對照表中的例子，其「參」部分中的兩個次標題即毋須講究勻稱或對仗），否則就是削足適履了。

論文計畫怎麼寫？

以往學位論文在最後提出口試前，通常系所會要求研究生必須先通過學科考試或資格考試；現在學科考試逐漸被發表論文取代，而且又增加論文計畫審查（書面）或口試一項。系所之所以要求研究生在撰寫論文之前先提出論文計畫，為的是要替論文的品質把關。因為論文計畫要經過多位委員（而且其中最少要有一位校外委員）的審查，提出修正或增刪意見，並經其同意後始可真正進一步開始撰寫論文，避免研究生誤入歧途。

有些學校的系所則規定在論文口試前，要求研究生試寫兩三章（大約論文的三分之一，乃至二分之一），經過若干委員或教授的審查（稱之為初審），給予建議並獲通過後始得依審查意見再完成全部論文的撰寫。這樣的規定不免予人有「先斬後奏」之嫌，蓋因論文初稿都已經寫完相當的篇幅了，更且章節架構早已擬定，如何在中途經由委員的審查再予重整？尤其是論文題目、章節既已經指導教授同意而又被其他委員或教授全盤否決，其寫作如何全部重來？在這樣的審查下，除非指導教授（及其研究生）願意接受其他委員的不同意見，否則幾乎不可能要研究生另起爐灶。像這樣的「試寫稿」，在此並非我所說的研究計畫，底下不再討論。

研究計畫是要為論文的寫作定調，定調不成，接下來的寫作便難以賡續、順利進行。那麼這研究計畫如何完成？打個比方，這研究計畫恰如建築師或工程師的設計藍圖，而與論文的藍圖設計最為相關的不外乎：研究對象的範圍、如何進行研究的方法、撰寫的論文架構，以及研究想要達到的目的等。而由於是論文計畫，所以還有必要交代為何你想要研究這個主題（即論文題目）——這也就是要說明你的研究動機。除此之外，研究生還要讓人瞭解：這個題目（而不是其他別的題目）為何值得你來寫？為瞭解釋這個緣由，你就有必要進一步檢視在此之前與你的研究主題直接或間接相關的文獻資料。同時，你在最後還應該交代：研究預期可能獲得的成果，並盡可能臚列你所可能會參考到的書目，愈完整愈好。

按照上述提及的研究計畫內容，除了題目外，可以把它歸納為底下六項要素：

一、研究動機與目的

二、文獻回顧與檢討

三、研究範圍與方法

四、研究架構

五、預期研究成果

六、參考書目

上述這六項計畫內容，說穿了其實就是一般論文寫作的第一章。論文第一章名之為「緒論」（不是「序論」），即係「統述全書大旨的文字」，而這所謂「大旨」其意即上所言。然而，在這份計畫內容綱要中，最重要的可說是研究架構——也就是論文撰寫的章節，由章節安排所呈現的架構即是論文的命脈，章節若安排不妥當，論文寫作大概很難完善。一般要求這章節的安排最好能呈現三個層次，即：章→節→目（小節），若無法達到三層次的要求，起碼也要有兩個層次（章節標）。在此，除了要能顯現三個層次的標題外，更須於每一章中做兩三百字的扼要說明（即本章的主要內容為何）。【注意：若研究計畫通過後把它改為「緒論」，則此研究架構可以刪除，因為架構已呈現在論文章節的安排中。】

再者，關於「預期研究成果」一項，有些系所會要求（也就是規定）研究計畫要加以交代；偏偏這個規定給很多研究生帶來困擾，緣由在預期研究成果往往就是研究目的，蓋目的達到了，研究成果也就出來了，以致研究生難以分辨兩者的差別，不知如何下手。我認為這兩者其實難

分，若在之前已說明研究目的，這項預期研究成果不必多此一舉，在後面也就可以不用再交代了。

至於最末的參考書目——請注意不是「引用書目」，因為提出的是研究計畫，並不是論文完成品，所以在此它指涉的是未來寫作上可能參考到或引用到的「可能」書目；由於指的是「可能」，所以在計畫階段便要盡可能蒐羅、臚列（雖然以後未必完全引用到），而這也是讓審查委員瞭解你在這個研究題目上所下的功夫以及熟稔的程度。

第七章 寫作的規格

- 篇章文字與行文語調
- 剽竊與引用
- 數字、專有名詞與標點符號的使用

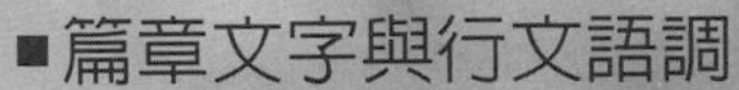

論文的寫作，包括文字的表現、行文的語調（即筆調），甚至是標點符號的運用，都與一般的文學創作、實用文寫作有很大的不同，有其特殊的文體，不可等閒視之。它的文體接近一般作文的議論文，但也不完全等同於議論文，因爲學術論文的寫作尚有其特定的規格要求（下詳）。現在是白話語體文盛行的時代，少數具古典文學涵養的學者和研究生，爲了表示典雅，想用文言文來書寫，但誠如林慶彰於《學術論文寫作指引》一書所言：「除非自信自己寫文言文的能力很強，否則不要輕易做這種嘗試，還是用白話文來書寫比較好。」[1]筆者在此更進一步主張：學術論文應以現代白話語體文來寫作。

如同一般作文要勤加書寫練習一樣，學術論文的寫作也要從平時的學期報告、學報（小）論文一篇一篇的撰寫中累積經驗與心得，所謂「熟能生巧」，最終才能得心應手地寫出長篇的博碩士論文或專著。以研究生來說，博碩士學位論文的寫作，絕非一蹴可幾，沒有撰寫小論文的經驗，立即要寫出一部動輒七、八萬字，乃至十幾二十餘萬字的學位論文或專書，那幾乎是「不可能的任務」，所謂「積沙成塔」就是這個道理。不管平時教師對於學期報告的要求如何，研究生若能秉持「集腋成裘」的理念，將每一篇報告當作學術（小）論文來撰寫，不啻就是撰寫學位論文前最好的練習，絕對有益於未來學位論文的寫作。如上所述，在寫作上，學術論文有其特別的要求，撰寫者須多加注意，尤其是要避免蹈陷「誤區」（有關文獻的引用），底下分成三節來說明這些論文寫作規格，務必要從平時的寫作中多加留心注意。

[1] 林慶彰，《學術論文寫作指引》（台北：萬卷樓，1996），頁157。

第一節　篇章文字與行文語調

如同人皆有其性格一樣，文字（及其行文方式）本身亦有其獨自的個性，爰是，每個人的文字都烙印有他個人不同的色調、風格，即便是學術論文的寫作，情形亦同。但在尊重個人文字風格的前提下，論文文字的表現以及行文的方式仍有其一貫且共同的要求，這個共同的普遍性的要求，也就是論文寫作規格的「公分母」。哪些是它的「公分母」？底下分從兩個部分進一步說明。

一、篇章文字的「三不原則」

(一)不能虎頭蛇尾／頭重腳輕

在上一章第二節談到論文的組織時曾舉例說明，就論文章節架構的安排而言，應控制好各個構成部分的字數，不能一開始在前面的（章節）部分即「一瀉千里」，把大半的力氣都花盡，以致占去太多的篇幅——也就是用掉最多的文字，而讓後半的文字愈寫愈少，形成所謂「頭重腳輕」的現象。

上述這種「頭重腳輕」的現象，是就論文的整體結構而言的，也就是「虎頭蛇尾」的弊病（小論文尤其易患此種弊病）。但這裏所說的「虎頭蛇尾」的弊病不獨指篇章結構的文字分配而已，尚且包括篇章內各個論述的要點；換言之，在做各項要目（或議題）的論述時，也不可產生頭重腳輕的現象，這就是篇章文字分配的第一不原則。若以圖形來顯示，可以說虎頭蛇尾的篇章文字乃是倒三角形的文字分配，而好的論述文字的安排應該是菱形（中間胖而上下兩端瘦）的圖樣。除了去頭去尾的引渡性及結尾式文字，論述的文字應主要集中在中間（也就是眞正的正文本身）的部分。

(二)不能本末倒置

任何一篇論文的構成篇章必定有主次之分，篇章之內的各項要目亦同樣再有主次之分；而篇章文字的安排，自然是分配給主要部分多些，次要部分相對少些。這種情形如果顚倒過來，就是所謂的「本末倒置」現象，也就是論文次要的篇章反而給予太多不必要的文字，致使主要的內容反被「淹沒不彰」。例如楊淑如（佛光大學文學系）的碩士論文〈玫瑰與紅杏——論《紅樓夢》中探春的性格與處境〉，全文共分十章，[2] 依其論述內容，主要的重點應擺在第四、五、六、七等四章，其餘各章，除了第一章緒論（序論）外，竟占去全文的七分之四篇幅，從其文字的分配來看，顯然有本末倒置的問題存在，亦即違反這裏所說的篇章文字分配的第二不原則。

論文寫作在下筆之前，即應事先思考論述的重點何在，然後要把大半的篇幅也就是主要的文字，集中火力在該處。打個

[2] 各章標題依序爲：第一章〈序論〉、第二章〈女人如花：展現性格與處境〉、第三章〈一瓶紅梅：大觀園女兒的姻緣〉、第四章〈玫瑰與紅杏的素材布局：回目首尾相應〉、第五章〈春花與秋實：以花喻人的象徵〉、第六章〈玉是精神難比潔：才志清明的形象〉、第七章〈折花離枝：幹才性格和遠嫁處境〉、第八章〈次要角色的烘托：論側面設計〉、第九章〈對花嘆息：誰能知園圃事〉、第十章〈鏡花水月：花與石短暫相會〉。光從上述各章章名（乃至各節節名）來看，很難掌握該論文的重點內容，篇章主次關係不清，結構更顯零亂。而碩士論文分成十章論述，也是極爲罕見的特例。

比喻，文字宛如槍彈，子彈要瞄準且射中的是靶心部位，而不是擊在那些偏離靶心的邊緣位置，後者則只有徒費寶貴的子彈罷了，至少是不會得到高分的。

(三)不可文不對題

乍看之下，這一個篇章文字分配的第三不原則——不可文不對題，似乎沒什麼可談的，從小學作文開始，有誰不知道這個原則？但是根據筆者審查論文和指導論文寫作的經驗顯示，不少人往往忽略了這一原則。具體的情況是，撰寫者在發揮他個人的論述意見時，根本忘了正在書寫的這一章節的標題，這個標題其實就是他此刻正在撰寫的主題；有時他記得這一小節的小標題，卻忘了該節的節標；而記得了該節的節標，則有時又忘了章標；乃至記得了章標，又把論文題目忘得一乾二淨。無論在何處，論文的撰述必須隨時扣緊主題，而且還要注意到：大主題框限了中主題；中主題框限了小主題；而小主題也框限了小小主題，意見的闡釋、見解的發揮、觀點的剖析，都不能忘記不可岔出主題範圍，否則就會形成文不對題的情況。

譬如你現在正在撰寫的這一部分段落，它的小節節標是有關某位作家（研究對象）的書寫風格問題，而你在此處竟大費筆墨去談他的寫作題材，而忘了題材不過是風格形塑的部分因素而已，也就是你把風格的主題給忘了，結果這一部分的論述自然是文不對題了。再如在進行寫作的這一節節標爲「科幻電影中的人性啓示」，但你所撰述的是在討論「社會及其影響」的問題，根本忘了節標是要你自己談「人性啓示」的問題。文不對題，必定寫不出好論文。

二、行文的語調

(一)不宜有情緒性口吻

即便是撰寫文學論文，其態度亦應秉持理性與客觀的精神（雖然所謂「理性」與「客觀」只是程度上的差異，難以做到完全的理性與客觀），切忌有太過個人主觀的、情緒性的表達，尤其不要有抒情性的口吻。不少研究生對於國內作家作品的研究，往往對研究對象大表讚賞，不自覺地流露自己「十分」仰慕之意，不管是情溢乎辭或者是辭溢乎情，時有所見，欠缺維持一個適當的距離來加以觀照，乃至反省進而批判，變成一面倒地投向研究對象，成了後者的超級粉絲（fans）。譬如底下這一段研究蔡珠兒飲食散文的文字，就有不少情緒性的讚美字眼：

> 因此翻開《紅燜廚娘》，瑰麗的文字語言觸目盡是，偶爾攙有驚人之語，亦令人大呼過癮，如………【略】諸如此類，品項眾多，族繁不及備載。其中文字之精美，之工巧，實在令人瞠目結舌、拍案叫絕！[3]

類如上述這種「五體投地」似的文字，徒將作者個人的主觀情緒宣洩而已，反讓人狐疑作者的研究既出於如是之態度，則其所做論斷是否能夠「持平」？相形之下，另一篇研究林文

---

[3] 謝佳琳，〈蔡珠兒飲食散文研究〉（國立台北教育大學語文與創作系碩士論文，2008年8月）。上述所舉這段引文爲其論文初稿之文字，通過口試前已爲她本人所刪修了。

月散文美學的碩士論文，文字就顯得比較制約而客觀：

> 林文月在寫作時不在乎題材大小，也不受世俗潮流的影響，只關注於人類純美的本質，抓住瞬間的感動，表達最眞摯的感情，完成典雅的篇章，讓讀者也感受到恬靜而不慕名利的氛圍。[4]

(二)不宜舞文弄墨

周春塘在《撰寫論文的第一本書》中寫道：「論文最重要的品質，當然便是科學式的『說清楚，講明白』，而不是毫無約束地逞自己的才華。」[5]又說：「論文不是一篇隨性的小品文，供人怡情悅性；不是一篇報紙的社論，讓你痛譴是非。它出於一個學有素養的學者之手，它給你可靠的資訊、合理的推論，並爲你打開一個合乎時宜的全新視野。」[6]周春塘的話在這裏說得很清楚：學術論文的文字表達貴在清晰明白，切忌馳騁才華、賣弄文字。撰寫論文畢竟不像文學創作，後者的語言歧義性愈大，富含的文學性也就愈高（尤其是詩）；反之，前者遣詞造句愈模稜兩可，則離學術也就愈遠。

一般而言，文字的表現若是辭不達意，作者的觀點即便再有創意，組織架構再如何完善，也絕不會撰寫出一篇好的論文來。令人慨嘆的是，有一個隱隱然的趨勢顯示：有愈來愈多的研究生寫不出通曉順暢的文字，不少研究生甚至連標點符號都

---

[4] 許惠玟，〈林文月散文美學研究〉（國立台北教育大學語文與創作系語文教學碩士班（暑期班）碩士論文，2008年8月），頁151。

[5] 周春塘，《撰寫論文的第一本書》（台北：書泉，2007），頁5。

[6] 同上註，頁9。

不太會使用，[7]遑論他的遣詞造句了。文字的磨練因而成了撰寫論文的基本功，然而這種基本功卻是自小學階段便要開始「紮根」的。

更甚者，由於撰寫論文不同於文學創作，亦即會寫出一首好詩、一篇美文的人，未必即能把論文寫好，因為作家未必就是學者（兩者的身分也往往無法等同）——正是兩者有不同的文字要求。文學創作講究修辭，但是美麗的修辭符號往往形成一種理解上的「隔」；文學需要語言的「煙幕障」，要「霧裏看花」才會覺得美，可是論文寫作不需要，它要把一切「攤在陽光下」。茲舉小說評論家王德威底下一段文字以為說明：

> 胡蘭成也意識到「生死契闊」的悲哀，卻有本事在生命深淵的邊上，施施然建築自己的桃花源。是他把張愛玲情史寫成了電光石火的啓悟。是他在戰火烽煙中，向張許下「歲月靜好，現世安穩」的承諾。千劫如花，再大的悲哀也都化成婀娜婀娜的耽美姿態。[8]

王德威的文字向以「黏膩」聞名，其字裏行間迸發的精美修辭，往往令人歎為觀止，這一段引文正顯示他一貫的文字風格。惟誠如呂正惠所說，王德威精於「修辭的符號」：

> 文字具有他一貫擅長的流暢與華麗，裏面好像講了不少東西，但你始終掌握不住他真正要說的是什麼，最重要的

[7] 根據二〇〇八年九月二十七日《聯合報》（A6版）所披露的一項研究調查顯示，當前的小學生一般只會運用三種標點符號：逗號、句號與問號，其中不少人一整段只用一個句號結束。其實很多研究生也不比小學生高明。

[8] 王德威，《跨世紀風華：當代小說20家》（台北：麥田，2002），頁32。

> 是：你始終猜不透他的「批評態度」，他是怎麼看待他所批評的作家及其作品的。這裏面有許多令人目眩的詮釋，但沒有評價。[9]

當然，運用優美的修辭未必不能與曉暢流利劃上等號，[10]但是這兩者常常無法兼顧，一般的研究生更難以具此冶於一爐的功力。

(三)避免個人化敘述

如上所述，論文的寫作須與研究對象保持一適度的距離，意即研究者本人不宜將自己蹈陷其中，而與研究對象牽扯不清，換言之，要秉持客觀、理性的態度，並須避免太過個人化的敘述，[11]因爲個人化的敘述予人主觀性太強的印象，易受人質疑研究者的立場，例如底下這一段研究者交代其研究動機的文字：

> 認識「廖玉蕙」這名字要追溯到大學時代，也就是十幾年前的光景，偶爾在報紙副刊（好像是《中國時報·人間副刊》）看到廖老師的文章，不以爲意的瀏覽看看，哪知道這不經意的邂逅卻成就了十幾年來的因緣，於是就這樣一本接一本看著看著就看「上癮」了，每一次知道廖老師又

---

[9] 趙遐秋、呂正惠編，《台灣新文學思潮史綱》（台北：人間，2002），頁366。

[10] 講究修辭伎倆，又能將語意清晰表達者，實不多見，劉正忠（唐捐）的論文〈暴力與音樂與身體：瘂弦受難記〉即是兩者兼顧的佳例。該文發表在《當代詩學》，第2期（2006年9月）。

[11] 邇來質性研究方法雖然不避諱在論文中交代個人涉入研究過程的主觀經驗，惟此種個人經驗的交代除了做爲背景式的說明外，則須與研究主題有明顯的直接關係，不能有太過空泛似的描述。

有新作品問世時，總是第一時間去書店購買或者透過郵政劃撥，像是時下追星族的「粉絲」一般，只不過令我著迷的不是帥哥美女，而是文章內的眞摯感情與幽默風趣。[12]

這是一篇研究廖玉蕙散文的碩士論文（初稿）開場白的一段話，交代了個人研究的「緣由」，但是因爲敘述過於個人化（乃至私密化），被筆者建議予以刪除。[13]如何避免過於個人化的敘述？以上述例子來說，由於研究者本人也具有教師身分（在小學任教），則可以從強調自身與廖玉蕙同具教師角色的身分著手，讓他不得不去思考：與自己同樣身分的作家究竟會寫出什麼樣的作品來——而也正因爲出於如是的關注，遂引發自己研究的興趣。如果以這樣的方式交代研究的動機，即可避免像上述那樣過於個人化的敘述。

(四)文句有長有短

一般而言，句子不管長短如何，只要合乎語法，通曉順暢，也就是周春塘上述所說的「說清楚，講明白」，就是寫作

---

12 參見林明泉，〈廖玉蕙散文研究〉（國立台北教育大學語文與創作系語文教學碩士班（暑期班）碩士論文，2008年8月）初稿。但這段初稿文字已被筆者建議刪除。

13 接下去的一段文字，不僅敘述更個人化，且洩漏了頗爲情緒化的字眼，亦被筆者建議刪除：「第一次購買廖老師的書是一九九四年一月出版的散文集《不信溫柔喚不回》，被書中這位筆觸清新卻詼諧有趣的『新作家』（此時廖老師已出版過三本散文集）深深吸引，爲了一飽眼福，看完了這本書後，我迫不及待的去圖書館借廖老師之前的作品，果然皇天不負苦心人，讓我順利的借到《閒情》、《今生緣會》和《紫陌紅塵》，像是在看金庸武俠小說一樣，連續看完廖老師的四本散文集後，我已經可以確定，廖老師已成爲我不得不看的作家之一了，我就像廖老師忠實的書迷，對老師的作品如數家珍、愛不釋手，每一本書都似一道佳餚，是我的精神食糧，令人淪肌浹髓的人間美味啊！」。同上註。

論文的好文字了。但是這裏我們強調的是行文的語調，而這與句子如何呼吸息息相關。如果作者行文習慣使用短句，斷逗地方自然增加，呼吸的節奏必然急促，短句雖較長句容易理解，卻也遭致淺白之譏，而且有時由於文意未能一氣呵成，反形成理解的阻滯。反過來，作者若喜用長句，呼吸節奏顯得舒緩，卻易造成閱讀的緊張性，令人較難抓得住文意。長句看起來雖較短句富有深度，但是由於拖泥帶水，反造成閱讀的困擾。[14]

如同我們自然的呼吸有疾有徐一樣，論文的寫作，句子自然有長有短，節奏有快有慢，文意的表達，既不艱深生澀，也不淺顯俗白；複雜的語意（比如概念之間的串聯）可以拆成短句來呈現，而淺白的文意則何妨一氣呵成，一長句到底。如此語調貴乎自然，呼吸快慢有度，脈理既順，文意自通，閱讀其文也酣暢淋漓。

如果順此理路再進一步要求，則除文句本身長短有致之外，論文的各個段落亦應有長有短，這是呼吸韻律的進一步擴大。當然，段落本身太長或太短皆不宜，太長難以卒覩，太短則「一覽無餘」，閱讀老在停頓，亦令人生煩。然則段落過短雖難免令人厭煩，但更可怕的是不知分段的冗長段落（超過一頁），而偏偏學術論文最容易見到這種令人無法喘息的大段落。

[14] 依照筆者的教學經驗來看，嗜讀西洋文論的研究生，受到西式語文（複合句）的影響，爲文喜用長句，文字難免佶屈聱牙。而一些任教於小學的在職研究生，由於批改小學生作文（以及教導他們作文）的「職業病」使然，爲文好愛短句，文字則難免通俗淺白。

引介性段落

引介性段落（introductory paragraph），又稱為「引渡性文字」，指的是每一章節（或每一論述主題）開頭部分的文字，它或只一段，或者兩段，乃至三或四段，但是通常毋須占用太多段落，因為它不是論文的主題性陳述（topic statement），就文字所占的篇幅而言，自然不能對後者越俎代庖，喧賓奪主。

這種引介性段落做為「啓後」（雖然沒有「承先」）的性質，類似一般文章章法所談的首段的「開場白」，每一章以及每一節的開始，在還沒進入主題的論述前——尤其在章還沒分節前、節還沒分小節前，應先有一個引介性段落以做為論述主題的引導。由於它的功用只權充為引渡性角色，所以才又被稱做「引渡性文字」。

然則，怎麼寫這種引介性段落？通常引介性段落可從下述三點加以考慮：其一，為論述的主題提供背景式的說明，這背景可以包括主題產生的緣由；其二，為底下所要探討的主題勾勒出它的脈絡或輪廓，也即克拉勒（Mario Klarer）所說的——提供一張或一個有關內容與結構的「地圖」或預覽（preview）（參照本書引用書目作者條，頁109）；其三，為下述的論題提示重點或主張它的重要性，也即說明為何會有下面（這一章或節）接下來的討論。以上這三種不同的寫法，自然可以同時並用，惟須要言不繁。

如果缺少這種引介性段落，好像事情沒個起頭便來

到「核心」，予人總有「措手不及」之感。底下即以本書「夫子自道」為例，試看第六章及其第一節的起頭：

第六章　論文的結構

談論論文的結構，就是在討論論文如何組織的原則。「結構」（structure）一詞，字典的解釋指的即是「組織」、「章法」或「布局」；詳言之，本章所謂「論文的結構」，旨在討論論文的構成成分及其如何被加以組織或構架。結構的好壞，對於一篇論文撰寫的成敗，享有至關重要的地位。論文的組織、架構完整，四平八穩，找不出什麼毛病，則雖其內容乃至研究成果或發現，「無甚可觀」，至少還是一篇「五臟俱全」的論文；然而，如果論文的組織或架構犯了忌諱，比如說頭重腳輕或首尾未能兼顧，那麼不問其內容寫得如何，可想而知，這絕不會是一篇好論文。

打個比方，一篇論文的結構就像一棟建物的藍圖，把一幢華美的大廈廁所設計成客廳般大小（反之亦同），也把它的位置放在房內的中心地帶而非邊緣角落，那麼這幢大廈即使打造得如何再堅實、內部裝潢如何再「富麗」，它也不會是一座「堂皇」的建築物；同理，論文的結構（設計圖）在下筆（起造）之前即安排不妥（設計不良），即使寫得再好（蓋得堅實）也無濟於事，絕對不會因而變成一篇好論文（成功的建物）。設計藍圖完美、理想，房子等於蓋好一半；論文結構完整、構架得宜，論文撰寫已先立於不敗之地。爲此，論文結構常常在下筆之前乃至執筆之際一修再修，目的無他，就是爲了讓「設計圖」臻於至善。

第一節　論文的構成

首先必須聲明，關於學術論文的構成（即組成要素），不可一概而論，也就是其須視研究領域或學科屬性的不同而異，譬如自然科學或以量化（實驗性）研究法進行所撰寫的學術論文，其較爲制式性的結構（後詳），顯然即大異於以質性研究爲主的文學論文。就文學論文的構成而言，可以分爲：篇前部分（the front matter, or preliminaries）、本文部分（the text, or body）、參考資料及附錄部分（the reference matter and appendix），其間的先後排序不能隨意更動。茲分項説明如下：

一、篇前部分

【以下略】

首先， 以上第六章章名底下的引介性段落共只兩段，旨在強調「論文結構」的重要性，同時也為即將討論的主題提示重點 。如果把這兩段引渡性文字拿掉，就會變成：

第六章　論文的結構

第一節　論文的構成

首先必須聲明，關於學術論文的構成（即組成要素），不可一概而論，也就是其須視研究領域或學科屬性的不同而異，譬如自然科學或以量化（實驗性）研究法進行所撰寫的學術論文，其較爲制式性的結構（後詳），

顯然即大異於以質性研究爲主的文學論文。就文學論文的構成而言，可以分爲：篇前部分（the front matter, or preliminaries）、本文部分（the text, or body）、參考資料及附錄部分（the reference matter and appendix），其間的先後排序不能隨意更動。茲分項說明如下：

其次，若再把上述第一節開頭第一段的引渡性文字也一併拿掉，則原文將變成如下：

第六章　論文的結構

第一節　論文的構成

一、篇前部分

如此寫法便令人有點沒頭沒腦的感覺，只看到各個（三個層次）標題大剌剌「懸吊」在上頭，讀者只能先以題猜意，再看究竟。因此，引渡性文字雖然在各章節中非居要角地位，但是透過它卻能讓論文的行進有序可循，並引發閱讀的興趣，做為開頭的「橋段」，它仍然發揮一定的功能，不可輕言割捨。

第二節　剽竊與引用

論文寫作一定會參考乃至引用前人的相關著作或文獻，畢竟悠久的學術傳統沿襲至今，想要找出一個完全沒有源頭的嶄新創見談何容易。法國後結構主義理論家傅柯（Michel Foucault）便主張，所謂的「作者」（author）並不是指寫作文本（text）的那個人，「他」其實是「一組作品的統一原則，這些作品意義的來源，以及它們融貫的焦點」，[15]換言之，具有「元始」意義那個源頭的作者本人已不復可尋（所以作者已死），「作者」的創見是由後來持續的眾多作者所積累而來的，作品的意義乃是經過一代又一代的「演義」——究其實，這就是學術研究的相互傳遞與引用，一連串的引用也就是一連串的演義，而學術傳統亦因此得以奠立。

然則學術研究對於文獻／資料的引用，有一套相應的規格可資依循，研究者自當謹守。倘若引用前人或他人文獻（研究成果），不僅未能遵循一定的規格，甚且不註明引用之出處或來源，此時便構成所謂的「剽竊」（plagiarism）行為。剽竊也是一種引用，只是它是一種不合法或不道德的引用。剽竊與引用雖為「一紙之隔」，但其意義則有很大的不同，不少研究生未明其義，往往犯下剽竊行為而不自知，不可不慎。

---

[15] Alan Sheridan, *Michel Foucault: The Will to Truth* (London: Tavistock Publications, 1980), 125.

一、剽竊

所謂的「剽竊」也就是我們俗稱的「抄襲」，指的是使用別人的觀點或說法但在自己的著作中未標明出處或來源。剽竊誤導了讀者或者讓讀者誤以為作者所說的話具有原創性，而究其實他的說法乃是借自其他來源。剽竊可以分為二種情況：一種是有意為之的（intentional）——作者可能從期刊中的一篇文章或一本專書的某一章節抄錄下來；一種則是無心造成的（unintentional）——作者有可能因為疏忽未打註解或（上下）引號，致使合理的引用反變成抄襲。而更多的時候則是因為作者不懂引註與參考（引用）書目的使用格式，無法以妥當的方式標明引用說法的來源，以致最後變成剽竊。[16]有鑑於此，凡是撰寫論文，不可不知合法與合理使用引文的規格（包括如何標明註解以及引用書目的格式），否則難以避免犯下剽竊的勾當。

依照紀博地（Joseph Gibaldi）在《MLA論文寫作手冊》（*MLA Handbook for Writers of Research Papers*）一書中的指陳，剽竊勾當實犯了兩項錯誤：一是偷竊——使用他人的想法、資料或用語，而沒有註明出處，這種「借用」不啻就是智識上的一種偷竊行為；二是詐欺——把他人的想法、資料或用語據為己有，藉以獲致較佳的成績或其他利益，這等於智識上的一種詐騙行為。學術上的剽竊有可能違反著作權法（也就是

[16] Bonnie Klomp Stevens and Larry L. Stewart, *A Guide to Literary Criticism and Research* (Fort Worth: Harcout Brace Jovanovich College Publishers, 1992), 178.

純抄襲的行爲），也有可能不違法，但卻有悖於學術倫理，[17]而這得看剽竊嚴重的程度如何而定。

(一)剽竊的程度

同樣都屬剽竊，但由於抄襲的情形不同，其犯錯的程度也因而有異，按其輕重程度不同而有下列三種剽竊：

1.大剽竊——犯錯程度最重，也就是對於參酌的文獻、資料（即他人的見解、說法等），逐字逐句加以引用，不僅未徵得原作者或資料來源的同意，並且不加註明出處或來源，這種行爲不僅違背學術倫理，更是侵害了原作者的著作權，亦即違反著作權法。

2.中剽竊——犯錯程度稍輕，這是指參酌他人的著作，雖然未像上述那樣逐字逐句引用（即半直引、半改寫），但一樣也未註明引用的出處或來源。這種情形也違背學術倫理，並有可能違反著作權法。是否違法，法官將依其直接引用的情節嚴重性如何（也就是抄襲的程度），以判定其是否有罪。

3.小剽竊——犯錯程度較輕，指的是雖然參考了甚至襲用了他人的見解或說法，卻用自己的文字／語言予以表達（他人的想法或意見），但同樣也不說明來源或出處的一種引用方式。這種剽竊情形在法律及實務上較難確認，即有法院判例表示，著作權法上的著作權，僅保護著作物之表現形式，而不保護觀念、構想之本身，[18]因此

---

[17] Joseph Gibaldi著，黃嘉音校譯，《MLA論文寫作手冊》，第6版（台北：書林，2004），頁66。

[18] 參見高等法院民國七十八年度上易字第2306號、八十年度上易字第5742

> 同樣的觀念允許不同方式的表達，既以不同的文字或語言表達，則也就無所謂抄襲的問題。然而即便不違反著作權法，如斯引用方式仍是有違學術倫理的要求。

綜上所述，不管是大剽竊、中剽竊或小剽竊，只要引用他人見解、說法或相關的文獻資料，就應表明其所引用的來源，否則即便是用「改頭換面」的方式來加以引用，都屬於偷竊與詐欺的行為。然而，文獻資料如何引用，在論文的寫作上有一定的規範，雖言「凡有引用必註明其出處」乃屬上策，但也非「只要有註明」就必屬無誤，不會構成剽竊情節，而這就要注意如何引用以避免出現剽竊的情形。

(二)文獻引用與剽竊的類型

引用他人的文獻或資料時，如何避免剽竊的情形發生，從底下引用情況的差異可以找出不同的剽竊類型，[19]而只要瞭解其間的相互關係，如何避免剽竊的問題自亦迎刃而解。文獻引用與剽竊的情形，可以分成底下二個類型，為了便於說明其間的分別，茲舉彭瑞金收錄在《台灣文學50家》一書中的一篇評論文章〈追風——台灣新文學創作第一人〉為例加以說明。先錄該文的一段話如下：

> 這篇小說〔指〈她要往何處去〉〕強烈的反封建意識，以及覺醒的女性觀點，顯示作者是明確地以民族或文化運動的目的意識下創作出來的新小說。小說的副題寫道：「給

號、八十三年度上訴字第1488號等判決說明。

[19] 底下的分類係參酌史蒂芬斯（Bonnie Klomp Stevens）與史迪瓦特（Larry L. Stewart）二氏上書而來（pp.178-81）。

苦惱的姊妹們」，也進一步看出作者深諳台灣社會的體質結構，知道婦女乃是被殖民統治和父權社會雙重的受害者，婦女的解放，女性的覺醒，乃是被殖民社會覺醒的指標。[20]

底下即以上例分項進一步討論。

■直接引述（**direct quotation**）

所謂的「直接引述」就是指依照原文獻或資料一字不漏地抄錄，亦即直接引用，而被直接引述的文字即爲「引用文」，或簡稱爲「引文」。由於引文篇幅長度的不同，又可分爲短引文與長引文（下詳）。以上例來看，直接引述應爲如下表述：

如同彭瑞金在〈追風——台灣新文學創作第一人〉一文中指出的：「這篇小說強烈的反封建意識，以及覺醒的女性觀點，顯示作者……〔中略〕，乃是被殖民社會覺醒的指標。」（123）[21]

這裏顯示的是，引文本身（指短引文）前後必須以上下引號標示，而引號內的引文則係一字不改地引自彭瑞金上文。如果是長引文（超過四行），則可另段處理，但引文仍須一字不改地直接引用。底下的直接引述則屬於剽竊行爲，雖然在文末也標示出處頁碼，理由是它讓人誤以爲那是作者（研究者）而非彭氏的文字（即直接引述，卻未用引號表明）：

彭瑞金認爲這篇小說強烈的反封建意識，以及覺醒的女性

---

[20] 彭瑞金，《台灣文學50家》（台北：玉山社，2005），頁123。
[21] 末尾的（123）是指夾註（括號註）的引述頁碼，詳本書第九章。

> 觀點，顯示作者是明確地以民族或文化運動的目的意識下創作出來的新小說。……〔中略〕婦女的解放，女性的覺醒，乃是被殖民社會覺醒的指標（123）。

■摘要（summary）

所謂的「摘要」就是重點式的摘錄，但這重點式的摘錄則有化繁爲簡的作用，亦即把原文的內容加以濃縮、化約，也許原來的十句話，經過摘要，可以縮減爲兩句。摘要的文字可以擷取自原文，也可以改寫成作者的句子，但是絕不可完全襲用原句。參看下述摘要的例子：

> 彭瑞金認爲，這篇小說透露出反封建意識和覺醒的女性觀點，可以看出作者深諳婦女乃是被殖民統治和父權社會雙重的受害者，婦女的解放與覺醒，乃是被殖民社會覺醒的指標（123）。

要注意的是，千萬不可將直接引述寫成摘要式的文字，換言之，直接引述（如非長引文）一定要加上引號，而摘要文字則不可與原文完全雷同。

■改寫（paraphrase）

所謂的「改寫」即作者參考原文的見解或說法而以自己的文字表達，也就是見解相同但語言文字不同。依照史蒂芬斯（Bonnie Klomp Stevens）與史迪瓦特（Larry L. Stewart）的主張，如果作者改寫文字太像或太貼近於原文，則這種改寫就是非法的改寫（illegitimate paraphrase）；而非法的改寫因爲太接近（原文）而不具原創性（too close to original），所以也算是一種剽竊，尤其在它又未表明出處的情況下。下面是合法改寫的例子：

> 追風瞭解到日據時期的台灣社會，婦女受到不平等的待遇，一來是日本的被殖民者，二來是男人的「第二性」，不啻受到雙重迫害，這篇小說顯然表明：台灣女性意識的覺醒以及婦女的解放，標誌了台灣社會的覺醒（彭瑞金123）。[22]

由於改寫的文字不同於原文的表現（形式），如果不標示其出處或來源的話，會讓人誤以為這是作者本人的見解或者與被引用者「英雄所見略同」——這就是上述兩位史氏所說的剽竊。論文寫作貴乎眞誠，凡有引用，不論其為直引、摘要或改寫，皆應忠實標示出引用來源，即便上述的剽竊情況「無法可罰」。底下即屬這種剽竊式的改寫：

> 彭瑞金認為，從這篇小說可以看出，追風深深瞭解台灣社會的體質結構，瞭解到婦女乃是日本殖民統治和父權社會雙重的受害者，所以女性意識的覺醒以及婦女的解放，成了被殖民社會覺醒的一種指標。

上面這一大段的改寫，一來它的文字太接近彭瑞金的原文，可以說改寫幅度太小，所以不夠「合法」；二來它甚至未標明引用的來源，也顯示它的不夠「眞誠」。合法的改寫應該依照上上例，最重要的是要表明它的來源或出處。[23]

---

[22] 合法的改寫若不標明參考的來源，由於如上所述，法院的實際判例表明法律只保護文字語言的表現形式而不保護觀念與構想（蓋亦有可能出現「英雄所見略同」的情況），所以只要文字表現不與原文雷同，在著作權法上也就無罪可罰。這有可能形成「走私」引用的一個漏洞。

[23] 以本例來說，由於其文字表現太貼近彭氏原文（但較為俐落簡短），此處若補上引用的出處，即有可能變成另一種合法的摘要。

那麼在什麼樣的情況下才毋須指明資料的來源或出處？毋須指明參考來源的情況約有底下兩種：一是所引為一般衆所皆知的名言或諺語，如「一日之計在於晨，一年之計在於春」或「三個臭皮匠勝過一個諸葛亮」等；二是所引述者為整部著作（書）或整篇文章的大要內容，並在正文中已提及作者與該作名稱（書／文名），則此時可以省略出處的標示。除此之外，凡有參酌、引用，皆應註明其出處或來源，以符論文寫作的規格要求。

抄襲的後果

撰寫論文少不了要參考或引用其他相關文獻，而凡參考或引用他人（或機構）的文獻就要忠實地標記其來源或出處，否則即可能構成抄襲或剽竊之嫌，重者吃上官司、丟掉職位、學位被追回；輕者學分被當乃至被退學。美國維吉尼亞大學二〇〇一年有十七名學生只因在讀書報告中涉及抄襲或剽竊，便全數遭退學下場。近年來教育部接獲學生論文抄襲檢舉案件逐漸增加，光是二〇〇九年至二〇一〇年五月便接獲有十五件論文抄襲案件，其中七件確定抄襲並追回學位，比率近半。教育部高教司表示，研究生抄襲論文會被取消學位，若博士生當年碩士論文抄襲，則連博士生資格也一併取消；而正教授當年升副教授論文涉抄襲，同樣取消正、副教授資格（《聯合報》蔡永彬、張錦弘報導，2010, 8, 19, AA4版）。以下是《聯合報》有關學界抄襲事件的三則報導：

- 北京大學社會學教授王××曾在二〇〇二年被揭發其著作《想像的異邦》抄襲美國人類學家哈維蘭的《當代人類學》一書，而《當代人類學》該書一九八七年出版的中譯本譯者之一正是王××本人；根據統計，這兩本書共有十萬字相同。北大之後撤銷他民俗學研究中心主任、社會學系學術委員會委員，以及人類學教研室主任等多項職務。（施鈺文報導，2002, 1, 17）
- 中國文化大學前校長林××曾於擔任該校商學院院長期間指導女兒蘇××的碩士論文，二〇〇二年經立委檢舉蘇女涉嫌抄襲母親的著作，教育部判定女兒論文與母親著作有九十多頁內容相同，相同份量已達論文二分之一，顯有抄襲行為。後來蘇女的碩士學位被追回，林××的校長職務也被解聘。（王文玲報導，2005, 7, 27；蔡永彬、張錦弘報導，2010, 8, 19）
- 彰化縣某國小許姓校長二〇〇八年五月曾上國家圖書館全國博碩士論文資訊網與國立新竹教育大學圖書館網站瀏覽論文，意外發現縣內某國小林姓老師的碩士論文與其論文有多處相似，經她比對，總計有一萬五千多字雷同，由於林姓老師未予善意回應，遂向彰化地檢處提告。林姓老師開庭時表示她未看過許的論文，而是抄自柯姓學妹另一篇碩士論文。許姓校長反而因此得知兩人輾轉連環抄襲她的論文，另向台中地檢署控告柯姓老師違反著作

權法。最後林、柯二人分別被檢方起訴（何烱榮報導，2009, 2, 27）。

相較於學者和研究生的學術（學位）論文，大學生的讀書或心得報告，往往上網搜尋資料（而不跑圖書館查找），卻由於不懂如何正確引用文獻，東抄西抄，並且不註明參考來源或引用出處，違反著作權法而不自知，情況嚴重許多；報告抄襲，若被教師查出，輕則以零分計算，重則被當，乃至被退學。目前已有「反抄襲偵測比對系統」電腦軟體開發成功，教師可以很容易利用它來辨識論文或報告是否抄襲。切記，凡有引用或參考必定註明來源或出處，否則「吃不了兜著走」，險矣！

二、文字的引用（引文格式）

對於別人的見解、說法，或者是其他相關來源的文字的引述，此即爲「文字的引用」，如上所述，這種引用是按照原文（連同其標點符號等）一字不差地加以抄錄，而被抄錄下來的文字也就是所謂的「引文」。[24]引文的使用當然要切題，也不宜頻繁使用，過度使用除了會令人生厭之外，也說明作者偷懶（因爲照抄原文最不花力氣），更如紀博地所說，會使人覺得

[24] 引文若是直接引自外文文獻，須自行譯爲中文（除非有針對原文文字討論或釋義的必要）。

作者「既沒有創意，寫作功力也欠佳」[25]。

(一)引文的使用原則

然則適度地使用引文，不僅爲論文寫作所允許，而且甚至是「必要之舉」，因爲引文本身就是一種「材料的證明」，研究者乃是以它來做爲自身論說的支撐或證據，尤其是針對作家作品的評析，引用作品原文則係「必要的佐證」，若缺乏適度的佐證（引文），有時反變成「空口說白話」了。

引文的使用，首要講求精確，也就是上述所說的，應該按照原文一字不漏地轉述，亦步亦趨地和原文一致。然而，在特殊的情況下，引文本身可容許做若干（小部分）的更動，譬如原引文使用的數字、標點符號的用法，[26]恰好與研究者正文所使用者不一致，此時便可酌予調整。舉個例子，如引文以國字（一九九九年）紀年，而正文係以阿拉伯數字（1999年）紀年，則引文不妨改用阿拉伯數字表示。其他用字差異的情形亦同，如引文用「佔」、「份」，而正文用「占」、「分」，則可調整引文逕予統一用字。此外，引文若出現有錯別字，則可以在該錯別字後加上：〔原文如此〕（即〔sic〕）；[27]另一種作法則如上所述，即於引文中逕改其錯別字（英語學界較傾向第一種作法）。

---

[25] Joseph Gibaldi著，黃嘉音校譯，頁109。

[26] 例如中國大陸學者不論是書名號或篇（文）名號均一律用雙尖號《》，但是台灣學界則習慣用雙尖號表示書名號，用單尖號〈 〉表示篇（文）名號。若原文引用的是對岸學者的著作，則碰到雙尖號的篇（文）名號時，可在引文裏直接改爲單尖號，以符台灣學界用法。

[27] sic爲拉丁字，應置於方括號內，等於英文的so或thus，意即：原文如此，爲英語學界用法。

(二)引文的更動、說明和省略

引文例外的更動情形已如上述，必須特別提醒的是，這是「原則」的例外，而這種更動的例外，目的在使引文較易與自己的文章融爲一體，但誠如紀博地於上書中所言：「如果引文有任何更動，應向讀者交代清楚。」[28]所以引文若有更動，可在當頁的底下以說明註交代（不論是腳註或夾註都適用，下詳八、九章）。

如果不以當頁說明註的方式交代引文更動的情況，則可以採用另一種簡明的標示方式，也就是直接在引文中以方括號來表明所插入的說明文字（以示與引文文字有所區別），如上所舉例的：〔原文如此〕。方括號內的文字就是研究者要補充說明或交代的事，但這種補充說明必須簡短扼要，說明文字若是稍長一點，就必須以當頁註解交代。再回看上面徵引的彭瑞金該文，其中方括號內的文字就是作者本人的補充說明文字（即：〔指〈她要往何處去〉〕）：

> 這篇小說〔指〈她要往何處去〉〕強烈的反封建意識，以及覺醒的女性觀點，顯示作者是明確地以民族或文化運動的目的意識下創作出來的新小說。小說的副題寫道：「給苦惱的姊妹們」，也進一步看出作者深諳台灣社會的體質結構，知道婦女乃是被殖民統治和父權社會雙重的受害者，婦女的解放，女性的覺醒，乃是被殖民社會覺醒的指標。

至於引文的省略，約有底下二種情況：一是所引述內容部

---

[28] Joseph Gibaldi著，黃嘉音校譯，頁109。

分的省略，即指原引文中（由於文字過長，不必全部徵引）省略其中一部分不必要的文字，此時被省略的部分文字可以用刪節號（……）代替；二是所引述的文字本身附有註標（即註解的序號），此時在引文內則可逕予刪除，蓋其與研究者自身的正文無關聯，當然省去可也。

(三)引文的種類

依據引文字數的多寡或篇幅的長短，一般將引文分為下述兩類，並分別說明如下：

■短引文

如果引述的文句在四行以內（含四行）[29]——亦即篇幅所占不多，此即為「短引文」。短引文直接於正文中以上下引號表明，引文的中間有時可能會被拆成兩個片段，而被研究者插入自己補充說明或接續的話語——此時附註可於最末的引文結束時再出現。引文本身的文字仍為內文字體（即細明體），不必像底下的長引文要另打成標楷體。至於註標則打在下引號的外面。

■長引文

長引文又稱為「方塊引文」（block quotations），也就是引文長達四行以上的引文。由於長引文須另段排放文字，形成獨立的方塊版面（freestanding block），故才又稱為方塊引文。方塊引文的格式要求如下：

---

[29] 美國心理協會（APA）的論文寫作格式則以四十字為分類的標準，即少於四十字的引文為短引文。

1.引文本身與正文之間，上下各空一行以為分隔。引文前後不加引號。

2.引文的每一行之前空三字格，齊頭打起（第一行與底下各行切齊，不必再另空二字格）。文學作品的引文若為段首開頭，則須多空二字格。

3.引文本身打標楷體，以與正文的內文字區別。[30]

4.若採用腳註，則註標放在引文最末句點之後上方；若採用夾註，則放在末句句點之後。

5.倘長引文本身超過一段，則每一段引文的行首再縮兩字格（共五字格），但第一句引文若在原文中並非該段的起首，則不須再多縮二字格，僅於後面各段段首多縮二字格即可。

6.引文本身的篇幅，原則上不可超過當頁版面的三分之一。[31]

此外，長引文在研究者的文章中出現之前，除非有特殊情況，否則宜以冒號帶出；而且一般情形也不宜於文章的開頭立即出現長引文，換言之，長引文不宜在文首而宜於文中出現。[32]最後，在長引文引述完畢之後，下接的正文文字如何承續？關

---

[30] 本書長引文不打標楷體是為了配合出版社自訂的體例格式。此外，美國現代語言學會（MLA）的論文寫作格式規定，長引文本身採雙行距打字。筆者認為中文引文不須比照處理，因為連他們學者自己出版的專著，其長引文本身也不採雙行距打字。

[31] 引文本身的篇幅至多能占該頁的多少版面？這裏所說的三分之一只是筆者的建議，APA與MLA論文寫作格式對此均未有說明。國內亦有律師採較嚴格的主張，即引文不可超過該版面的四分之一，始為合法的引用（當然一定得加上註解）。

[32] 芝大論文格式有這種卷首引文的規範，即出現於一章或一節開頭處的標楷體引文（不分長短），在引述文字結束後的下一行須以破折號帶出引文作者姓名及著作（文字齊右）。引文下方須空二行再接續內文。

於這點，國內有學報要求一律以另段（即空二字格）方式承接。筆者以為此應視承接的文意如何而定，若承接的文字有另起一段之意，則以另段方式處理，但若接續的文字尚未完結，則不必另縮二字格排打。[33]

■詩歌引文

上所述引文的有關規格，雖然不涵蓋詩歌體的引文，但是原則上詩歌體的引文可以比照處理；惟底下所述，異其上述的規定：

1. 詩歌短引文——所引詩（歌）宜以不超過五行為原則，[34]前後仍須以上下引號標明；詩（歌）的分行處以斜線（／）表示，若為分段處，則用雙斜線（//）表示。
2. 詩歌長引文——超過五行的詩歌，另段排成上述長引文的形式，即每一行從左邊縮三字格切齊排起（除非原詩行形式有特殊排法）。但是若原詩行太長而無法於一行內排滿，則可轉行到下一行並多縮一字格（共四字格）排起。此外，若採用夾註方式，但在詩末碰巧無法將該註解容納在最末一行內，此時可另起一行，但要與右邊邊界切齊。

---

33 關於這一點，筆者遍查不少英文書，也未有如國內某些學報所規定的一律要縮二字格接排，是否另起一段，須視承接的文意如何而定。

34 芝大與MLA的寫作格式則規定不得超過三行。惟筆者認為所引詩歌若超過三行即全要以長引文方式另置方塊處理，可能會占用論文太多的版面，使得論文的篇幅變得「臃腫不堪」。為免占用過多的篇幅，若干比較不重要的詩歌的引文，便可於正文中以短引文方式引述，於此亦未必以五行為限了。

三、圖表的引用

為了方便閱讀與理解，圖表的使用與引用乃是一種極有效率的表現方式，研究者可以藉此而以少量的篇幅呈現大量的訊息，並且做到有效率的「導覽」。然而圖表的使用或引用亦須有一定的限制，如果大量使用或引用，不僅會擠壓到文字本身的表現，讓文字相形見絀，嚴重的情況，比如表格過長（分頁過多），反而會對閱讀形成干擾，乃至主客易位，[35]使文字變成論文的配角。就博碩士論文或專書來說，圖表的使用或引用倘於全文或全書中占有相當的比例，則尚須於文前或書前另編一份圖表目錄。

論文中若使用或引用多個以上的圖表，則圖表本身要編序號（圖與表分開編），[36]並且還要訂有圖標或表標（標題），皆置於圖或表的上方，先序號後標題，自左邊與表或圖切齊。圖表若是屬引用者，則須於圖表下方註明「資料來源」（即引用圖表的出處訊息，用冒號帶出），文字亦與左邊的圖表切齊排放。資料來源的表示方式可參酌第八、九章腳註與夾註的註解格式（若採夾註方式，須去掉括號）。[37]圖表若係研究者自製，則不必標明「作者自製」或「研究者自製」字樣，蓋不表明資料來源即係表示作者自製了（否則即違法侵權）。引用的

---

[35] 過長的表格，分頁可能太多，建議移到論文最後面當做附錄。

[36] 序號須分章編次，如第一章的圖1-1、圖1-2、圖1-3……，或表1-1、表1-2、表1-3……；第二章的圖2-1、圖2-2、圖2-3……，表2-1、表2-2、表2-3……。

[37] 芝大論文格式說明，若只引用一次而未再度使用此資料來源，採腳註方式者，不必列入引用書目中；採夾註方式者，則都須列入書目裏。

圖表本身除了要註明出處（資料來源）外，也應注意符合比例原則，即該圖表所占版面盡量不要跨頁。

第三節　數字、專有名詞與標點符號的使用

以上所述，有關論文寫作的規格，主要是從較大的篇章及段落的面向來看，其中涉及到文筆如何表現乃至寫作的具體方法與策略。然而，論文寫作的規格還包括更爲具體與細微的文字表現部分，也就是本節底下所要談的內容。這一部分的寫作規則雖然稍嫌瑣碎，卻仍是寫作一篇論文必須注意且不能忽視的部分。蓋就筆者多年的教學經驗來看，仍舊有不少研究生不太會使用標點符號（而且半形與全形尚搞不清楚）。

一、數字的使用

(一)數字的寫法

幾乎每篇論文都會使用到數字，問題是到底是要用國字數字（一、二、三、四……）或用阿拉伯數字來表示，常讓人莫衷一是。不管是用阿拉伯數字或是用國字數字，基本的原則就是全文（書）的使用應該一致。除此使用前提之外，關於數字如何表示尚須注意底下兩個原則：

1.三位數以內，基本上不用阿拉伯數字表示，如：三百個、二百人、五十元，不可寫成300個、200人、50元。例外的情形是，若用%符號表百分比，則可以阿拉伯數字

表示，如35%、15.5%等。

2.四位數的表示則視情況而定，如一千名可以寫成1,000名。現在流行西元紀年，而西元時間多為四位數，如一九九九年可以寫成1999年，一九八〇年代也可以寫成1980年代，[38]但不能只寫成八〇年代。而五位數（含）以上，原則上以阿拉伯數字表示，如65,000名、32,000呎等，但數字若太大（如百萬以上），則仍可用國字表示。

(二)數字中的逗點

四位數以上的阿拉伯數字，通常每隔三位數加一個逗點（即在第三位數與第四位數之間加一逗點），其他位數以此類推，例如1,000、25,000、7,654,321……。MLA論文寫作格式則主張頁數／行數（如：頁1128）、地址號碼數（如：百老匯路4132號），以及四位數字的年代（如：2002年）等[39]則屬例外情形，不必加逗點。

(三)數學、物理、化學公式及運算中的數字（含百分比）

數、理、化公式以及運算中的數字、百分比的表示法，應一律以阿拉伯數字（配合適當的符號，如＋、－、×、÷、＝、%……）表示。

---

[38] 1980年代（或一九八〇年代）乃是已經逝去的二十世紀的八〇年代，不能只寫成八〇年代，因為目前我們已經處在二十一世紀了。不少人的心態還留在上個世紀，所以口中或筆下所說的八〇年代、九〇年代就是指二十世紀的八〇、九〇年代。

[39] 但是超過四位數的年代則須加上逗點，如20,000 B.C.。Joseph Gibaldi著，黃嘉音校譯，頁99。

(四)日期與時間的數字

■日期的數字表示

含有年、月、日（或年、月）的日期，在正文中應以國字數字表示，如一九九五年五月四日（不可寫成1995年5月4日）；惟若於註解中表引用資料的來源，則可用阿拉伯數字表示（如1995年5月4日或2008年6月）。凡是註解中出現的參考型出處的數字，原則上均以阿拉伯數字表示。若僅記載年數而已，則如上所述，於正文中亦可用阿拉伯數字標記（如2007年），但須全文（書）統一用法。

■時間的數字表示

時間應以國字數字表示，如二點二十分（不可寫成2點20分）或五分三十二秒（不可寫成5分32秒）。在正文中也不建議將上述時間以這種方式表示：02：20；14：20。

(五)連續的數字

按MLA及美國芝加哥大學論文的寫作格式要求，對於連續數字（即某數至某數的範圍）的表示有特殊的規定，而這主要與註解的起訖頁碼有關，可分成底下二種情形說明：[40]

1. 九十九以下的數字，須將第二個數字完全寫出，如：3-5、12-13、35-48、88-99。
2. 若是數字較大（通常爲三位數以上），則第二個數字可以只寫最後二位數（除非有必要多寫），如，99-102、

---

[40] 同上註，頁101。

994-1002、105-06、1007-08、396-403、1708-801……。

除以上所述情形，若是碰到專書（或少數的博碩士論文）的序文或前言，而該序文或前言的頁碼係以羅馬數字（如i、ii、iii、ix、x……）編序，或者用反白的阿拉伯數字編碼（如❶、❷、❸……），則此時引用的註解出處，亦須按其原文的表示法（即羅馬數字或反白的阿拉伯數字）標示。

二、專有名詞的使用

專有名詞指的是專屬於某人、事、物的特定名詞，包括人名、物名、地名、相關團體及公司行號等特定的名稱，例如拜登總統、余光中、馬克思、莎士比亞、白居易、桐城派、創世紀詩社、清冠一號、新力（SONY）、迪士尼（卡通）、中華民國消費者文教基金會、紐約、東京、上海、台北101……。專有名詞的出現，原則上不必再加引號或私名號——除非有特別強調的意思（或者特殊用法）才加上引號表示。[41]

這裏所說的專有名詞使用的情形還包括一般的學術術語（term），例如社會學的文化霸權（hegemony）、文學理論的解構（deconstruction）、政治學的民主化（democratization）等等，通常若於文／書中提及外國專有名詞及術語，則其於首次出現時，應在後面用括號註明該原（英）文，但以後再次出現

---

[41] 特別一提的是，除了少數例外的情形（例如：某某總統），一般專屬人名的前或後不必再冠上任何頭銜或尊稱（例如：孟樊老師、林于弘主任、林淇瀁所長、聲譽卓著的散文家廖玉蕙……）。

時就可以省略不再附註。[42]但就外國的專有名詞來說，則有底下的例外情形：即若是遇到已為人所熟知的著名人物、地名、物名，乃至書名等等專有名詞，則可以不必附註其原文，例如：羅斯福總統、甘地、莎士比亞、但丁、耶路撒冷、巴黎、倫敦、《聖經》、《可蘭經》、《天方夜譚》……。此外，有些太長的專有名詞則可於第一次出現時寫出全稱，但第二次以後再出現，即可以簡稱代之（如中華民國消費者文教基金會可改稱為消基會）。

三、標點符號的使用

由於時代的變遷及台海兩岸文化的交流，近二十年來學界關於標點符號的使用，已出現了若干的變化，譬如教育部《重訂標點符號手冊》中原僅載有十四種符號，但實際的使用上則已逾越這十四種。[43]再者，有些符號逐漸「老去」甚至「死去」（廢棄不用），如原來的書名號﹏﹏和私名號——。底下所述，主要是針對目前台灣學界使用的情況加以介紹。先討論點號（一至六種），再說明標號（七至十六種）。[44]

---

42 若是碰到篇幅較長的博碩士論文和專書，其再次出現的術語或專有名詞與首次出現之處間隔太長（如首次出現在第一章，再次出現在第三或第四章），則此時可考慮再次於其後附註原文。

43 網路使用的符號更是多種，而且千奇百怪。

44 底下所述，參考了教育部國語推行委員會編訂，《重訂標點符號手冊》台灣學術網路3版（台北：教育部，1997）。依教育部二〇〇八年九月公布的新版標點符號，則增列了連接號（占一字格）；另外，也新增乙式的書名號《》。

(一)句號（。）

句號表示一個完整文句或是一段文字的結束，通常用在句末或段末。但是有不少研究生不會使用句號，往往一大段在最後結束時才使用句號。再者，句號可用來調整文意呼吸的節奏，如果一個長段落只在最後結束時才用上句號，會讓讀者喘不過氣來，沒有短暫休息的停頓，難以卒覩。

(二)逗號（，）

逗號用來分開句內各語或表示語氣的停頓。逗號是最基本且是使用最頻繁的符號，只是不少人常將逗號當句號來用，以致造成「一逗到底」的情況。

(三)頓號（、）

頓號用在平列連用的單字、詞語之間，或標示條列次序的文字之後（如一、；二、；三、）。近一、二十年來頓號也有愈用愈少的趨勢，亦即不少人以逗號代替頓號使用，尤其在平列的連用詞語之間，頓號逐漸被逗號給取代了。

(四)分號（；）

分號主要用來分開複句中平列的句子（例如「鯨魚是獸類，不是魚類；蝙蝠是獸類，不是鳥類」句中的分號）。有時平列的複句之間語氣有所轉折，也可以用分號分開（因為用逗號不易分辨前後兩層不同的意思，而若改用句號有可能把前後連貫的意思切斷）。

(五)冒號（：）

冒號用在總起下文，或者舉例說明上文之處。前者包括：

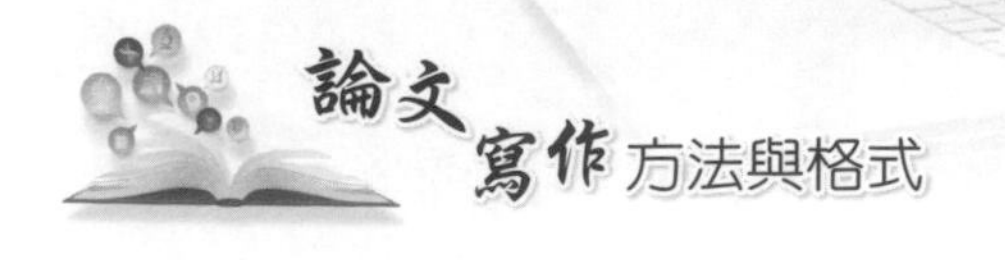

(1)列舉人、事、物；(2)引語的前導；(3)標題的前導；(4)稱呼（演講或書信的開始，如「父親大人膝下：」）等。

(六)間隔號（·）

原稱爲音界號的間隔號較少使用，主要用於外國人中譯姓名的名字與姓氏之間，如：馬克·吐溫、西蒙·波娃。較特殊的使用方式是，有時將書名及篇名連用，而在書名與篇名之間便以間隔號做區隔，如：《莊子·齊物論》。

(七)引號（單引號「」，雙引號『』）

引號用來標示說話、引語、專有名詞，或特別用意（兼含強調）的詞句。表示專有名詞時，除非其前有「所謂」的用語，否則論文寫作一律不以引號標示專有名詞（見上一小節）。特別要注意的是，千萬不可以半形（英語用法）的“ ”代替全形（中文）的「」。若引文或引語中又有引文或引語，就必須再用一組引號，於此情況下，應先用單引號，再用雙引號（如此交替使用下去）。

(八)夾註號（（），〔〕或——　　——）

夾註號係於文句內需要補充意思、註釋或對原文有疑問時使用。通常用的是圓括號（或簡稱括號）和兩個破折號（左右各占二字格）。論文寫作若採用的是夾註式註解，就會經常用圓括號。在劇本的創作中，往往也用這種圓括號來說明人物的動作或情感的反應。至於另一種方括號的夾註號，則於引文內做爲作者本人的補充說明用，已如上述。

(九)問號（？）

用在疑問句之後的標號即爲問號。問號除了表明疑問或

懷疑的句意之外，也有表示反詰乃至異議的口氣。需要注意的是，論文的各級標題盡量不要出現問號。

(十)驚嘆號（！）

驚嘆號用在感嘆、命令、祈求、勸勉等語句之後。由於驚嘆號的使用與情緒的表達有關，而論文寫作宜保持理性、冷靜與客觀，所以建議以少用爲妙。

(十一)破折號（——）

破折號用來表示語意的轉變、聲音的延續、時空的起止，或是下文對上文的解釋，有時也如上述做爲夾註用（前後要各用占二字格的破折號）。在標題的使用上，也常以破折號帶出副標題。要注意的是，破折號占二字格。

(十二)刪節號（……）

刪節號一般用來表示節略原文或語句未完、意思未盡等。在使用上，中文全形的刪節號一定要占二字格六點，不可只打半形的一字格三點。引文中若有省略原文之處，必須用刪節號表示。

(十三)書名號（《》）

用於書名、刊（雜誌）名、報紙名、電影名、戲劇名、歌曲專輯名的書名號，原先使用的是曲線﹏﹏。邇來由於台海兩岸文化交流的影響，台灣學界也逐漸仿效大陸學界，以雙尖號來表示書名號。[45]若遇書名內仍有書名，爲避免重複使用書名號，則在第一層的書名號內使用雙引號。如《『台北人』評

[45] 英文則以斜體表示書／刊名。

釋》。

(十四)篇名號（〈〉）

用於文名、章／篇名、歌／曲名、詩名的標號即爲篇名號，以單尖號表示。這種表示法是台灣學界再從大陸學界進一步從上述的書名號細分出來的。如同雙層書名號的連用法一樣，如篇名中有篇名，則先單尖號再用單引號，例如：〈我讀「遊園驚夢」〉。[46]

(十五)連字號（—）

與破折號占二字格一直線不同的是，連字號只占一字格，原來連字號是半形的英文符號，主要是用來連接複合性名詞（即名詞加名詞），如mind-set（思維定式）、England-Saxon（盎格魯—撒克遜人），但這種以連字符號連結的複合名詞，譯成中文時該連字號往往不見了。惟爲維持外（英）文文意，有時中譯術語仍須保留該連字號，如阿圖舍（Louis Althusser）所提出的「已爲—主體」（always-already subject）即是。

(十六)斜線號（又稱反斜號）（單斜號／，雙斜號//）

在論文的寫作中，斜線號主要做爲引文中詩歌的換行或換段用：換行用單斜號，換段用雙斜號。此外，斜線號（單斜號）也用來並舉一組相對或可爲相互替代的字或詞語，如上所舉的：書／文，或者性／性別，以及陰／陽、文字／聲音……。

---

[46] 此處說法參考台大外文系主辦的《中外文學》論文體例說明，但篇名中有篇名的標示，在此處則改爲如上作法。

最後，有關標點符號的使用還要再提醒一點的是，凡是中文寫作出現的標點符號，電腦打字一定要用全形；反之，若是英文的書寫符號，則要用半形，全形與半形的切換要特別留心。例如不少研究生常以半形三點的刪節號代替全形六點的刪節號，中英文符號不分，粗心大意也就難以避免了。

第八章

腳註與引用書目格式

- 腳註格式
- 引用書目格式

論文的寫作，幾乎都會參考與運用前人的研究成果，尤其是人文學科，很難不從前人累積下來的相關文獻當中獲取洞見，以進一步開拓其更豐富、更深刻的研究。研究者既從前人或他處獲取資料，乃至引用其成果，就應尊重他們的貢獻，表明所受益的來源，這就需要一套標示受益來源或出處的體例規格，也就是本章和下一章所要談的註解與引用書目格式。註解與引用書目的標示，除了表明出處，還有向被引用的來源致謝之意；而註解本身也附帶有解釋和批評的作用，甚至註解與註解之間仍可相互參照。

註解（note，即附註）有各種不同的類型。首先，依編排方式的不同，可分成三個類型：(1) 腳註（footnotes）——註解出現在引用處當頁的底下（或謂「腳下」）；(2)尾註（endnotes）——註解全編排在論文（或專書）的最末（或各章的後面），也就是正文結束之後尾巴之處；[1](3)夾註（parenthetical references，又稱括號／括弧註）——註解以括號直接出現在正文引用處之後。腳註與尾註係屬傳統性的註解方式，已有悠久的使用歷史。夾註則是近三十年內出現的新式註解方式，目前已愈來愈多人使用。以上不同的註解型式，原則上，在論文撰述時只能選擇其中一種適用，不可混合使用。至於搭配不同註解型式的引用書目，也因此而有不同的標示方式，這點不能被忽略。

其次，若按註解所顯現的功能來分，則可分爲另外三個類型：(1) 參考型註解（reference notes）〔又稱文獻式註解（documentation notes）〕——註解主要的功能是指出所引用資

[1] 尾註現已少爲人使用，且其體例均同於腳註，故可援用腳註格式，本書乃略去不談。

料或文獻的來源，目的在讓讀者藉此可以按圖索驥找出文獻的出處或來源；(2) 內容型註解（content notes）——註解主要在提供於正文中不適合出現的意見，以做爲撰述者說明、解釋乃至評論的補述；(3)整合型註解——結合以上兩種註解功能的即是整合型註解。

上述兩大分類係因依據之標準不同而異，所以並非涇渭分明，亦即依編排方式分類的腳／尾註和夾註，可視需要（功能）之不同而使用參考型或內容型的註解，乃至參考型與內容型註解兼而用之。如何標記這些不同型式的註解與引用書目，不同的學科各有相異的格式和規範，其間容或有相同之處，相異之點仍舊不小，應注意其間的不同。以英語學界而言，人文科學（尤其是文學）論文主要根據美國現代語言學會（MLA）的寫作格式，而社會科學論文則主要依據美國心理協會（APA）的寫作格式，至於另一芝加哥大學論文寫作格式（The Chicago Manual of Style ）也普遍地受到人文與社會學門的歡迎，[2]蓋MLA和APA格式係以夾註爲主要註解方式，而芝大格式則包括腳註與夾註兩種註解方式，較具彈性。本章與下一章以介紹中文著作之註解與引用書目爲主，論文內若有英文之註解與引用書目，請直接參酌芝大格式（本章）與MLA格式（下一章）。

[2] 《芝加哥大學論文寫作格式》2017年出到第十七版；而涂瑞畢恩（Kate L. Turabian）編著的《芝加哥大學論文寫作指南》（*A Manual for Writers of Term Papers, Theses, and Dissertations*）2021年出到第九版。

第一節　腳註格式

台灣學界目前乃主要參照上述這三種寫作格式，例如英美文學與比較文學學門主要即參照MLA格式。本書則認爲，中文寫作有其自有的一套格式和行文習慣，英語學界的論文格式未必能一概適用，在參酌援用其格式之際，千萬不能削足適履。[3]

一、註解的使用方式

(一)註解的位置

1. 註解須在當頁腳下（又稱隨頁或當頁註），正文與註解以區格線（實線，長度約頁寬的二分之一至三分之一）分開；若內容太長，可適度延至下頁。
2. 每個註解之間不必像MLA或芝大格式多空一行。
3. 若無法在一行內寫完一個註解，自第二行起只要和上一行文字部分對齊即可。[4]
4. 正文中若連續引述同一個文獻（同頁同一段落），在最末引述處集中用一個註解即可。
5. 文字小內文二級。[5]
6. 圖片表格不宜放在腳註內。

---

[3] 本章腳註與引用書目格式，主要參閱芝大格式（涂瑞畢恩編著上書）。

[4] 芝大格式規定每個腳註的第一行要縮進三個空白鍵。

[5] 有些學報或出版社（如揚智、威仕曼）自訂的編輯體例則規定用仿宋或標楷體。本書出版社使用標楷體。

7.腳註所占篇幅不得超過當頁四分之一。

(二)註解的序號（註標）

1.以阿拉伯數字從1編起；正文中放在引文處之句末右上頭（不可放在作者姓名之後）。

2.註標一律放在標點符號之外（破折號除外）。

3.腳下註標的位置與最左邊線切齊。

4.若爲專書或博碩士論文而內文有分章節時，註標序號應分章編碼。

二、參考型註解之一——書籍註解

參考型註解又稱爲文獻式註解或資料式註解（information notes）。它主要是針對正文中所引論點或文獻加以註明其來源或出處，以示文有所本；此外，也在表明對於原作者的敬意，同時令讀者可以按圖索驥，方便其查詢所引資料來源，以供其進一步探究。

(一)首次出現的書籍

■完整的形式

・順序

依序爲：作者／編者，譯者，書名（及副題），版次，出版事項（出版地：出版單位，出版年），引用頁碼。例如：

朱天心，《古都》（台北：麥田，1997），頁97。

林明德編，《台灣現代詩經緯》（台北：聯合文學，2001），頁247。

孟樊，《當代台灣新詩理論》，第2版（台北：揚智，1998），頁183-90。

布希亞（Jean Baudrillard）著，洪凌譯，《擬仿物與擬像》（台北：時報，1998），頁22-23。[6]

・標點符號和數字

1.作者／編者和譯者、書名、版次，以及出版事項與頁碼之間，以逗號分開。書名另用雙尖號表示。結束處加句號。

2.出版事項前後以括號和前後項分開。

3.出版事項的出版地與出版單位以冒號分開，出版單位與出版年以逗號分開。

4.以半形連字號表示跨頁。

5.數字均寫成阿拉伯數字。有些書的序文或前言以羅馬數字標示頁碼，此時若爲引文頁碼，則以援引用書爲準。

■作者、編者、譯者

・作者

1.作者之後不用寫「著」字；但中譯本之原外國作者例外。

2.作者若爲筆名（或用其他字號），仍以筆名標示，但後面引用書目之同書作者，可在其後用括號註明原（本）名。

3.二至三位作者之間以頓號區隔；其排次以援引書之書名

---

[6] 此處可以有另一種標示法，即原作者直接以外文名字標示，不必再譯爲中文名字。

頁所示爲準。作者若爲三位以上，只標示第一位作者（亦以原書名頁的排次爲準），後再接一個「等」字。

4.作者所有的頭銜（如教授、院長、醫生……）均須去掉，只保留姓名。

5.作者可爲法人團體，如政府部門、機關、會社、公司、委員會。

6.作者若匿名，則有兩種情況：一是可查出作者爲誰，此時可用括號標示作者。例如：

（曾枝盛），《二十世紀末國外馬克思主義綱要》（北京：中國人民大學，1998），頁72。

二是無法得知爲誰，此時以書名排在該條註解最前面。

・編者

1.編者姓名之後加一個「編」（或「編著」）字。例如：

孟樊編，《小說與戲劇的逆光飛行——新世代現代文學作品七論》（台北：揚智，2008），頁37。

陳千武著，莫渝編，《陳千武精選詩集》（台北：桂冠，2001），頁31。

2.編者之書若爲文集或選集，而該條註解引述的則是文集或選集中之文，此時有兩種情況：一是編者與選文作者爲同一人，則可先列作（編）者姓名，次列選文，再加「收入（或「收錄於」）氏編」字樣，後列書名，其間除了書名與出版事項外，均以逗號區隔。例如：

孟樊，〈壯遊〉，收入氏編，《旅行文學讀本》（台北：

揚智，2004），頁290-91。

二是編者與選文作者非同一人，則將上面「收入氏編」改爲「收入（或「收錄於」）○○○（編者姓名）編」字樣，餘同上。例如：

余光中，〈風吹西班牙〉，收入孟樊編，《旅行文學讀本》（台北：揚智，2004），頁218。

・譯者

譯者姓名放在作者之後、書名之前。[7]此時作者姓名可以有二種表示法：

1.直接以原文表示（英文名在前、姓在後，其間不必加逗號，如Fredric Jameson）。例如：

Barry Smart著，李衣雲、林文凱、郭玉群譯，《後現代性》（台北：巨流，1997），頁44。

2.作者姓名（只須姓氏）譯爲中文，[8]後用括號附註原文姓名〔如詹明信（Fredric Jameson）〕。例如：

詹明信（Fredric Jameson）著，吳美眞譯，《後現代主義或晚期資本主義的文化邏輯》（台北：時報，1998），頁19。

採第一種方式，後面的引用書目以英文姓氏字母排序（放在中文著作後排起）；採第二種方式則以中文譯名姓氏筆畫排

[7] 芝大格式則一律移到書名之後，再加trans.。

[8] 中國大陸學界習慣將作者姓與名全部譯出。

序。至於應採何種方式，則以所引用書之書名頁上是否有作者之中譯名爲準。[9]

■書名

書名在作／編／譯者之後，須以雙尖號完整表示，如有副書名，則須以破折號標示列出，不可省略（若是英文書，書名以斜體表示，不必畫底線，以冒號接副書名）。

■版次

1.版次與刷次不同。[10]版次標示在書名之後。

2.若未標示版次，即爲第一版。與第一版不同的新版有稱爲：第二版、第三版……，或修訂再版、修訂新版、增訂再版……，依原書名頁所示標示。例如：

孟樊，《論文寫作方法與格式》，第二版（台北：威仕曼，2012），頁205。

■叢書名

單一本書若隸屬於一套叢書，則可在該書名後考慮再列出叢書名（若有冊別，則可一併列出）。例如：

簡政珍編，《文學理論》，當代台灣文學評論大系1（台北：正中，1993），頁31。

---

[9] 引用兩種以上的中譯本著作，有可能碰到原書的作者有中譯名以及無中譯名同時出現的情形，若以這裏所建議的使用準則來標示，則在後面的引用書目裏，中譯書將出現兩種不同的排放情形，並不妥當。若值此情況，不論原作者是否有中譯名，建議在註解處一律直接標示作者原文姓名，而後面的引用書目則將之排在中文書目之後。

[10] 版次指原印版有更動過（通常要重新製版）的計算次數；而刷次只是再次印刷的次數，原印版並未更動，亦即內容完全一樣，沒有更改。

■出版事項

1.出版事項以括號列出：出版地點、出版單位、出版年。出版地與出版單位以冒號區隔，出版單位與出版年以逗號區隔（參照上述例子）。

2.出版地若爲省級市（以上），則「市」字須省略（如台北、北京、台南、新竹）；若爲縣，則「縣」字不可省略（如嘉義縣、宜蘭縣）。[11]

3.出版單位若爲出版社、出版公司或書局（含大學出版社），可用全稱或簡稱（如「時報文化出版公司」或「時報」），只須全文（書）統一即可。若非上述單位，則以全名標示爲宜（如「基隆市立文化局」）。若有二個以上出版單位，以原書名頁排序爲準依序列出。

4.出版年均以西曆表示，並用阿拉伯數字書寫。

5.若出版事項之一缺乏，可標示如：「無出版地」、「無出版社」或「無出版日期」。若書已由出版單位排印中但尚未出版，可在出版事項之「出版年」位置改置「在排印中」（即in press）字樣。

■引用頁碼

頁碼均以阿拉伯數字表示，並在數字前加一「頁」字。跨頁表示法參照上一章「連續的數字」（表示）部分。

---

[11] 原台北縣目前已升格爲直轄市新北市，若著作之出版地仍屬未升格前之台北縣，仍以「台北縣」標示之，亦即以該著作版權頁所載之出版地爲準。

(二)後續再出現的書籍[12]

當一本著作以完整的形式已被引用過一次後，若再度被引用，即可以較爲簡短的形式來表示，此時不必將出版事項再一一重述。這可分爲下述兩種情形加以說明：

■緊接上一個註解的相同書籍

1.若引述頁碼完全相同，則以「同上註」或「同前註」（英文即ibid.）表示。

2.若引述頁碼不同，則除上述字眼，再加一逗號與引用的頁碼。

■非緊接上一個註解的相同書籍

1.方法一：當之前的註解只出現過同一作者的同一本書目時用——即只提作者（或譯者）姓名和引用頁碼。

2.方法二：當之前的註解已出現過同一作者二本（以上）不同的書目時用——即除了提作者（或譯者）姓名和頁碼外，其間還要加上此處所引用的書名。例如：

1.孟樊，《台灣後現代詩的理論與實際》（台北：揚智，2003），頁186。

2.同上註。

3.蕭蕭，《台灣新詩美學》（台北：爾雅，2004），頁

---

[12] 再引同一出處之文獻，新版芝大格式將其標記方式分爲：純作者註釋（author-only notes）、純題名註釋（title-only notes）以及作者暨題名註釋（author-title notes）三種。芝大格式採的是第一及第三種（兩者皆可用）；若採第三種，則題名縮寫（四個單字以內）即可。而若採第一種，另可用「同上註」方式標記（緊接上一個註解時，下詳）。本書採第一種標記方式。

311。

4.同上註，頁324-25。

5.孟樊，頁187。

6.孟樊，《當代台灣新詩理論》，第2版（台北：揚智，1998），頁225-30。

7.簡政珍，《台灣現代詩美學》（台北：揚智，2004），頁110。

8.孟樊，《當代台灣新詩理論》，頁108-09。

三、參考型註解之二——報刊（期刊雜誌、報紙）文註解

(一)首次出現的期刊論文與雜誌文章

■完整的形式

・順序

1.期刊論文依序爲：作者，譯者，論文名稱，期刊名稱，卷或期數（或兩者兼具），出版年月，引用頁碼，網址或資料庫名稱（若是線上或資料庫論文）。例如：

孟樊，〈洛夫超現實主義論〉，《台灣詩學學刊》，第11號（2008年6月），頁28。

湯姆・瑞根（Tom Regan）[13]著，王穎譯，〈倫理學與動物〉，《中外文學》，第32卷第2期（2003年7月），頁18。

[13] 所引此文，譯者將原作者姓名全部譯出，此處按譯文標示。若論文尚徵引其他譯文，而其譯文（書）原作者只譯出姓氏，則爲求全論文統一用法，此處原作者之中譯名（湯姆）可予省略。

2.雜誌文章依序爲：作者，譯者，文章名稱，雜誌名稱，出版日期（年月日），引用頁碼，網址或資料庫名稱（若是從這兩者取得的話）。例如：

唐捐，〈雙星浮沉錄〉，《文訊雜誌》，2022年4月1日，頁100-101。

・標點符號與數字

1.上述各項目之間除了期刊的出版日期要加上括號外，均以逗號區隔。結束處加句號。

2.餘比照上述參考型書籍註解用法。

■作者、譯者

作者與譯者置於文名之前，均比照上述書籍註解用法。

■文名與刊名

文名以單尖號表示（英文文名則打上“　”）；刊名（期刊與雜誌）以雙尖號表示（英文則以斜體表示）。

■卷或期數與出版日期

1.期刊（學報或學刊）的卷或期數以阿拉伯數字表示。先卷數後期數。雜誌不必列卷或期數。

2.出版日期：期刊（學報或學刊）應以阿拉伯數字表示出版之年與月份；雜誌依其性質（週刊、半月刊、月刊、雙月刊、季刊等），還須表示出版之年、月、日（週刊、旬刊、半月刊），並以西元紀年。

■引用頁碼

比照上述書籍註解用法。

(二)首次出現的報紙文章

■完整的形式

・順序

依序爲：作者（若有的話），文章名稱／標題，報紙名稱，出版日期。例如：

鄭美里，〈異性戀注視下的性異議分子〉，《中國時報》，1998年9月12日。

〈支持「垃圾袋」！反對「證所稅」？〉，社論，《聯合報》，2008年8月2日。

・標點符號與數字

用法比照期刊、雜誌，但出版日期不必用括號區隔。

■作者

用法比照期刊、雜誌。但若無作者署名，以文章擺最前頭位置（參照上例）。

■文名與報名

文名用單尖號、報名用雙尖號表示。文若爲社論，則在文名後加上「社論」二字（參照上例）。

■出版日期

年月日均須以阿拉伯數字標示，並用西元紀年。

■引用頁碼

引用頁碼即引用的版次（注意：各報之間以及前後期所用版次稱法不盡相同）。

(三)後續再出現之文

用法比照上述書籍註解方式。若無作者或作者匿名，則以文名代作者項。

四、參考型註解之三——特定文獻註解

(一)首次出現的特定文獻

■已出版之會議論文集

用法參照上述第217頁「編者」的第2點所述。

■未出版之會議論文集

以下述方式記載：作者，〈論文名稱〉（論文發表於○○○○○學術研討會，○○○○主辦，○年○月○日），頁碼。例如：

> 呂正惠，〈被歷史命運播弄的人們——論吳濁流《亞細亞的孤兒》〉（論文發表於台灣文學經典研討會，聯合報副刊主辦，1999年3月19日），頁5。

■博碩士論文（未出版）

以下述方式記載：作者，〈論文名稱〉（○○大學○○研究所／○○學系博士／碩士論文，○年○ 月），頁碼。例如：

> 吳美華，〈周芬伶私散文研究〉（國立台北教育大學語文與創作學系碩士論文，2008年7月），頁36。

■古文或書

徵引古文或書之註解有二種表示方式：

1.直接在正文中寫出所徵引之文或書的作者及其文或書名，此時不必再用腳註標示。例如：正文——

誠如《莊子．逍遙遊》中所言：「藐姑射之山，有神人居焉，肌膚若冰雪，淖約若處子。不食五穀，吸風飲露。乘雲氣，御飛龍，而遊乎四海之外。」……〔底下，略〕

2.徵引之文或書若由現在出版社出版，可附腳註，方式參照第215頁「完整的形式」中的「順序」所示。例如：

陸容，《菽園雜記》，影印文淵閣《四庫全書》本，卷3（台北：台灣商務，1986），頁14上。

李贄（卓吾）評纂，《史綱評要》（台北：里仁，1983），頁485。

徐弘祖，《徐霞客遊記》（北京：團結，1996），頁240。

■轉引的二手文獻

所徵引之文獻資料，若非由第一手直接引用，而是轉引自他書或文等，即是此處所謂的「轉引的二手文獻」。除非原資料確已亡失或無法找出，否則應盡量避免援用二手資料。其註解記載之方式：先寫出第一手原書或文之文獻，再記載此處所徵引的二手文獻，並在其前加上「轉引自」（英文用quoted in表示）三字。若原出處之第一手文獻無法查詢，則可省略記載，但此爲例外情形，宜盡量避免。例如：

Terry Eagleton, *Literary Theory* (Oxford: Blackwell, 1996), 190. 轉引自李有成，《在理論的年代》（台北：允晨，2006），頁9。

轉引自鄭克魯，《法國詩歌史》（上海：上海外語教育，1996），頁307。

■訪談

1.若訪談（稿）已經出版或發表，記載方式參照上述第215頁或第222頁「完整的形式」中的「順序」所示，但將作者改爲受訪者，受訪者之後可加上（或不加）訪問者（或名爲記錄或記錄整理者）姓名。例如：

林文寶，〈答編者問——關於台東師院兒童文學研究所〉，《文訊》，第140期（1997年6月），頁81。

2.但若訪談稿爲記錄者（或爲訪談者或非訪談者）整理成專文發表，則參照上述第222頁「完整的形式」中的「順序」標示。例如：

楊光記錄整理，〈我希望能將自己徹底顛覆一次——李瑞騰專訪陳幸蕙〉，《文訊》，第140期（1997年6月），頁85。

孫梓評，〈麗似夏花——專訪夏祖麗女士〉，《文訊》，第185期（2001年3月），頁83。

3.若爲論文（書）撰寫者本人進行的未出版的訪談，應載明：受訪者、訪談者（可寫出訪談者即論文作者姓名）、[14]訪談方式（如當面訪談、電話訪談、電子郵件訪談）、訪談地點，以及訪談日期（無頁碼標示）。[15]例如：

謝武彰，由作者訪談，當面訪談，高雄，2007年9月23日。

廖玉蕙，林明泉訪談，當面訪談，台北，2007年8月17日。

■網路資料

網路資料愈來愈多人使用，但因網路資料變異性較大，可信賴感也較低，原則上宜盡量少用；然而處於網際網路時代的現在，網路資料搜尋有其便利性，亦無法阻絕學術研究對於網際網路的使用。

引用網路資料的記載方式[16]，基本上比照上述書籍與期刊文之註解方式，在最末加上資料取得的瀏覽日期（英文以accessed表示）以及網址，網址與瀏覽日期並以逗號區隔。對於同一份資料之瀏覽有可能不只一次，應以最近一次瀏覽的日期登錄。網址之記載若須換行，應斷在斜線之後，不可在換行處加連字號。如果網路資料已有或同時有紙本文獻的出版，在網址之前就先要將該紙本的出版訊息標示。若文獻資料出自網站，則網

---

[14] 電子郵件訪談，以受訪者回覆的日期爲訪談日期。

[15] 若該訪談內容對你的論述十分重要或須經常被引用，則可列入引用書目中，否則不必列入書目內。若受訪者姓名不能揭示，則可於適當之註解中予以說明。

[16] 涂瑞畢恩第八、九版的《芝加哥大學論文寫作手冊》已建議，論文中所引用之網路內容，只須於註釋（腳註）中標記，除非所引該條項目極爲重要或屢被引用，否則毋須放入書目裏。

站的名稱（打上雙尖號）應接在文獻之後，而網站若有主編或編輯維護，則其姓名亦須標示在網站名稱之後，接著是贊助的組織或機構的名稱，並標示最近更新或張貼的日期（網站若有標示的話）；最後才是瀏覽日期及網址的登錄。至於個人部落格上的文章或資料，則可比照標記。例如：

林志明，〈影像與傳播——閱讀麥克魯漢〉，《師大學報》，第47卷第1期（2002年4月），頁42，瀏覽日期2008年8月2日，網址 http://140.122.100.145/ntnuj/j47/hs471-3.pdf。

朱崇科，〈在場的缺席——從本土研究看馬華文學批評提升的可能維度〉，《世界華文文學研究網站》，周煌華主編，佛光大學世界華文研究中心，瀏覽日期2008年7月31日，網址http://www.fgu.edu.tw/~wclrc/default.htm。

〈余光中〉，《維基百科》，2008年7月4日，瀏覽日期2008年8月1日，網址http://zh.wikipedia.org/w/ ndex.php?title=%E4%BD%99%E5%85%89%E4%B8%AD&variant=zh-cn。

孟樊，〈在眼瞳裡居住〉，《孟樊の爬格子》，瀏覽日期2008年8月12日，網址http://www.wretch.cc/mypage/mengfantw。

■百科全書或辭典

若為眾所熟知的百科全書或辭典，如《大英百科全書》或《康熙字典》，依芝加哥大學寫作格式，通常是不列入引用文獻中的；但若要標示在腳註中，其出版事項（出版地、出版社與出版日期）一般都被省略。雖然如此，由於百科全書常常被修訂，所以在記載時依例都要標明版次（如第10版或1963年版），同時也要將被引用的條目寫出（芝大格式還要在條目前加上s.v.二字）。標記的順序是：百科全書／辭典，版次，條目名稱，作者（原書若有署名的話，並加上「執筆」二字）。若非爲一般所熟知的百科全書或辭典，則應標記其出版事項，並且要臚列於書末或文末的引用書目（文獻）裏。這類工具書（百科全書或辭典）若爲網路版，則還需列出檢索日期與網址。例如：

《大英百科全書》，第11版，〈布雷克〉，柯新思—卡爾（J. W. Cosyns-Carr）執筆。

《美學辭典》（台北：木鐸，1987），〈美是形式說〉，張丹寧執筆。

《牛津英語辭典》，〈ROFL〉，瀏覽日期2017年4月1日，網址http://www.oed.com/view/Entry/156942#eid1211161030.

林驤華主編，《西方文學批評術語辭典》（上海：上海社會科學院，1989），頁207。

■樂譜及影音出版品

・樂譜

已經出版的樂譜參照上述第215頁「完整的形式」中的「順序」方式標記。著作名稱後可特別標明爲「樂譜」作品。[17]若有編訂者，則可將其姓名加在作者之後。

・影音出版品

被引用之影音出版品，如電影、音樂或歌曲（CD）專輯，

---

[17] 若爲外國樂曲，則其樂譜多爲外國出版公司出版（通常也未標明出版日期），其註解及書目之出版訊息，直接以外文標記（同芝大的英文註解／書目格式）。

亦視同上述已出版之書目，其註解格式可參照第215頁「完整的形式」中的「順序」予以標示。但在作品之後須註記其類別（如CD、VCD、DVD、藍光等）。若徵引之出版品爲影片，可加註其引用播出之段落時間（以阿拉伯數字節縮形式標記）。若引用之影音出版品取自網站或資料庫，則須於以上出版訊息（含播出段落時間）之後加註網址或資料庫名稱。例如：

楊三郎，《台北上午零時》CD，呂淑玲指揮，台北縣立文化中心交響樂團（台北：上揚，1992）。

劉若英，《收穫》CD（台北：滾石，2001）。

莫札特（Wolfgang Amadeus Mozart）、布拉姆斯（Johannes Brahms），《莫札特：第三十六號交響曲‧布拉姆斯：第二號交響曲》DVD，克萊巴（Carlos Kleiber）指揮，維也納愛樂管絃樂團（台北：國際唱片，無出版日期）。

《大紅燈籠高高掛》DVD，張藝謀導，（年代影視，無出版日期），15：02。

《大紅燈籠高高掛》，張藝謀導，1:14:10-1:14:27，https://www.youtube.com/watch?v=gWtAK_YCrTw。

(二)後續再出現的特定文獻

用法比照上述參考型書籍與報刊文獻註解方式。

五、內容型註解

內容型註解又稱爲實質性註解（substantive notes），主要是對正文內容的補充說明或擴大解釋。與上述參考型註解旨在表明所引觀點或文獻的出處不同的是，它涉及論文撰述者個人的意見，儘管這些意見有時只是針對正文的論點提出更多可參閱的其他資料來源，即便如此，這些意見並不適合在正文中出現，如果它在正文中出現，將干擾正文的意見表述或行文脈絡。

內容型註解可以運用於腳註型註解與夾註型註解，換言之，它是一種功能性的註解方式。在腳註型註解中，除了純粹的參考型註解外，內容型註解出現的情形可以分爲底下兩類（底下所引例子均出自拙文〈洛夫超現實主義論〉）：

(一)純粹內容型註解

註解中只爲相關內容的說明，沒有再附註任何文獻來源。例如：

> 93 做爲詩論家的張漢良（亦曾爲創世紀同仁）前文，主要是從比較文學的角度，把超現實主義做爲一個思潮被引入台灣詩壇的現象予以檢視，目的不在建立或介紹一個文學理論；況且該文發表在一九八一年，距洛夫論文發表的時間已有十二年之久，更晚於其譯文〈超現實主義之淵源〉發表的時間十七年。〔93爲原文之腳註序號〕

(二)整合型註解

此即內容型兼參考型註解，換言之，即以內容說明或解釋爲主的註解中，另有其引述出處或來源，此時亦要爲此附記其出處或來源：一是若註解中包含有原文的引用，則將該（參考

型）註解置於引文之後；二是除了正文中有援引之意見外，註解中有再出現同樣的出處之其他意見，則先置該參考型註解，再置其他意見，最後仍要標記該出處文獻（題名及頁碼）。例如：

13　洛夫在《無岸之河》詩集的〈自序〉中曾如此辯白道：「某些人未加深思，僅憑印象，硬派我一個『超現實主義者』的頭銜（有人甚至把創世紀詩社的詩人均列爲超現實主義者）。……凡稱我爲超現實主義者，足證他們既不明瞭超現實主義，更不瞭解我。」參見氏著，《無岸之河》（台北：水牛，1986），頁4-5。

65　鈴木大拙著，劉大悲譯，《禪與生活》（台北：志文，1976），頁146。什麼是「參話頭」？禪門中往往利用這種公案來讓其弟子學習，例如一個和尚問洞山良价說：「誰是佛？」洞山回答：「痲三斤。」——這就是「參話頭」的公案。見《禪與生活》，頁144。

六、在正文中出現的括號註

本章開頭曾強調，不同類型的註解型式不能混用，一般而言，採用腳註就不能同時再混用括號註（夾註）。不過，新版的芝加哥大學寫作格式有新的「例外規定」，此即：若你在論文中必須長篇幅討論某一特定文獻——通常是文科領域內擬探討的主要作品——並且需要經常引用該文獻（包括長短引文），爲了便於閱讀起見，可以例外於正文中的引用處直接在後面使用括號註。

那麼，在正文中出現的這種括號註如何使用？首先，必須於其首次引用時先將完整書目資料置於腳註內，而在腳註內也可附帶說明其後再次徵引同一書目之文時，則以正文內的括號註標記。接著，在正文中之後再徵引同一書目之文時，就採用（圓）括號的註解——即括號註。在短引文中，括號註置於標點符號之前（但在下引號之外）；而在長引文裏，則置於結束的標點符號之外。至於括號內要放置那些資料項目，可以有下述三種情況：[18]

(一)純頁碼（page numbers only）

若在你的正文中能讓讀者輕易辨識所引用的特定文獻——譬如你已在正文中提及該作者及題名，或者該文獻是你正在討論的主要的對象，那麼你就可採取這一種純頁碼型式，在括號內只標記文獻資料的頁碼即可，這也是最為簡便的一種標記方式。例如：

17　鄭愁予，《鄭愁予詩集Ⅰ：1951-1968》(臺北：洪範，1979)，頁96。底下徵引本書之詩例於正文內標記之括號註，本書均以簡稱《鄭愁予詩集》代之。

〔正文〕

海島做為鄭愁予思念的象徵，莫過於底下收在《鄭愁予詩集Ⅰ：1951-1968》裡的這首〈小小的島〉了：

我思念，晴朗的日子

[18] Kate L. Turbian著，邱炯友、林雯瑤原譯，梁民康、郭依婷新版增譯，《Chicago 論文寫作格式》（台北：書林，2021），頁167。

小窗透描這畫的美予我
以雲的姿，以高建築的陰影
以整個陽光的主體和亮度
除圓與直角，及無數
耀耀的小眼睛，這港的春呀
繫在旅人淡色的領結上
與牽動這畫的水手底紅衫子
而我遊戲，乘大浪擠小浪到岸上
大浪咆哮，小浪無言
小浪卻悄悄誘走了沙粒……（72-73）

(二)作者與頁碼（author and page number）

若你在正文裏所討論的對象（作品）不只一位作者，而是還有其他不同作者，但該作者只有一本書或文被提及，或者讀者不易於你文中分辨出是出自哪位作者之作時，那麼你就得採取這種作者與頁碼型式。例如：

〔正文〕
另一首〈姊妹港〉海洋情詩如此寫道：「小小的姊妹港，寄泊的人都沉醉／那時，你與一個小小的潮／是少女熱淚的盈滿／偎著所有的舵，攀著所有泊者的夢緣／那時，或將我感動，便禁不住把長錨徐徐下碇」（鄭愁予，141），詩中姊妹港中的小浪潮被喻爲少女的盈滿的熱淚，將「我」感動，令「我」這位浪子（水手、船長，旅人）「禁不住把長錨徐徐下碇」。

(三)題名與頁碼（title and page number）

若你在正文內先後徵引同一位作者的不同著作（即討論對象有兩種以上），爲了讓讀者辨識該引文出自哪一項資料，便須採取此一題名與頁碼型式。關於題名則可使用簡稱代替全名。例如：

〔正文〕

例如〈在渡中〉的前五行：「 起音演奏／浪花竟輕輕推拒／因之我們拋卻所有的欲念／如海天只餘下藍／只餘下藍的大舞台佔滿空洞的演奏場」，以及末九行：「渡船仍是一團樂隊／爲演奏卻不爲／行進／旅人終要／試著自己登岸／而所謂岸是另一條船舷／天海終是無渡／這些情節／序曲早就演奏過」（《寂寞的人坐著看花》，16-17）

除了上述三種情況，若碰上所探討對象有兩位以上作者的多本著作時，則須採用這第四種標記型式——作者、題名與頁碼（author, title and page number），以進一步讓讀者辨識徵引文獻是出自哪位作者的哪一資料。

第二節 引用書目格式

按芝加哥大學論文寫作格式的說法，這裏所謂的「引用文獻」（literature cited）或「引用書目」（works cited）被它稱作「參考書目」（bibliography）；而所謂的「參考書目」是指被參閱過的任何文獻，其中包括實際引用過與未被眞正引用的文獻。依照芝大格式的要求，其所謂「參考書目」事實上包含正

文內所引用過的文獻以及未被引用者。[19]然而，本書這裏所說的配合腳註型註解的「引用書目」，指的即是於正文內被眞正引用過的文獻，包括書籍、報章雜誌文章（論文）、訪談、網路資料、影音出版品……。若是比照芝大格式（如同一些傳統文科的作法），將未引用或出現於註釋中的文獻納入書目中，則須改稱爲「參考書目」而非「引用書目」了。

一、分類與排序

(一)分類

書目的編排必須另起一頁。然而標記引用書目，首先要考慮的是其呈現要不要分類，以及要用什麼標準來加以編排。一般而言，小論文（一至二萬字）由於所引書目有限，可以不用考慮分類問題，即其文後引用書目可不用分類。然而，專書與博碩士論文由於篇幅長，所引用之書目不在少數，而且具備多種不同文獻來源，其後之書目即有分類之必要。

以博碩士論文的引用書目言，通常按文獻的性質加以分類，如：專書、期刊論文、博碩士論文、報紙雜誌文章、網路資料等，把同性質的書目放在同一類之下。基本上，不要按主

[19] 依《芝加哥大學論文寫作指南》（最新版）之說，書目中之所以包含只參考而未引用者，係因讀者運用詮釋與參考書目目的之不同；前者使讀者在不打斷閱讀的情況下可以快速地檢視特定的參考文獻；後者則讓讀者知道你的研究範圍以及與過去的研究的關係，並有助於他使用你的資料來源進一步發展自己的研究。參閱Kate L. Turabian著，邱炯友、林雯瑤原譯，梁民康、郭依婷新版增譯，《Chicago論文寫作格式》，第9版（台北：書林，2021），頁154。

題或概念來分類，如愛、恨、戰爭、和平、兩性關係……。[20]研究主題若是針對單一作家及其作品，則可將其著作歸爲一類單獨列出，而且放在最前面的位置；芝大格式稱此類書目爲「單一作者書目」（single-author bibliography）。

(二)排序

所有引用的書目或各類書目如何排序？一般乃以作者的姓名（含法人機關團體）筆畫排序，先姓後名（即姓氏筆畫相同，再以名字的第一個字的筆畫來算，以此類推），且姓氏相同者應排在一起。若無作者或作者匿名，則以書名或文名或其他文獻名稱的筆畫排序（英文則以先姓後名的字母順序排序）。而「單一作者書目」則以文獻的出版時間排序（先近後遠），若是同年份出版另依題名筆畫排序。若同時有引用外文書或文等資料，則先排中文再排其他外文（日韓文可排在中文之後）。至於中譯本的排序，則比照第218至219頁「譯者」的用法，若採作者原名（外文），即要與其他譯本排在一起，並且接在中文著作之後以原作作者姓名字母順序排列。此外，所有的書目都不必編序號。

二、書目基本格式

(一)條目本身資料順序

每一個書目（即條目）所包含的資料其出現的順序比照第215頁及第222頁「完整的形式」中「順序」所示；但書籍少掉

---

[20] Kate L. Turabian, *A Manual for Writers of Term Papers, Theses, and Dissertations* (Chicago: The University of Chicago Press, 1996), 166.

頁碼。

(二)條目間的接續

條目和條目之間不必再空一行（芝大論文格式則要求空一行）；並且每一個條目的第一行從最左邊開始寫起，如超過一行（以上），則從第二行起內縮二格接續寫起（芝大及MLA英文格式則內縮五個空白鍵），這被稱爲「懸吊式內縮」（hanging indention）。

(三)作者、編者、譯者

1.作／編／譯者的標示比照上述註解的用法。須注意的是，編者和譯者加上的「編」、「譯」字本身不必用括號標示。中譯書的原作者若不用中譯名而直接以外（英）文標示，則比照芝大寫作格式，應先寫外文姓氏（family name），再加逗號，後寫英文名字（如Jameson, Fredric）；若有兩位以上作者，則第二位（及其後）作者仍按註解格式要求，先名後姓（如Best, Steven, and Douglas Kellner）。而該等書目的排序，應列在中文書目之後，並以字母（先姓後名）順序接排。

2.同一位（或多位）作者（或編者）若徵引有兩種以上之著作時，緊接著的第二種（以下）著作（即下一個條目），其作者（或編者）項即可以用一直線（占二格）代表[21]，不必再重寫同一作者名字，此時相同作者著作之排序，則以書（文）名筆畫先後編排，先簡後繁。[22]但須

---

[21] 無論作（編）者姓名有幾個字，一律固定占二字格。

[22] 原先MLA格式係以出版日期先近後遠排序，現在改版後的MLA格式以及芝大格式均以文獻（書／文）題名的英文字母先後排序。

注意的是，不管作（編）者是一位或多位，必須完全相同才可以如此表示，如只有部分作者重複，也不可以畫線代替。例如：

孟樊。〈十四歲女兒的笑聲〉。《創世紀》，第163期（2010年6月），頁79。

——。《旅遊寫眞——孟樊旅遊詩集》。台北：唐山，2007。

——。《文學史如何可能——台灣新文學史論》。台北：揚智，2006。

——編。《旅行文學讀本》。台北：揚智，2004。

——。《台灣後現代詩的理論與實際》。台北：揚智，2003。

孟樊、林燿德編。《世紀末偏航——八〇年代台灣文論》。台北：時報，1990。

(四)標點符號

標點符號的使用與註解的格式有所不同。上述參考型註解旨在標明出處或來源，所以所引用的文獻資料，除了基本訊息之外，更要附註頁碼，相對而言，其出版事項的資訊比較不重要，所以用括號標記之；同時項和項之間除了出版事項外，基本上係以逗號區隔。而此處的書目格式：首先，出版事項本身不用再以括號與其他項目區隔（但期刊／雜誌出版日期仍須括號）；其次，除了出版地與出版單位仍以冒號區隔，以及出版單位與出版日期或頁碼（版次）之間須以逗號區隔，其餘項與項之間則均以句號區隔。至於未出版之會議論文，其與會議相關的訊息（會議名稱、主辦者、日期）亦毋須以括號與前後項

訊息區隔。例如：

吳岳添。〈關於「無邊的現實主義」問題〉。柳鳴九編。《二十世紀現實主義》。北京：中國社會科學，1992。

洛夫。《石室之死亡》。台北：創世紀詩社，1965。

呂正惠。〈被歷史命運播弄的人們——論吳濁流《亞細亞的孤兒》〉。論文發表於台灣文學經典研討會，聯合報副刊主辦，1993年3月19日。

(五)出版地、出版單位，以及出版卷／期數、出版日期

書籍的出版地、出版單位、出版年，以及期刊／雜誌文的出版卷／期數、出版日期，均比照上一節註解的格式（須注意標點符號的異同）。

(六)頁碼

一般引用書目（含書藉與雜誌文章）不必標示頁碼。但若是期刊和論文集內的論文，則須標示出該文的起訖頁碼。而報紙之文原則上只須在腳註中引註即可；若有必要登錄在引用（或參考）書目中，則援用雜誌文章作法登錄版次。例如：

陳俊榮。〈新歷史主義的台灣文學史觀〉。《中外文學》，第32卷第8期（2004年1月），頁35-53。

陳俊榮。〈新詩是什麼？——新詩如何作爲一個文類〉。收入楊宗翰主編。《交會的風雷——兩岸四地當代詩學論集》。台北：允晨，2018，頁65-104。

程乃珊。〈阿拉上海人〉。《聯合文學》，2001年10月1日。

除以上所述基本格式之外，所有未詳載之其他相關文獻資料，均可按上述原則並比照第一節註解格式的方式（特別是資料在條目中出現的次序）予以標記。

第九章 夾註與引用書目格式

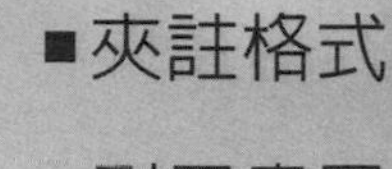

■夾註格式

■引用書目格式

夾註（又稱爲括號註）是自一九九〇年代以來始普遍被採用的一種註解方式，主要是它更具便利性與簡捷性，直接在正文中出現，只要用括號顯示即可，對於正文的閱讀並不太妨礙。在夾註中出現的資料以簡明扼要爲主，因此它必須搭配文末或書末的引用書目或文獻；換言之，在正文中想要確認作者所引述的原來資料的出處，必須從括號註所給的簡單訊息，再從後面所附的引用書目中按圖索驥找出來源。目前夾註的註解方式已爲各個人文社會學科所使用，MLA與APA便使用這種格式，舊版的《芝加哥大學論文寫作指南》原先也只使用傳統的腳註，後來從善如流增加了這種夾註的註解方式。

第一節　夾註格式

如上所述，夾註方式目前已愈來愈多人使用，主要是由於其便利性使然。夾註格式秉持的是「能省則省」的簡明原則，直接在正文中使用，撰述者的寫作思緒比較不會因此而受到阻礙。正因爲要「能省則省」，所以夾註首先便有一些省略標記項目的辦法。

一、夾註的省略

夾註的要求，如上所述，係以簡明扼要爲原則，亦即以精簡又不失明確的方式來標記註解，所以若無必要，則不必非要加註不可。如果正文所引述的是整部著作而非其特定部分的話，或者是只有一頁的作品，則只在正文中提及該著作即可，

不必再用夾註標記；MLA格式甚至主張，若其引用書目中該引用文之作者只有一本（或篇），則在正文中允許只提該作者姓名，連著作名稱都可不必提到。例如：

〔正文〕

張漢良在〈中國現代詩的「超現實主義風潮」——一個影響研究的倣作〉中認爲，洛夫認可的是超現實主義精神，而非布魯東的超現實主義運動及其自動語言……

〔引用書目〕

張漢良。〈中國現代詩的「超現實主義風潮」——一個影響研究的倣作〉。林燿德主編。《文學現象》，當代台灣文學評論大系2。正中，1993。頁277-96。

二、夾註的基本元素

(一)位置

夾註係以括號置於正文所表示的一種註解方式，它須緊隨置放在所引述觀點／意見或文字的後面——也就是最靠近引述資料處，而且是在除了引號外的標點符號之前。但是若爲長引文的註解，則置放於引文結束處的標點符號（通常爲句號）後。

(二)元素

夾註內主要的基本元素有二：作者（或編者／譯者）與頁碼（或章／節／回／幕／場）；作者先而頁碼後，且當中不用任何標點符號，並以一個空白鍵區隔，即如下表示：

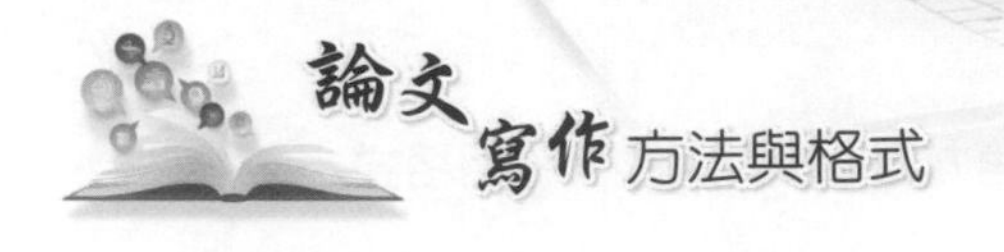

（作者 頁碼）

試看底下的例子：

> 鄧氏〔此處指的是鄧納（Hippolyte Taine）〕認爲每一位作家都有他隸屬的種族的印記，並且在其作品中「承受著因時間和環境而產生的調節適應」；經他研究結果發現，決定文學創作或者文學家的「主要才能」的，有三個主要的限制因子：民族、環境和時代。就後二者而言，「作家成長的地方、生活的社會、所受的教育等是環境的限制，形成他特殊的氣質和思想；而每一個時代都有每個時代特殊的觀念，這觀念會影響到作家思想和情緒的養成。」（何金蘭 27-28）

三、作者項

(一)作者項的省略

若在正文中出現作者的姓名，則其後的夾註便可省略作者項，蓋讀者已經在正文中讀到所引著作的相關訊息（即哪位作者），只要配合文末或書末的引用書目，就可知道其出處或來源。在此情況之下，夾註只要標記所引用文獻或資料的特定部分——主要是頁碼（或章／節／回／幕／場等）——即可。例如：

> 顏元叔則認爲，意象和象徵等同，是一種客觀投射的作用（190），……

以上限於所引作者之著作只有一本／篇或一項時；若是碰到同一作者而所引超過兩種著作時，則可在正文中同時提及該作者與著作的名稱，夾註中的作者項一樣可以省略。

底下(二)至(六)各項所示，係指作者未在正文中被提及的情形。

(二)一位作者，一部著作

只引述一位作者的一部著作，標記之方式，如上述第245-246頁「(二)元素」所示。

(三)多位作者，一部著作

1.二至三位作者：按原作書名頁或發表的排序，依次列出作者姓名，作者之間以頓號（全形）區隔，如：（孫秀蕙、馮建三 77）。

2.三位以上作者：只標示第一位作者姓名，後再加一「等」字，如：（石計生等 35-38）。

(四)編者（一位或多位），一部著作

作者項如爲編者，亦即所引述之資料爲某人主編或編著之書，夾註之作者項即爲編者或編著者姓名，而該姓名之後不必再加上「編」或「編著」字樣，如：（孟樊 119）〔引用書目爲：孟樊編。《小說與戲劇的逆光飛行——新世代現代文學作品七論》。揚智，2008。〕。多位編者，方式同前述(三)。

(五)一位作者，多部著作

引述一位作者，但有多部著作在正文內被引用，按MLA格式的要求，此時在夾註內須於作者項和頁碼項之間再增加標題或書／文名項（中文書文須於題名外加上雙尖或單尖號），當中的書或文名若太長，可用簡稱。MLA格式這樣的標示法有違其精簡原則，而以中文書（或文）名要改為簡稱，也難有統一的規範，譬如孟樊的《台灣後現代詩的理論與實際》的簡稱，究竟要稱為《台灣後現代詩》或《後現代詩的理論與實際》，乃至只稱為《後現代詩》？即便以最後者簡稱，它也要占掉六個字格（含雙尖號），一點都不簡便〔例如：（《後現代詩》86）〕。在此情況下，可仿用APA或芝大格式，即在作者項後（多一個空白鍵）再加上所引該著作的出版年，然後再在出版年與頁碼之間用冒號（半形）區隔，如（孟樊 2006:34）；[1]若同一年所引著作有兩本以上，則可在出版年後再加一個小寫英文字母a或b或c……，以此類推，如：（孟樊 2007a:81-83）。[2]其標準格式如下所示：

（作者 出版年：頁碼）或（出版年：頁碼）

當然上述這種同一作者不同著作的夾註方式也可完全按照MLA格式的要求，即不以著作之出版年標記，而以該著作名稱（不須用簡稱）直接註記，例如：（孟樊，《台灣後現代詩的理論與實際》 86）或（《台灣後現代詩的理論與實際》 86）（若正文中已提及作者孟樊）。

---

[1] 雖然APA與芝大格式都採用出版年以為區隔，但均以逗號和頁碼分開，而且APA格式還要在頁碼前加上「頁」字（英文則為p.），且與作者間再加逗號分開，如（孟樊, 2006, 頁34）；至於芝大格式，出版年與作者只用一個空白鍵分開，頁碼之前則不必加「頁」字，如（孟樊 2006, 34）。

[2] 以上的標示法，主要是參酌《中外文學》的論文體例。《中外文學》規定在這種相同作者而又有多部著作被引用的情形下，夾註的標記可以有兩種選擇，亦即可加附書／篇名或出版年代。經查其所刊載論文，多以後者（加附出版年）為標記方式。

(六)法人作者

作者若為法人（含機關團體、公司行號等），則以法人名稱為作者項。法人名稱若太長，可用簡稱，簡稱應以習慣用法稱呼，如國家文化藝術基金會可簡稱為國藝會。

(七)作者匿名

作者匿名或無可考，書／文末的引用書目以著作名稱排該引用條目的最前面，此時MLA夾註內的作者項乃以著作名稱代作者，即：（著作 頁碼），著作名稱可用簡稱替代，並以單尖號（文）或雙尖號（書）標示。但誠如上述，以著作名稱（不管是否使用簡稱）標示稍嫌累贅，此處仍建議使用該著作物的出版年以為標示，除非該著作物無出版日期可考。

事實上，除了上述第(五)項之情形外，均可以利用第(一)項（即省略作者項）的夾註方式來表示，此時也就不必太在乎括號內的作者項該如何表示的問題了。

四、頁碼項

(一)單一著作的頁碼

1.頁碼均以阿拉伯數字表示，除非所引原書（如序文或前言）之頁碼為非阿拉伯數字之外的其他數字（如羅馬數字）；並且之前不必如腳註的格式再加一「頁」字。

2.若為跨頁碼，則比照上兩章數字表示部分的用法，但用半形連字號。

3.若同時引用有兩處以上不同的部分（夾註在最後處出現

即可），不同的頁碼之間以逗號（半形）區隔，如：（周慶華 108, 112）。

(二)多冊本著作的頁碼

若所引之著作為多冊本書籍，如有上、下冊或上、中、下冊，乃至分為一、二、三、四……冊，則可在頁碼項前加上該冊書的冊別（上、中、下或一、二、三、四……），並用冒號區隔，例如：（王家新 中:649）〔引用書目為：王家新編。《歐美現代詩歌流派詩選》中冊。河北教育，2003。〕，或（金庸 三:1062）〔引用書目為：金庸。《神鵰俠侶》（三）。遠景，1980。〕。若此時引用的是整本書，則省去頁碼的表示方式為：（作者，冊別），例如：（王家新，中冊），在作者項與冊別項之間再加上逗號（全形）。但若冊別特別標示在正文中，夾註內自可省略。

(三)文學著作的頁碼

MLA格式主張引用的文學作品若為詩／歌，則可省略頁碼的標示，但是本書主張，除非原文或書無頁碼，否則仍須標記頁碼，至於詩歌行數可不必標記。若為其他文藝作品，一般則只標示其所引頁碼即可。但若是經典作品，譬如小說和戲劇，則可在頁碼後以分號（再加一空白鍵）區隔標示章、回、幕、場次等，例如經典小說《紅樓夢》可為如下標示：（17；第2回）〔引用書目為：曹雪芹。《紅樓夢》。三民，2008。〕；或是著名武俠小說如金庸的《神鵰俠侶》（三）如此標示：（1062；第26回）〔引用書目為：金庸。《神鵰俠侶》。遠景，1980。〕；再如《聖經》，可於正文中提及，然後用類似這樣的夾註表示：（〈創世記〉第18章第11節）（《聖經》亦

爲著名宗教經典，若不提及版本，引用書目可不必登錄）。

(四)非文字資料的頁碼

非文字資料如電影、電視節目、表演與電子資料（網頁），一般都沒有頁碼，乃至欠缺其他可引註的編號，因此不須註明頁碼。ML格式規定此類資料通常以整部作品爲單位來引註；若已在正文中提及該作品（如電影名）及其作者（如導演），則連夾註都可省略。

五、特殊情況的引註

(一)多種著作的同時引註

同一個夾註卻同時出現兩種以上的被引述的著作，此即這裏所說的「多種著作的同時引註」。註記的方式參照上述二至四項的用法，只是要在各著作之間以分號（半形）區隔，例如：（孟樊 108; 簡政珍 63-64）或（孟樊 2003: 155, 2007a: 146-47; 簡政珍 63-64），餘以此類推。[3]其中若有兩位以上的作者，則作者項以姓名筆畫排序，先少後多，著作項則以出版年先遠後近排序。

(二)譯作的引註

所引著作若爲中譯之書或文，可比照第218頁「譯者」的方式標記（含引用書目格式），方法有二：

---

[3] 若有多位作者的著作同時被引用，同一作者的不同著作之間，此時可用逗號（半形）區隔。

1.原作者直接以外文表示。此時夾註內只標示作者姓氏，如作者為Fredric Jameson，則只寫上Jameson，再標頁碼：（Jameson 19）。

2.原作者譯成中文（只譯原文姓氏）表示。此時夾註內標示作者中文譯名與頁碼，如作者為詹明信（Fredric Jameson）：（詹明信 19）。

同上一章所說的方式，採用方法一或二，則端賴所引用之譯作是否有用作者之中文譯名。[4]

(三)間接資料的引註

引述的文獻，宜盡量使用第一手資料，避免利用二手資料。若不得不用——也就是此處所說的間接資料的引用，則應在夾註內作者項前註明「引自」二字（英文為qtd. in，即quoted in之意），如：（引自孟樊 4）。然而，若你的行文已清楚表示係出自間接引述的二手文獻，則夾註亦可省略。不論如何，後面的引用書目仍須列出二手文獻來源訊息。

(四)相同著作再次出現的引註

基本上，按MLA格式的要求，由於夾註型態的標示已極為簡明，相同著作再次引用時，毋須像腳註那樣有更為簡略的表示，只要在再次引用處標示頁碼即可。例如：

> 傅柯認為作者所言，並非其個人原創，也非其個人所有，而是將已經祕密地存在整個「已被說過」（already-said）的論述結構裏的主題，再說一次罷了（Foucault 1982:25）。

---

[4] 文／書末之引用書目標記方式亦請參酌上一章的說法。

而所謂的「已被說過」並非只指那些已有文字記載的語言，還包括尚未被眞正說過的片語或聲明，那些尚無眞正被寫出，看似無聲無形的論述。即使無聲無息，這些沉默的聲音其實已隱含於其他論述之內，早已存在，也就是不聲不響地被說過。而那些被貼上原創的論述，實際上就是這些微弱的聲音的唐突出現，自其尚未被說的空洞之中喚醒，瓦解出來（25）。所以，論述的源頭難以尋得，所有的論述都是互相涵攝互文，彼此重複重疊；每個論述都是龐雜論述網絡中的一個節（node）（23），與其他論述密不可分，且互相指涉、相互連結。沒有一個論述能獨立於其他論述之外。[5]

然而像上例的情況，MLA寫作格式則有更爲實際的做法，只要同一段多次引用的資料出自同一著作的同一頁，並且這當中不再有引自他處的文獻，則可以在最後一處引文之後才使用夾註。[6]

除此之外，另有一種簡便的標示法，即援用腳註型格式的方式，用括號寫上「同上註」（英文爲ibid.）三字，以表示相同著作的再次引用（須頁碼完全相同）。例如：

對於列維納斯的猶豫遲疑，史蒂芬・大衛・羅斯（Stephen David Ross）批評說，哲學的理性思維不應該爲了「重新啓動人文主義牲祭式的決策」，無視其他萬事萬物的福祉，

---

[5] 張惠慈，〈狄福《大疫年紀事》中神／人與宗教／理性間的對話〉，《中外文學》，第34卷第7期（2005年12月），頁116。

[6] 第9版的MLA格式甚至主張，再次引用同一文獻來源，如果你的行文清楚，讓人知道後續的說法（文字）仍出自同樣的文獻，則可以省略註解（但內文直接摘引的文字仍得加上引號）。

卻以人類私利爲所有關懷的依歸，「爲了自身的利益〔將他們〕獻上祭壇」（2001:189）。羅斯更進一步指出，假如絕對的倫理責任是「氾濫」（overflow）出自我利益，超越本身極限而多出來的東西，那必然會鬆動並進一步逾越人類和動物既定的疆界，然而「列維納斯從上往下面對著、審視著疆界，卻猶疑不決」（ibid.）。[7]

但是上述的標示法目前較不爲學界所正式採用。[8]

六、與內容註並用

如上所述，夾註型註解是一種參考式或文獻式註解，由於包夾在正文中，爲了不影響行文的流暢與避免閱讀的干擾，它的標示法盡量以簡明扼要爲原則，所以遇到要對正文有所補充說明的情況，就非得要同時運用內容型註解不可。此時的內容註出於便利性的考慮，乃採取當頁的「腳註」形式標記。需要標示內容註時，則在正文相關文字（通常在標點符號之後）的右上角標示一個阿拉伯數字的註解序號，並在該註解出現的當頁底下以相應的序號作註，做法參照上一章腳註型格式的要求。依MLA格式，在夾註碰到同時要標記多種不同著作時（即第251頁所述「多種著作的同時引註」的情況），爲了避免對於正文寫作與閱讀的干擾，可考慮將其夾註改爲當頁底下的內容註，予以說明多種資料的來源。內容註遇有引述其他文獻時，在

---

[7] 梁孫傑，〈要不要臉？：列維納斯倫理內的動物性〉，《中外文學》，第36卷第4期（2007年12月），頁193。

[8] 如果要採用這種註解方式，亦無不可，惟須全文／書統一。

引述處一樣可用夾註標記（作法同內文中的夾註方式）。此外，若遇上間接資料即二手文獻的引用情形，也可以利用底下的內容註以說明該資料的原始即第一手來源，乃至解釋爲何要引用間接資料的理由。

第二節　引用書目格式[9]

如上所述，夾註型註解後面所附的引用書目，一定是之前的正文裏所曾提及或引用的文獻，未被引述的資料就不宜出現在此處的引用書目內。新版的MLA格式建議，若你使用的文獻僅爲參考但未予引用，則不可使用「引用書目」名稱，而要用另外的「引用與參考書目」（Works Cited and Consulted）名稱，以免令人誤解。夾註的引用書目，由於夾註本身的括號能容納之資料有限（以簡明爲原則），因此其所附記之資料，相對而言，在此就要詳述清楚。底下關於引用書目格式的各項規範，大體上均參照《MLA論文寫作手冊》的要求。

一、書目的編排

夾註型的書目編排原則，包括：另起一頁、所有條目均須靠左對齊、條目之間不採雙行距、單一條目本身若超出一行，下行起內縮二字打起（即懸吊式內縮）、條目編排次序以作者姓名排列（先姓後名，筆畫先簡後繁），以及博碩士論文分類

[9] 底下各項體例，主要比照MLA格式。參見第九版《MLA論文寫作手冊》（台北：書林，2022）。

的編排原則等等，均可比照上一章腳註型引用書目格式的要求。

二、書籍與非報刊出版品格式

一般而言，夾註後所引用之書籍與其他非報刊出版品的基本格式如下所示：

作者姓名。書名或其他文獻名。出版事項。

以上各項之間，除出版事項（及頁碼）以外，皆以句號區隔。出版事項本身之出版單位與出版年間則以逗號分開。[10]

(一)作者項

■單一作者

作者之姓名應全部寫出，並不取其任何頭銜。若原作之封面和書名頁記載的是作者的筆名，可用括號加註其原名。

■多位作者

比照上一章第216-217頁「作者」項第3點的格式。

■法人作者

作者項即以法人名稱（全稱）登錄。

■作者匿名

此時即以書名或其他文獻名稱登錄在作者項——排在條目

---

[10] 第九版之MLA格式，出版事項已刪去出版地之標示。

最前面。

■編者與譯者

作者項爲編者或譯者，比照上一章第217-218頁「編者」和第218-219頁「譯者」格式。例如：

方群、孟樊、須文蔚編。《現代新詩讀本》。揚智，2004。

羅賓（Gayle Rubin）等著。[11]李銀河譯。[12]《酷兒理論——西方90年代性思潮》。時事，2000。

■不同著作的同一作者

若所引用的作者有兩種以上不同的書或文獻，則應依其文獻名稱的筆畫順序排在一起（先簡後繁），而第二條目之後的同一作者均以占二格之直線表示，格式同上一章第239頁「(三)作者、編者、譯者」的第2點。

(二)著作項（書籍或其他文獻）

■書籍

書籍應以書名頁所載之完整書名（含副書名）表示，若有副

[11] 外國作者姓名若譯成中文，依台灣學界慣例，一般只譯其姓氏（權充姓名）。此時後面所附原（英）文姓名，仍爲：先名（Gayle）後姓（Rubin），並且中間除了隔一空白鍵外，不須再加逗號，排序則以中譯名姓名筆畫多寡爲準。外國姓名若不譯成中文，則應爲：先姓（Rubin），中間再加一個逗號（半形），後名（Gayle）；且其姓名不能縮寫（除非書名頁上或發表時使用首字母縮寫）。

[12] 英文書目（芝大、MLA）格式，譯者均置放在文獻（書名、文名）之後。

書名，則其與主書名之間以破折號（占二格）連接。[13]書名須加雙尖號。此處之書籍包括已出版之會議論文集。

■選集或編纂之作／譯作

著作項若爲選集或編纂之作，比照上一章第239頁「(三)作者、編者、譯者」的第2點格式標記。例如：

紀大偉編。《酷兒狂歡節——台灣當代QUEER文學讀本》。元尊，1997。

■選集之選文

著作項若爲選集（論文集或作品集）之選文，選文用單尖號表示，先載選文作者及選文，再載編者及該選集；並按MLA格式之要求，在條目最末列出該文之起訖頁碼。例如：

李東霖。〈瓊瑤《雁兒在林梢》的人物描寫〉。孟樊編。《小說與戲劇的逆光飛行——新世代現代文學作品七論》。揚智，2008，頁25-51。

雅各布斯（Mary Jacobus）著。朱安譯。〈閱讀婦女（閱讀）〉。張京媛編。《當代女性主義文學批評》。北京大學，1992，頁17-42。

若引用同一選集中的論文或作品多於一篇，爲避免重複標記該出版訊息，可使用MLA格式的「參照法」（cross-references）標記。這可分爲二種情況：一爲同樣的編者（一位、二位或多位）只徵引其一部選集；二爲所徵引的文獻出自相同編者二本（含）以上不同的選集。不管是以上哪一種情

[13] 也可以援用MLA格式用冒號連接，但全文須一致。

況，被徵引的選集，均須依一般書籍標記格式載明其完整訊息；再來是被徵引之文，可按上述方式標記，但一律省略出版項（出版單位及出版年），而其中關於選集（書名）之標記，則可分為兩種方式：只有一部選集時，不必載明選集名稱；有二部以上選集時，須載明被徵引選集名稱（以免無法識別出自何冊）。參照法的書目排序仍依選文作者及選集編者姓名筆畫編排（姓名筆畫相同，則依選文或選集名筆畫排序）。例如：

小野。〈戴眼鏡的PS小姐〉。瘂弦主編，《如何測量水溝的寬度》，頁171-187。

辛其氏。〈青色的月牙〉。瘂弦主編，《如何測量水溝的寬度》，頁63-87。

李瑞騰。〈聯副的運動性格〉。瘂弦主編，《眾神的花園》，頁61-67。

何懷碩。〈聯副的藝術視野〉。瘂弦主編，《聯副的歷史記憶》，頁99-107。

瘂弦主編。《如何測量水溝的寬度》。聯合文學，1987。

——。《眾神的花園——聯副的記憶》。聯經，1997。

■**博碩士論文（未出版）**

未出版之博碩士論文先記載作者及論文名稱（用單尖號表示），[14]再記載頒授學位的學校與系所全銜，並註記其係屬何種

---

[14] 未出版的博碩士論文，國內不少人主張使用單尖號標示，但也有很多人用雙尖號標記。筆者原先認為，原來通用的書名號﹏﹏後來逐漸演變成以雙尖號替代，係受到中國大陸的影響。在台灣，則由雙尖號再慢慢衍生出單尖號，而單、雙尖號使用的分別，端賴著作物篇幅（或容量）的大小，亦即篇幅大者用雙尖號（如書籍），反之，則用單尖號（如文

學位論文，最後還要標明通過學位論文口試日期（年月）。注意：未出版之博碩士論文不必特別表明「未出版」（因爲這是「多此一舉」）。例如：

蘇建榮。〈謝武彰兒歌研究〉。國立台北教育大學語文與創作系語文教學碩士班（暑期班）碩士論文。2008年8月。

■譯作

引用書目或文獻若爲譯作，可比照上一章第218頁「譯者」的格式標記，即中文譯作在譯者姓名後出現（注意：與MLA及芝大格式不同）。[15]

■百科全書或辭典

引用百科全書或專業辭典的條目，註記方式稍不同於芝加哥大學格式。這裏要先載所引用詞條（加單尖號）的名稱，若該詞條有作者署名，則先載作者姓名再載詞條名稱，然後是百科全書或辭典（加雙尖號）名稱，此時主編者姓名（若有的話）可略去，最後並註記版次（若爲初版就毋須特別標示）與出版年份。如該百科全書或辭典非爲人所熟知，則仍要載其編者與出版事項，記載方式同上述選集之選文格式，但不必標示

章），並非以是否有出版做標準（如於期刊發表／出版的論文即用單尖號標示）。國內人文學門的博碩士論文不像國外，通常篇幅都不少，少則五、六萬，多則二、三十萬字，已經是一本專書的份量，因而主張用雙尖號標記。但如此標記，若於行文中未予載明係未出版之學位論文，而冠以雙尖號標示，恐引起誤解（已成書出版），本次修訂爲以單尖號標記（未出版）學位論文。。

[15] 此處筆者主張的標示法，係出於尊重國內學界中文寫作行之有年的慣例。MLA與芝大格式的標記方式顯然不是很尊重譯者的角色。筆者則重視譯者的貢獻，所以其應放置在作者姓名之後的位置。

頁碼。例如：

倪宗豪。〈頹廢主義〉。智量、熊玉鵬編。《外國現代派文學辭典》。上海文藝，1999。

■未出版之會議論文

參照上一章第一節第225頁「未出版之會議論文集」所載格式（但不用括號區隔前項論文名稱，並以句號區隔各項，除了與主辦單位的區隔外）。例如：

林盛彬。〈笠詩社的現實主義美學〉。論文發表於笠詩社學術研討會，巫永福文化基金會主辦。2000年9月23日。

■序文、前言、導言或跋、後記

引用書籍之前的序文（含自序、推薦序——亦即他序）、前言、導言或之後的跋文、後記，如果它們不標明題目（即篇名），[16]即可在該序跋文作者（可能是作者本人，也可能是他人）之後直接註明爲「序」（自序或推薦序等）、「前言」、「導言」或「跋」、「後記」等字樣（不必加單尖號），並置於書名之前。但該序跋文若標有題目，則視同選文（但後面不必標註起訖頁碼），其擺放的位置雖也在作者之後，卻必須再加一單尖號。例如：

---

[16] 國內序跋文的名目非常混亂，肇因於作序者（包括作者本人）與出版社編輯不清楚序跋文的體例與性質，隨興編目（如××序），譬如只有作者一人的序，竟也稱爲「自序」（下舉陳映眞的《山路》即爲顯例）。所謂「自序」是爲了區別書中還有他人爲作者作序的他序才有的稱呼，如只有作者自己一人的序，當然就是自序了，何必還要多此一舉冠上「自」字。另外，不少所謂「前言」、「序言」、「緒言」、「卷前語」……其實都是「序」。而序文中更有題名或不題名者，其實眞正需要題名的應該是「代序」。

李家同。〈有趣的書〉。孟樊。《喝杯下午茶》。聯經，1998。

陳芳明。〈二十年浮游——《典範的追求》自序〉。《典範的追求》。聯合文學，1994。

陳映眞。自序。《山路》。遠景，1984。

張春榮。〈序：當才氣遇上書卷氣〉。孟樊。《旅遊寫眞——孟樊旅遊詩集》。唐山，2007。

劉登翰等編。後記。《台灣文學史》，下冊。海峽文藝，1993。

■古文或書

比照上一章第一節第226頁「古文或書」的格式標記（出版事項不用括號與前後項分開）。

(三)出版事項

基本上，請參照上一章腳註型的引用書目格式，但不必標記出版地。

出版事項若未載明，可標示（視缺漏情況）：無出版者（即英文n.p.）、無出版日期（n.d.）、無頁碼（n.pag.）。

三、報刊文章及其他文獻格式

報紙、雜誌以及學術期刊等都屬定期出版的刊物，這些資料的引用均必須註明它們的出版期／卷別，以顯示其新舊的特性。發表在學術期刊的論文，在資料的可信度及權威性來說，自然要高出報紙與雜誌上的文章，在引用上當以前者較佳。此外，邇來網路資料雖常被使用，但在學術論文中，除非是研究

課題特殊（如研究網路小說或網路文學出版），否則盡量少用爲妙。報刊類文獻的登錄，原則上同上述書籍登錄的方式，基本格式如下：

作者姓名。文章名或其他文獻名。出版事項，頁碼。

以上各項標點符號的使用，仍比照上述書籍格式；但是所引文章名稱要改爲單尖號。若是引用網路資料，還要在出版事項之後加上讀取日期與網址（下詳）。

(一)期刊與雜誌文章

■作者項

格式均比照256-257頁「(一)作者項」的格式標記。

■著作項

文章標題（篇名）—包括副標題，以單尖號表示，置於作者（或譯者）姓名之後。

■出版事項

出版事項包括：期刊或雜誌的名稱（以雙尖號表示）、卷次及期數，[17]加上出版年月（雜誌若是週刊、雙週刊、旬刊等週期性短的刊物，甚至要註記到日），最後還要登錄該文的起訖頁碼。所援用之期刊論文若是來自線上電子版，在起訖頁碼之後仍須載明資料庫名稱及網址；若是出自網路期刊，則是在期刊名稱之後標記出版日期及網址。例如：

---

[17] MLA格式的雜誌不標記卷次與期別，而期刊（學報）的卷期數後加逗號再註明出版年月，後又以逗號分隔後面的起訖頁碼，如*PMLA*, vol. 128, no.1, Jan. 2013, pp.193-200。

孟樊。〈獸——戲擬蘇紹連〉。《創世紀》，第155期，2008年6月，頁99。
——。〈葉笛的傳記詩評〉。《國立台北教育大學語文集刊》，第12期，2007年7月，頁187-203。
陳俊榮。〈後現代的激進民主〉。《思與言》，第35卷，第4期，1997年12月，頁77-101。
曾雅蘭。〈社區總體營造與文化政策〉。《破週報》，第69期，1997年5月1日至5月29日，頁15-17。
韓存遠。〈英美文學倫理批評的當代新變及其鏡鑒〉。《文學評論》，2021年第4期，頁86-94。《中國期刊全文數據庫》，www.cnki.sris.com.tw.metalib.lib.ntue.edu.tw/kns55/brief/result.aspx?dbPrefix=CJFD。[18]

(二)報紙文章

引用報紙文章（含記者報導、專欄文章、讀者投書、[19]社論等），若有作者署名，並有篇名，則其標記方式視同上述雜誌格式（出版日期不必用括號區隔），但其頁碼改爲版次。未有作者署名的文章（如社論），則以篇名排在最前項。若爲記者報導文章，則於記者姓名後加上「報導」二字。例如：

林濁水。〈欠缺互惠想像的兩岸經貿戰略〉。《聯合報》，

[18] 本篇論文是自國北教大圖書館的資料庫進入讀取的，所以網址是由圖書館連結的；若是直接從《中國知網》（即該資料庫的建置者）進入讀取（須登錄爲會員），則其連結網址爲www.cnki.sris.com.tw/kns55/brief/result.aspx?dbPrefix=CJFD。

[19] 現在台灣的報紙都闢有一整版的「讀者投書」版（不同於讀者來函或更正啓事），專門刊登一般民眾與專家學者的意見。這類讀者投書，編輯都會給它下標題，所以一般都會有篇名。

2008年8月12日，A11版。

〈挺扁護貪：民進黨何去何從？〉。社論。《聯合報》，2008年8月12日，A21版。

粘嫦鈺報導。〈看不到中美戰 滿肚籃球火〉。《聯合報》，2008年8月12日，A2版。

張大春。〈頑強的仇恨 簡單到不用思考〉。《聯合報》，2008年8月12日，A4版。

(三)其他印刷與非印刷文獻

■訪談

訪談稿若記錄並整理成專文發表，按上述期刊或雜誌文章引用格式標記，因此時一般都會有篇名出現。若是論文撰寫者自己進行的訪談，則應載明受訪者姓名、訪談方式（如當面訪談、電話訪談、電子郵件訪談等）以及訪談日期。例如：

王安憶。電話訪談。2006年7月2日。

宋雅姿。〈止不住飄泊的步伐——專訪潘壘先生〉。《文訊》，第230期，2004年12月，頁128-35。

廖玉蕙。當面訪談。2007年8月17日。

■專題演講、發言、致詞或朗讀

引用口頭演說（含演講、致詞、發言、朗讀），應依序列出講者姓名、講題（用單尖號）、集會名稱與主辦單位（若無則免）、地點及日期（年月日），最後再註明它的類別。例如：

李進文。〈寫詩與出版〉。國立台北教育大學語文與創作系，台北。2022年4月14日。演講。

■網路資料

目前電子網路資料由於未必均能於其網站上提供一致而完整的訊息（如多數電子文件欠缺段落序號），所以MLA格式雖力求訊息登錄要完整，但也只能有多少算多少。[20]網路資料若訊息出現完整，則其基本條目可以標記如下所示：

> 作者姓名。文件標題。已出版之紙本出版事項。電子版之出版事項。資料取得方式。

誠如上述，這些項目（基本上以句號區隔）未必均能於網站上找到，尤其是有關紙本的出版訊息。若無紙本出版訊息，則在文件標題後直接標記電子版之出版訊息。紙本與電子版兩者則各有其出版日期。而最後記載之資料取得方式，包括該文件取自的網址與讀取日期（以論文撰述者最近一次讀取日爲準）。與腳註型引用書目格式不同之處在於，此處的讀取日期在後而網址（底下不用劃線）在先。要注意的是，若上述各項訊息齊備，則條目中有可能登錄三種不同的日期。[21]

至於邇來流行的個人部落格資料也逐漸爲人所讀取，若引用的資料係來自個人部落格文章，則將其網站名稱視同刊物加上雙尖號，並註明文章最近的更新或發表日期，以及讀取日期與網址。例如：

---

[20] 參看《MLA論文寫作手冊》第9版。

[21] 同上註。文獻若只是來自網路版（沒有紙本），則可能會有網路出版（或發行）日期與你的讀取日期兩種。但第9版的MLA寫作格式原則上不載明讀取日期，除非未有載明線上出版日期或者該文獻未來有被更動或移除之虞，才須標記讀取日期。

陳子雲。〈《刺客聶隱娘》：高潮一浪接一浪，不在意有沒有結局的「陰性書寫」〉。《The News Lens關鍵評論》。關鍵評論網媒體集團，2016年2月11日。www.thenewslens.com/article/35915。讀取日期2022年4月15日。

朱崇科。〈在場的缺席——從本土研究看馬華文學批評提升的可能維度〉。《世界華文文學研究網站》。周煌華主編。佛光大學世界華文研究中心。http://www.fgu.edu.tw/~wclrc/default.htm。讀取日期2008年8月12日。

孟樊。〈五月冬雨〉。《孟樊の爬格子》。2007年10月9日。http://www.wretch.cc/mypage/mengfantw。讀取日期2008年8月12日。

■樂譜與影音出版品

・樂譜

已出版之樂譜（含歌劇劇本）標記方式仿照書籍，即：作曲者。樂譜名稱（加上雙尖號）。著作完成年份（若可查出）。出版者，出版年份。若是歌劇劇本，則在作曲者之前還需加上劇本作者姓名（置於條目之首）。

・影音出版品

影音出版品視同已出版之文獻，其標記格式基本上仿照上述出版品（書）作法。

若是樂曲，其標記格式爲：演唱者。專輯名稱（加上雙尖號）。發行者，發行日期。錄製型式（CD或黑膠唱片）。若是電影，其標記格式爲：影片名稱（加上雙尖號）。導演姓名（後加上「導演」二字）。主演者姓名（若有必要）（後加上「主演」二字）。最初上映日期。發行商。發行日期。錄製型

式。例如：

劉若英。《收穫》。滾石，2001。CD。

陳雷。〈戀戀戀〉。《往事就是我的安慰》。金圓唱片。無發行日期。CD。

《秋刀魚之味》。小津安二郎導演。笠智眾、岩下志麻主演。1962。言佳公司。無發行日期。DVD。

引用書目

一、書籍／刊文

(一)中文著作與譯作

方美芬。〈有關台灣文學研究的博碩士論文分類目錄（1960~2000）〉。《文訊》，第185期（2001年3月），頁53-66。
王德威。《跨世紀風華——當代小說20家》。台北：麥田，2002。
王錦堂編。《大學學術研究與寫作》。台北：東華，1992。
朱浤源主編。《撰寫博碩士論文實戰手冊》。台北：正中，1999。
朱雙一。《戰後台灣新世代文學論》。台北：揚智，2002。
江寶釵。〈錯愛——我對「理論重要嗎？」的一些看法〉。《文訊》，第243期（2006年1月），頁35-37。
何日章編。《中國圖書十進分類法修訂本》。台北：政治大學圖書館，2004。
周春塘。《撰寫論文的第一本書》。台北：書泉，2007。
邱運華主編。《文學批評方法與案例》。北京：北京大學，2005。
東鄉雄二等著。《文科研究指南》。天津：南開大學，2013。
林明泉。〈廖玉蕙散文研究〉。國立台北教育大學語文與創作系語文教學碩士班（暑期班）碩士論文，2008年8月。
林淑玲等。〈本校圖書館利用指引〉。台北市立師範學院編。《研究論文與報告撰寫手冊》（無出版資料）。
林盛彬。〈笠詩社的現實主義美學〉，收入陳鴻森編，《笠詩社學術研討會論文集》。台北：學生，2000。
林慶彰。《學術論文寫作指引》。台北：萬卷樓，1996。
孟樊。《文學史如何可能——台灣新文學史論》。台北：揚智，2006。
施懿琳。〈從笠詩社作品觀察時代背景與詩人創作取向的關係——以《混聲合唱》爲分析對象〉，收入陳鴻森編，《笠詩社學術研討會論文集》。台北：學生，2000。
華力進。《行為主義評介》。台北：經世，1983。
陳友民。〈研究方法與論文寫作書目〉。《全國新書資訊月刊》，2002年5月號，頁20-25。
陳平原。《小說史——理論與實踐》。北京：北京大學，1993。
陳政彥。〈原住民現代詩中的空間意涵析論〉。財團法人台灣文學發展基金會編。《文學與社會學術研討會——2004青年文學會議論文集》。台南：國家台灣文學館，2004。
畢恆達。《教授為什麼沒告訴我？》。台北：學富，2005。
教育部國語推行委員會編訂。《重訂標點符號手冊》。台北：教育部，1997。
曹俊漢編著。《研究報告寫作手冊》。台北：聯經，1978。
許惠玟。《林文月散文美學研究》。國立台北教育大學語文與創作系語文教學碩士班（暑期班）碩士論文，2008年8月。
梁孫傑。〈要不要臉？：列維納斯倫理內的動物性〉。《中外文學》，第36卷第4期（2007年12月），頁191-239。
曾琮琇。〈虛擬與親臨——論台灣現代詩中的「異國」書寫〉。財團法人台灣文學發展基金會編。《文學與社會學術研討會——2004年青年文學會議論文集》。台南：國家台灣文學館，2004。
張惠慈。〈狄福《大疫年紀事》中神／人與宗教／理性間的對話〉。《中外文學》，第34卷第7期（2005年12月），頁111-43。
彭瑞金。《台灣文學50家》。台北：玉山社，2005。
黃錦樹。〈理論的貧困〉。《文訊》，第243期（2006年1月），頁50-52。
葉至誠、葉立誠。《研究方法與論文寫作》。台北：商鼎，1999。
葉嘉瑩。《中國詞學的現代觀》。長沙：岳麓書社，1992。
趙遐秋、呂正惠編。《台灣新文學思潮史綱》。台北：人間，2002。
齊力、林本炫編。《質性研究方法與資料分析》。嘉義縣：南華大學教社所，2005。
劉兆祐。《治學方法》。台北：三民，1999。
謝佳琳。《蔡珠兒飲食散文研究》。國立台北教育大學語文與創作系碩士論文，2008年8月。
羅敬之。《文學論文寫作講義》。台北：里仁，2001。
Booth, Wayne C., Gregory G. Colomb, and Joseph M. Williams著。陳美霞、徐畢卿、許甘霖譯。《研究是一門藝術》。北京：新華，2009。
Eco, Umberto著。倪安宇譯。《如何撰寫畢業論文——給人文學科研究生的建議》。台北：時報，2019。
Escarpit, Robert著。葉淑燕譯。《文學社會學》。台北：遠流，1990。
Geertz, Clifford著。納日碧力戈等譯。《文化的解釋》。上海：上海人民，1999。
Gibaldi, Joseph著。黃嘉音校譯。《MLA論文寫作手冊》。第六版。台北：書林，2004。
Modern Language Association。《MLA論文寫作手冊》，第九版。台北：書林，2022。
Neuman, W. Lawrence著。朱柔若譯。《社會研究方法——質化與量化取向》。台北：揚智，2002。
Turbian, Kate L.著，邱炯友、林雯瑤原譯，梁民康、郭依婷新版增譯，《Chicago 論文寫作格式》。台北：書林，2021。
——。雷蕾譯。《芝加哥大學論文寫作指南》，第八版。北京：新華，2015。

(二)英文著作

Cash, Phyllis. *How to Develop and Write a Research Paper*. New York: ARCO, 1988.
Dyke, Vernon Van. *Political Science: A Philosophical Analysis*. Stanford, California: Stanford University Press, 1960.
Geertz, Clifford. *The Interpretation of Culture: Selected Essays*. New York: Basic Books, 1973.
Klarer, Mario. *An Introduction to Literary Studies*. London and New York: Routledge, 1999.

Klomp, Stevens Bonnie and Larry L. Stewart. *A Guide to Literary Criticism and Research*. Fort Worth: Harcout Brace Jovanovich College Publishers, 1992.

Lester, James D. and James D. Lester, Jr. *Writing Research Papers: A Complete Guide*. New York: Longman, 2002.

Sheridan, Alan. *Michel Foucault: The Will to Truth*. London: Tavistock Publications, 1980.

Turabian, Kate L. *A Manual for Writers of Term Papers, Theses, and Dissertations*. Chicago: The University of Chicago Press, 1996.

Walker, Melissa. *Writing Research Paper: A Norton Guide.* New-York: W. W. Norton & Compang, 1997.

二、電子資料庫暨網站

《中國重要會議論文數據庫》（http://cnki.csis.com.tw:8080/important.jsp）。

《中國期刊全文資料庫》（中國期刊網）（http://caj.ncl.edu.tw）。

《台灣期刊論文索引系統》（http://readopac.edu.tw/nclJourrnal/）。

《台灣博碩士論文知識加值系統》（http://ndltd.ncl.edu.tw/cgi-bin/gs32/gswed.cgi/ccd=SCTgLg/webmge?Geticket=1）。

《即時報紙標題索引資料庫》（http://www.tbmc.com.tw/cdb/intro/Newsdb-seven.htm）。

英國國家圖書館（THE BRITISH LIBRARY）（http://www.bl.uk）。

美國國會圖書館（LIBRARY OF CONGRESS）（http://www.loc.gov/about/history.html）。

愛蘭閱讀悅讀網（http://lfetype.alps.ntct.edu.tw/index.php？op=ViewArticle&articleId=36&blogId=4）。

《聯合知識庫》（http://udndata.com）。

《MBA智庫百科》（https://wiki.mbalib.com/zh-tw/%E8%AE%BA%E8%AF%81）

《Web of Science用戶培訓手冊》（http://www.thomsonscientific.com.cn/files/WOS.pdf）。

A&HCI（http://www.thomsonreuters.com/products_services/scientific/Arts_Humanities_Citation_Index）。

ELSEVIER（http://taiwan.elsevier.com）。

Scopus（http://www.info.sciverse.com/scopus/scopus-in-detail/facts）。

SSCI（http://www.thomsonreuters.com/products_services/scientific/Social_Sciences_Citation_Index）。

TEQSA（https://www.teqsa.gov.au/what-academic-integrity）。

附錄一　中文圖書分類法簡表（2007年版）

總類	哲學類
000 特藏	100 哲學總論
010 目錄學；文獻學	110 思想；學術
020 圖書資訊學；檔案學	120 中國哲學
030 國學	130 東方哲學
040 普通類書；普通百科全書	140 西洋哲學
050 連續性出版品；期刊	150 邏輯學
060 普通會社；博物館學	160 形上學
070 普通論叢	170 心理學
080 普通叢書	180 美學
090 群經	190 倫理學
宗教類	**科學類**
200 宗教總論	300 科學總論
210 宗教學	310 數學
220 佛教	320 天文學
230 道教	330 物理學
240 基督教	340 化學
250 伊斯蘭教	350 地球科學；地質學
260 猶太教	360 生物科學
270 其他宗教	370 植物學
280 神話	380 動物學
290 術數；迷信	390 人類學
應用科學類	**社會科學類**
400 應用科學總論	500 社會科學總論
410 醫藥	510 統計
420 家政	520 教育
430 農業	530 禮俗
440 工程	540 社會學
450 礦冶	550 經濟
460 化學工業	560 財政
470 製造	570 政治
480 商業：各種營業	580 法律
490 商業：經營學	590 軍事

史地類	世界史地
600 史地總論	710 世界史地
中國史地	720 海洋志
610 中國通史	730 亞洲史地
620 中國斷代史	740 歐洲史地
630 中國文化史	750 美洲史地
640 中國外交史	760 非洲史地
650 中國史料	770 大洋洲史地
660 中國地理	780 傳記
670 中國地方志	790 文物考古
680 中國地理類志	
690 中國遊記	
語言文學類	**藝術類**
800 語言學總論	900 藝術總論
810 文學總論	910 音樂
820 中國文學	920 建築藝術
830 中國文學總集	930 雕塑
840 中國文學別集	940 繪畫；書法
850 中國各種文學	950 攝影；電腦藝術
860 東方文學	960 應用美術
870 西洋文學	970 技藝
880 其他各國文學	980 戲劇
890 新聞學	990 遊藝及休閒活動

附錄二　美國國會圖書館分類法簡表

Outline of the Library of Congress Classification Tables

A	General Works（總類）	
	AC	Collections. Series. Collected works（叢書、叢刊）
	AE	Encyclopedias (General)（百科全書總論）
	AG	Dictionaries and other general reference works（字典及參考資源）
	AI	Indexs (General)（索引）
	AM	Museums. Collectors and collecting（博物館、收藏）
	AN	Newspapers（報紙）
	AP	Periodicals（期刊）
	AS	Academies and learned societies（學術與研究會社）
	AY	Yearbooks. Almanacs. Directories（年鑑、名錄）
	AZ	History of scholarship and learning. The humanities（學術史、人文學科）
B	**Philosophy. Psychology. Religion**（哲學、心理學、宗教）	
	B	Philosophy (General)（哲學總論）
	BC	Logic（邏輯）
	BD	Speculative philosophy（思辨哲學）
	BF	Psychology（心理學）
	BH	Aesthetics（美學）
	BJ	Ethics. Social usages. Etiquette（倫理學、社會習俗、禮節）
	BL	Religions. Mythology. Rationalism（宗教學、神話、唯理論）
	BM	Judaism（猶太教）
	BP	Islam. Bahaism. Theosophy, etc.（伊斯蘭教、巴哈教、通神論等）
	BQ	Buddhism（佛教）
	BR	Christianity（基督教）
	BS	The Bible（聖經）
	BT	Doctrinal Theology（教義神學）
	BV	Practical Theology（實證神學）
	BX	Christian Denominations（基督諸派）

C	Auxiliary Sciences of History（歷史學及相關科學）
CB	History of civilization（文化史）
CC	Archaeology (General)（考古學總論）
CD	Diplomatics. Archives. Seals（外交文書、檔案、印記）
CE	Technical chronology. Calendar（年表、曆書）
CJ	Numismatics（古錢學）
CN	Inscriptions. Epigraphy（題銘、金石學）
CR	Heraldry（紋章學）
CS	Cenealogy（系譜學）
CT	Biography（傳記）
D	History (General) and History of Europe（歷史總論與歐洲歷史）
D	History (General)（歷史總論）
DA-DR	Europe（歐洲）
DA	Great Britain（英國）
DAW	Central Europe（中歐）
DB	Austria - Liechtenstein - Hungary - Czechoslovakia（奧地利、列支敦士登、匈牙利、捷克斯洛伐克）
DC	France - Andorra - Monaco（法國、安道耳、摩納哥）
DD	Germany（德國）
DE	Greco-Roman World（希臘羅馬世界）
DF-DG	Greece. Italy - Malta（希臘、義大利－馬爾他）
DH	Low Countries - Benelux Countries（比荷盧低地國）
DJ	Netherlands (Holland)（荷蘭）
DJK	Eastern Europe (General)（東歐）
DK	Russia. Soviet Union. Former Soviet Republics - Poland（俄羅斯、蘇維埃、前蘇維埃共和國、波蘭）
DL	Northern Europe. Scandinavia（北歐、斯堪地那維亞）
DP	Spain - Portugal（西班牙、葡萄牙）
DQ	Switzerland（瑞士）
DR	Balkan Peninsula（巴爾幹半島）
DS	Asia（亞洲）
DT	Africa（非洲）
DU	Oceania (South Seas)〔大洋洲（南海）〕
DX	Gypsies（吉普賽人）
E-F	History: America（美洲歷史）
G	Geography. Anthropology. Recreation.（地理學、人類學、娛樂）

	G	Geography (General). Atlas. Maps（地理學總論、地圖集、地圖）
	GA	Mathematical geography. Cartography（數學地理、製圖學）
	GB	Physical geography（地文學）
	GC	Oceanography（海洋學）
	GE	Environmental Sciences（環境科學）
	GF	Human ecology. Anthropogeography（人類生態學、人文地理學）
	GN	Anthropology（人類學）
	GR	Folklore（民俗）
	GT	Manners and customs (General)（風俗與習慣總論）
	GV	Recreation. Leisure. Sports（娛樂、休閒、運動）
H	**Social Sciences（社會科學）**	
	H	Social sciences (General)（社會科學總論）
	HA	Statistics（統計學）
	HB	Economic theory. Demography（經濟理論、人口統計學）
	HC	Economic history and conditions（經濟史）
	HD	Industries. Land use. Labor（工業、土地運用、勞工）
	HE	Transportation and communications（運輸與交通）
	HF	Commerce（商業）
	HG	Finance（財政）
	HJ	Public finance（公共財政）
	HM	Sociology (General)（社會學總論）
	HN	Social history and conditions. Social problems. Social reform（社會歷史、社會問題、社會改革）
	HQ	The family. Marriage. Woman（家庭、婚姻、婦女）
	HS	Societies: secret, benevolent, etc.（社會團體：祕密會社、慈善機構等）
	HT	Communities. Classes. Races（社團、階級、種族）
	HV	Social pathology. Social and public welfare. Criminology（社會病理學、社會福利、犯罪學）
	HX	Socialism. Communism. Anarchism（社會主義、共產主義、無政府主義）
J	**Political Science（政治學）**	
	J	General legislative and executive papers（一般立法及行政公報）
	JA	Political science (General)（政治學總論）
	JC	Political theory（政治理論）

	JF	Political institutions and public administration - General（一般政治制度與公共行政）
	JJ	Political institutions and public administration - North America（北美政治制度與公共行政）
	JK	Political institutions and public administration - United States（美國政治制度與公共行政）
	JL	Political institutions and public administration - Canada, West Indies, Mexico, Central and South America（加拿大、西印度群島、墨西哥、中南美洲政治制度與公共行政）
	JN	Political institutions and public administration - Europe（歐洲政治制度與公共行政）
	JQ	Political institutions and public administration - Asia, Arab countries, Islamic countries, Africa, Atlantic Ocean islands, Australia, New Zealand, Pacific Ocean islands（亞洲、阿拉伯國家、回教國家、非洲、大洋洲、澳洲、紐西蘭、太平洋群島政治制度與公共行政）
	JS	Local government. Municipal government（地方政府、市政府）
	JV	Colonies and colonization. Emigration and immigration. International migration（殖民地與殖民化、移出與遷入、國際遷徙）
	JZ	International relations（國際關係）
K	**Law（法律）**	
	K	Law in General. Comparative and uniform law. Jurisprudence（法律總論、比較與單一法、法理學）
	KB	Religious law in general. Comparative religious law. Jurisprudence（宗教法律總論、比較宗教法、法理學）
	KBM	Jewish law（猶太法律）
	KBP	Islamic law（伊斯蘭法律）
	KBR	History of canon law（天主教法律之歷史）
	KBU	Law of the Roman Catholic Church. The Holy See（羅馬天主教法律、梵諦崗）
	KD-KDK	Law of the United Kingdom and Ireland（英國及愛爾蘭法律）
	KDZ	America. North America（美國、北美）
	KE	Law of Canada（加拿大法律）
	KF	Law of the United States（美國法律）
	KG	Law of Latin America（拉丁美洲法律）
	KH	Law of South America（南美洲法律）

	KJ-KKZ	Law of Europe（歐洲法律）
	KL	History of Law. The Ancient Orient（法律史、古東方）
	KLA-KLW	Law of Eurasia（歐亞大陸法律）
	KM-KPZ	Law of Asia（亞洲法律）
	KQ-KTZ	Law of Africa（非洲法律）
	KU-KWW	Law of Pacific Area（太平洋區域法律）
	KWX	Law of Antarctica（南極大陸法律）
	KZ	Law of nations（民族法律）
L	**Education**（教育）	
	L	Education (General)（教育總論）
	LA	History of education（教育史）
	LB	Theory and practice of education（教育理論與實務）
	LC	Special aspects of education（特殊教育）
	LD	Individual institutions - United States（美洲個別機構）
	LE	Individual institutions - America (except United States)（除美國之外的美洲個別機構）
	LF	Individual institutions - Europe（歐洲個別機構）
	LG	Individual institutions - Asia, Africa, Indian Ocean islands, Australia, New Zealand, Pacific islands（亞洲、非洲、印度洋群島、澳洲、紐西蘭、太平洋群島個別機構）
	LH	College and school magazines and papers（學院與學校雜誌、報紙）
	LJ	Student fraternities and societies, United States（美國學生兄弟會及社團）
	LT	Textbooks（教科書）
M	**Music**（音樂）	
	M	Music（音樂）
	ML	Literature on music（音樂文獻）
	MT	Musical instruction and study（音樂教學與研究）
N	**Fine arts**（美術）	
	N	Visual arts（視覺藝術）
	NA	Architecture（建築）
	NB	Sculpture（雕塑）

	NC	Drawing. Design. Illustration（描畫、設計、插畫）
	ND	Painting（繪畫）
	NE	Print media（印刷媒體）
	NK	Decorative arts（裝飾藝術）
	NX	Arts in general（一般藝術）
P	**Language and Literature（語言、文學）**	
	P	Philology and linguistics (General)文字學與語言學（總論）
	PA	Greek language and literature. Latin language and literature（希臘、拉丁語言及文學）
	PB	Modern languages. Celtic languages（現代語言、塞爾特人語言）
	PC	Romanic languages（羅馬語系語言）
	PD	Germanic languages. Scandinavian languages（德國語言、斯堪地那維亞語言）
	PE	English language（英國語言）
	PF	West Germanic languages（西德語言）
	PG	Slavic languages. Baltic languages. Albanian language（斯拉夫語言、波羅的海語言、阿爾巴尼亞語言）
	PH	Uralic languages. Basque language（烏拉爾、巴斯克語言）
	PJ	Oriental languages and literatures（東方語言及文學）
	PK	Indo-Iranian languages and literatures（印度—伊朗語言及文學）
	PL	Languages and literatures of Eastern Asia, Africa, Oceania（東亞、非洲、大洋洲語言及文學）
	PM	Hyperborean, Indian, and artificial languages 極地語、印第安語及人造語言
	PN	Literature (General)文學（總論）
	PQ	French literature - Italian literature - Spanish literature - Portuguese literature（法國文學、義大利文學、西班牙文學、葡萄牙文學）
	PR	English literature（英國文學）
	PS	American literature（美國文學）
	PT	Germanic literatures（德國文學）
	PZ	Fiction and Juvenile belles lettres（小說與青少年純文學）
Q	**Science（科學）**	
	Q	Science (General)（科學總論）
	QA	Mathematics. Computer science（數學、電腦科學）
	QB	Astronomy（天文學）
	QC	Physics（物理學）

	QD	Chemistry（化學）
	QE	Geology（地質學）
	QH	Natural history-Biology（自然史—生物學）
	QK	Botany（植物學）
	QL	Zoology（動物學）
	QM	Human anatomy（人體解剖學）
	QP	Physiology（生理學）
	QR	Microbiology（微生物學）
R	**Medicine（醫學）**	
	R	Medicine (General)（醫學總論）
	RA	Public aspects of medicine（公共醫學）
	RB	Pathology（病理學）
	RC	Internal medicine. Practice of medicine（內科）
	RD	Surgery（外科）
	RE	Ophthalmology（眼科）
	RF	Otorhinolaryngology（耳鼻喉科）
	RG	Gynecology and obstetrics（婦產科）
	RJ	Pediatrics（小兒科）
	RK	Dentistry（牙科）
	RL	Dermatology（皮膚科）
	RM	Therapeutics. Pharmacology（治療術、藥理學）
	RS	Pharmacy and materia medica（藥學與藥物）
	RT	Nursing（護理）
	RV	Botanic, Thomsonian, and electric medicine（草本藥學、湯森氏醫學、電子醫學）
	RX	Homeopathy（同種療法）
	RZ	Other system of medicine（其他醫學體系）
S	**Agriculture（農業）**	
	S	Agriculture (General)（農業總論）
	SB	Plant culture（植物培育）
	SD	Forestry（森林）
	SF	Animal culture（畜牧）
	SH	Aquaculture. Fisheries. Angling（漁業）
	SK	Hunting sports（狩獵）
T	**Technology（科技）**	
	T	Technology (General)（科技總論）

	TA	Engineering (General). Civil engineering (General)（工程總論、土木工程總論）
	TC	Hydraulic engineering（水利工程）
	TD	Environmental technology. Sanitary engineering（環境科技、衛生工程）
	TE	Highway engineering. Roads and pavements（高速公路工程、道路與路面鋪設）
	TF	Railroad engineering and operation（鐵路工程與營運）
	TG	Bridge engineering（橋樑工程）
	TH	Building construction（營造）
	TJ	Mechanical engineering and machinery（機械工程）
	TK	Electrical engineering. Electronics. Nuclear engineering. Computer hardware（電機工程、電子、核子工程、電腦硬體）
	TL	Motor vehicles. Aeronautics. Astronautics（自動車、航空學、太空學）
	TN	Mining engineering. Metallurgy（採礦工程、礦冶）
	TP	Chemical technology（化學科技）
	TR	Photography（攝影學）
	TS	Manufactures（製造）
	TT	Handicrafts. Arts and crafts（手工藝）
	TX	Home economics（家政學）
U	**Military Science（軍事科學）**	
	U	Military science（軍事科學）
	UA	Armies: organization, description, facilities, etc.（陸軍：組織、分配、裝備等）
	UB	Military administration（軍政）
	UC	Maintenance and transportation（補給與運輸）
	UD	Infantry（步兵）
	UE	Cavalry. Armored and mechanized cavalry（騎兵）
	UF	Artillery（砲兵）
	UG	Military engineering. Air forces. Air warfare. Space Surveillance（軍事工程、空軍、空戰、太空偵測）
	UH	Other services（其他勤務）
V	**Naval Science（海軍學）**	
	V	Naval science (General)（海軍學總論）
	VA	Navies: organization, description, facilities, etc.（海軍：組織、分配、裝備等）

	VB	Naval administration（海軍行政）
	VC	Naval maintenance（海軍補給）
	VD	Naval seamen（海軍水手）
	VE	Marines（艦隊）
	VF	Naval ordnance（海軍軍火）
	VG	Minor services of navies（海軍次要勤務）
	VK	Navigation. Merchant marine（航海、商船）
	VM	Naval architecture. Shipbuilding. Marine engineering（海軍建築、造船、海軍工程）
Z	**Library Science. Information Resources (General)**（圖書館學、資訊資源總論）	
	Z	Books (General). Writing. Paleography. Book industries and trade. Libraries. Bibliography（一般圖書、寫作、善本書、書本製造與販售、圖書館、書目）
	ZA	Information resources (General)（一般資訊資源）

研究方法叢書

論文寫作方法與格式

作　　者／孟樊
出 版 者／揚智文化事業股份有限公司
發 行 人／葉忠賢
總 編 輯／閻富萍
地　　址／22204 新北市深坑區北深路三段 258 號 8 樓
電　　話／(02)8662-6826
傳　　真／(02)2664-7633
網　　址／http://www.ycrc.com.tw
E-mail ／service@ycrc.com.tw
ISBN ／978-986-298-405-5
初版一刷／2009 年 9 月
二版一刷／2012 年 1 月
三版一刷／2022 年 8 月
定　　價／新台幣 400 元

國家圖書館出版品預行編目（CIP）資料

論文寫作方法與格式＝Writing the research paper : a complete guide / 孟樊著. -- 三版. -- 新北市：揚智文化事業股份有限公司, 2022.08

面； 公分（研究方法叢書）

ISBN 978-986-298-405-5（平裝）

1.CST: 論文寫作法 2.CST: 研究方法

811.4 111012075